1
富士とまと
illust riritto
rukeichi kousyakuzuma no
mahou kaikaku
vol.1
流刑地公爵妻の魔法改革
ハズレ光属性だけど
前世知識で
お役立ち

contents

プロローグ　前世と照明弾

馬車が止まった。

目的地に着いたのかしら？　それとも休憩？

しばらく待っても声がかからないので、窓にかかっている布を上げて外を見る。

崖の上だ。森が眼下に広がっている。ずっとずっと向こうまで青々とした森が広がっている。

これが、流刑地……アシュラーン公爵領。

眼下に広がる森はすでに魔物があふれる魔の森だろうか？

恐怖に身を縮めると、馬車が動いた。

馬が何かにおびえたようにいななくと急発進する。御者が馬をなだめる声がないまま、馬車は崖の上の狭い道を進んでいく。

そして、馬車が崖下へと転落した。

死ぬ前に走馬灯が見えると言うけれど……。

〇歳、双子の姉として侯爵家に生まれた。

三歳、あふれ出る魔力に両親が歓喜。将来有望だとかわいがられる。

八歳、すべての子が受ける魔力属性検査を受けて、光属性だと分かる。

「ああ！　なんてことだ！　我が侯爵家からこんなできそこないが生まれるなんて！」

両親が手の平返し。部屋を追い出されて屋根裏部屋行き。使用人以下の生活が始まる。

十五歳、聖属性の妹が社交界デビューし、王太子である第一王子に見初められる。

十六歳、縁談を決めたとドレスを着せられ馬車に押し込められる。

四十歳　独身喪女オタク一人寂しく死亡。


って、待って、走馬灯、最後の一行なに？

あ、前世だ。前世を思い出したんだ。

事故に遭った拍子に「前世」まで走馬灯した結果！　思い出した！

っていうか「前世」の走馬灯が一行って！　いやいや、いやいや、まぁイベントごとのない人生だったけど！　結婚とか、出産とか、ない人生だったけど！　けども！　一行って！

ちょっと待って、落ち着こう、いや、落ち着いている場合じゃない。

けど記憶を整理しないと混乱する。

前世は令和に死んだ日本人だ。死亡理由は不明。

この世界は、異世界のようだ。魔法があるみたいだし。

それから、現状確認。

私は侯爵令嬢リリアアリス。辺境にある公爵領へと護衛もつけられず嫁入り馬車で移動中、崖から転落。

つぶれた馬車から体が半分出た状態。

あちこち痛くて、もう死んじゃう！

なんか目もかすんでどんどん見えなくなってくるし、頭の中でどくどくと変な音が聞こえる。

体中痛いはずなのに何が痛いのかもわからないくらい感覚がおかしい。

こんな時に、日本人だった時の前世を思い出しても……。

死んじゃうって！　虫の息よ！

ううう っ、目はかすんでよく見えなくなってるというのに、走馬灯ははっきりしてる。映像で見えるんだ。


リリアリスの記憶。八歳の走馬灯。魔法属性検査を受けた直後あたりだろうか。

この世界には魔法がある。

火属性魔法、生活に必要な火をおこし、攻撃魔法も使える。貴族に望まれる。

水属性魔魔法、人が生きていくのに必要な水が出せる。商家に望まれる。

風属性魔法、攻撃魔法が使える。兵士に望まれる。

土属性魔法、大地を耕し、防御魔法が使える。農民に望まれる。

それから……。

「役立たずの光属性」

「攻撃魔法も使えない、ただ明るくするだけなんて恥ずかしい！」

魔法属性検査を受けたあと、両親が私から目を背けた。

「魔力が多いから期待していれば、これか！　それに比べお前の妹は数少ない聖属性の持ち主。聖女への道は約束されたようなものだ」

そう。私リリアリスは光属性だった。

双子の妹は聖属性。回復魔法が使え、誰からも望まれる。

「成人するまでは置いてやる。だが、タダ飯を食わせる気はないからな、働け！」

八歳までかわいがられていたため、急に態度が冷たくなった両親に何度もお母様、お父様と泣いてすがった。

そのたびに殴られた。

いやいや、虐待だろ！　児童相談所に電話案件だぞ！　と、思わず記憶に突っ込みを入れる。

「ああ、お姉さまかわいそうに。私が、回復魔法で治してあげるわ。私はお姉さまの役立たずな光魔法とは違うから」

怪我をすれば妹のユメリアが回復魔法で癒やしてくれた。

役立たずっていう一言が余分だけどな！　放置しなくてありがとうございまぁーす。

ああ、光魔法しか使えない役立たずの私は、このまま死んでしまったほうが嫁ぎ先の公爵様にも迷惑をかけずに済むわ……。っていうリリアリスの気持ちが湧き上がってくる。

いや、違うって！　四十歳まで生きた前世の記憶が十六歳の青い気持ちを否定する。

死んだほうがいいわけないのよ！

死んだらおしまいなんだって。人生楽しいことといっぱいあるんだよ！

推し活とか、推し活とか、推し活とか！

なおも走馬灯らしき思い出が続く。

前世の幸せな走馬灯……は一瞬で終わった。いやぁ、走馬灯便利だな。幸せな推し活追体験できて得したわ。無限ループいける！

と思ってたら再び今世の走馬灯始まった。

「おお、流石《さすが》ユメリアだ。すごいぞ」

「練習すればするほど力が強くなると言うからな。怪我をした者はどんどんユメリアに治してもらえ！」

怪我も病も治してくれる聖属性の双子の妹のユメリアは使用人の人気者になった。

「あんたが唯一役に立てるのは、ユメリア様の魔法の練習台になることくらいなんだから！」

「そうそう、ほら、治してもらってきな」

ユメリアのためと……。使用人はカップを投げつけ、わざと針を仕込んだ洗濯物を洗わせ、私を階段から突き落とし、毎日のように私に怪我をさせた。

ユメリアのためと言えば、誰も止める者はいなかった。

「ろくな魔法も使えないばかりでなく、ろくに仕事もできないのか。このクズが」

お父様が割れたカップや血まみれになった洗濯物や階段の下でひっくり返ったバケツを見るたびに私を罵った。

「まぁお姉さま、かわいそうに。痛いでしょう。私が治してあげるわ。ほら、こんな小さな傷なんて一瞬よ」

ちょっと使用人の質《しつ》が悪すぎない？　待遇悪くていい人が雇えなかったんじゃないの？　侯爵家に忠誠を誓う人間？　違うでしょう、子供を虐待して喜ぶ人間のクズでしょうが！

いや、まっとうな人間は解雇されちゃって残った使用人がクズばかりってことか！

それからやっと走馬灯は、リリアリスの出発前のところまで進んだ。十六歳の誕生日を迎えてすぐのことだ。

「よかったわねぇ、公爵家へ嫁げるなんて」

第一王子……王太子の婚約者となったユメリアが笑っていた。

まぁ、確かに公爵夫人になるのだから、侯爵令嬢からすればさらに上の高位貴族に嫁ぐことにはなる。

しかし、アシュラーン公爵領は辺境にある。面積はそれなりに広いが魔物が出る森が領地のほとんどを占め、危険が多い。

さらには気候が悪いため作物が育てにくい土地で、貧しい。

危険が多く貧しい土地……はっきり言ってハズレ領地だ。

そこがなぜ〝公爵家〟の領地なのかといえば、邪魔な王族の流刑地として使われているためだ。

私が嫁ぐのは、現陛下の親子ほど年の離れた異母弟。

側室の子で、王太子争いから遠ざける目的で十三歳で流刑され、現在二十歳。

ろくに教育も受けさせてもらえず、社交界デビューもさせてもらっていないらしい。

見捨てられた人間ではあるものの、一応王族の血を引くため結婚相手は貴族でなければならないらしい。しかしながら、手を挙げる貴族は皆無。

そりゃ陛下の覚えの悪い公爵家とつながりを持てば出世にも響くものね。

「ねえ、知ってる？　お姉さまに話が回ってきたのはね、他の人たちが、魔物が多く貧乏な領地になど、大切な娘をやれませんと断ったからなのよ？」

妹ユメリアの楽しそうに笑った顔を最後に走馬灯が終わる。


でしょうね！　他に希望者いなかったんでしょうね！

でも、残念ながら前世の記憶を取り戻した私にとっては大変ラッキーな話。

だって、王都から離れるイコール、君たち虐待侯爵家と関わらずに済むってことでしょ？

それに、旦那になる二十歳の公爵様も社交の場に出ないなら、私も出なくていいのもうれしい。

「流刑されたハズレ領地の貧乏公爵」ってだけで、年の離れた男の後妻でもなければ、本人が猟奇的だとかいうわけでもない。

三食食べられて、虐待されないなら問題ないし。

現地で推しが見つかれば幸せに暮らせる自信がある！　寝食忘れて推し活、寝る間も惜しんで推し活、食費削って推し活……なんて、普通だしね！　三食食べられなくても睡眠時間短くても問題ないのさ！

いや問題ないっていうか、最大の問題は、今、死にそうになってることなんだけどさ！

うおー、息が、息が苦しい……肺もやられてるのかっ。

出発前のにこやかなユメリアの顔が脳裏に浮かぶ。

「ああ、それからお姉さま、怪我には気を付けてくださいね？　もう、私はいないのですから。馬車が谷底に転落して大怪我しても、私なら治せるでしょうけど」

くそ、ユメリアめぇ！

「見事なフラグを立ててくれたもんだ……」

シューシューと息がどこから漏れる情けない声でつぶやく。

肺がマジでやばそう。

死なない！　死ぬもんか！

まだ十六歳だぞ！　うら若き乙女だ！

推し活には体力も必要なんだよ！　十六歳といえば、心の体力が一番ある！　推して推して推して、狂おしいほど推しまくれる心の体力が！

いや、ほら、推しに寝癖がついてるだけで、三日はご飯がおいしく食べられるじゃん？　あれはな、アラフォーになると、推しの寝癖で仕事が頑張れるのは一日だけとかになるんよ……。どんどん新しく補給していかないと仕事で疲れ切った心は癒やされない。だから課金しちゃうのだよ……。

って、遠い目をしたら、そのまま息を引き取りそうになった！

あっぶなぁーい！

崖下に馬車が転落したのは誰かに見つけてもらえるの？　御者は誰か呼びに行ってくれた？

それとも、御者も一緒に落ちちゃったのかな？

だったら、誰にも発見されないまま？

それでもいいかな……なんてリリアリスのあきらめの気持ちがふっと胸をよぎるけど、そんな人生の終わり方絶対に納得できないいっ！

体は動かない。だけど、頭は働くし、声だって、まだ出せるんだ。

だから、魔法の呪文を口にする。

「【光】」

何が周りを明るくするだけの役に立たない魔法だ！

どんどん上がっていけ！

信号弾、空高く上がって。

私がここにいることを、誰かに知らせて……。

……思ったほど光は明るくない。

日が陰ってきた。私の上げた信号弾では、光が足りない。

ならば！

空高くに打ち上げた光魔法は、暗くなればなるほど目立つはずだ。

私はここ。見つけて。

死にたくない。お願い！

今度は、明確な意思を持って呪文を唱える。

「【照明弾】」

先ほどのぼんやりとした光とは違う明るい光が、高く高く打ち上がった。

照明弾は戦争で敵兵を照らすために飛距離は何キロもあると聞いたことがある。真上だとそこまで上がらないらしいけど……。

信号弾よりも強い光がずっと高い位置へと上がり、周りを照らす。

私はここにいる。

死にたくない。

十六歳の私の小さな声が聞こえる。死にたくない……と。

そうだ、死なない！　死んでたまるか！　光魔法は役立たずなんかじゃないんだから！

灯台がなきゃ、船は方向を失うし、信号機がなければ交通事故だらけだし、飛行機だって夜間飛行するには光がいるんだぞ。

光を馬鹿にするな！

光通信がなければ、インターネットで動画も快適に見られないんだから！　光は大事！

十六歳の私を励ますように、光のすばらしさを語っているうちに、意識が遠のいていく。

「【照明弾っ】」

意識を手放す前に、もう一度呪文を唱えた――。

第一章　パンがゆとLED

目が覚めた。

「知らない天井だ……」

あんなにしょぼしょぼしてもう何も見えなくなっていたのに、知らない天井が見えた。

あれ？

天井？

私、確か残業から帰ってゲームの更新データダウンロード中に風呂に入ろうと……いや違う、崖から落ちて……って夢？　風呂で寝落ちして病院に運ばれた？

部屋が薄暗いので、視界に映る天井もぼんやりな感じはある。

「【光】」

得意の……というかそれしか使えない魔法を発動すると、部屋が明るくなる。

って、夢じゃなかった！　魔法が使えてる！　異世界転生してる！

天井が見えるってことは、崖下から救出されたってことだよね！

石造りの壁。地下牢が一瞬思い浮かんだけれど、私が今寝ているベッドも、ドレッサーや机やソファも立派な物で、牢屋というわけではなさそうだ。

息苦しさもないし、どうやら本当に助かった……助けられたみたいだ。

まずはほっと息を吐きだす。

「ああ、目が覚めましたか奥様」

部屋に、三十代半ばに見える侍女が入って来た。服装から侍女と判断したけれど、誰？

「まぁ、明るい。早速照らしていただけるなんてなんと奥様はお優しいのでしょう」

優しい？　別に大したことしてないのに。

「これほどまでに明るい光、魔力が多いと聞いてはおりましたが、お体に負担ではございませんか。奥様……無理をなさらないでくださいまし」

いや、体に負担とか全然だけど？　無理なんてしてないけど？

というか、奥様？

「あの、私……」

いったいどうなってんの？

まさか、十六歳の侯爵令嬢であった私は死んで、さらに転生してるとか？

いやでも、光魔法は私の魔法だよね？　いや、再び光属性の人間に転生したとか？

「今まで見たこともない光が森から立ち上っていると、騎士たちが確認に行ったところ奥様が倒れておいででした」

騎士？

「すぐに回復魔法で治療いたしましたが、三日間目を覚まされなかったのでとても心配しておりました」

まって、情報が足りないのに多すぎるという状態で、分からないし混乱する。

「あの、ここは何処ですか？」

まずは、ここは何処？　私は誰？　から解決していこう。

侍女はグラスを手に持ち【水】と呪文を唱え、グラスに水を満たした。

「水魔法！」

初めて見た！　いや、見たことはあるよ。十六歳の私はね。でも前世の私は初めて。なんていうのか、生まれた時からそれが当たり前だと思って気にも留めなかった。

けど、前世日本人の記憶が戻ってから見る魔法って、すごく不思議だ。

どうして水が出るの？　水魔法って何？　空気中の水素と酸素を魔力で化合させてるの？　それとも、どこからか運んでいる？　え？　なんで？　どうなってるの？　ねぇ？

「ああ。そうです。私は小さな水魔法しか使えないので農作業にも攻撃にも使えませんが、飲み水だけは不便なく出すことはできますので。いつでもおっしゃってください」

グラスを受け取ってごくりと喉を潤す。

三日も目を覚まさなかったということは、三日ぶりの水。染みわたるぅ。

「奥様のご質問の件でございますが、ここは、アシュラーン公爵邸です」

アシュラーン公爵邸って、私の嫁ぎ先だ。無事に着くことができたんだ。

いや、全然無事じゃなかったけどね！　瀕死よ、瀕死！

死にそうになったけどね！　瀕死よ、瀕死！　おかげで前世思い出したけど！

「えーっと、奥様というのは？　私のこと？」

侍女が申し訳なさそうに首を横に振った。

「まだ目を覚まされないというのに、アルフレッド様は時間がないと……神父様をお呼びになって、その……」

なんだって？

まさかと思うけど……。

「結婚式が、終わっているのね？」

寝てる間に結婚式終わってたとかって、どういうことだ！

私のサインはどうした！

誓いの言葉はどうした！

指輪の交換はどうした！

誓いのキス……あ、ああ、まさか、私のファーストキスは意識のない間に終わっていたって？

……なんてことだ！

この世界の結婚のことが分からないから、実際は何をどうしたのか知らないけど、全然実感ないけど……。

目が覚めたら既婚者でした……って！

「アルフレッド様をお責めにならないでくださいっ。魔物の討伐を終えてやっとのことで屋敷まで戻ったというのに、すぐに別の魔物に村が襲われていると聞いて……限られた時間で……その」

なるほど。魔物がよく出るとは聞いていたけれど。そんなに頻繁に出るんだ。

それなら私が目を覚ますのを待つような余裕はなかった？

って、それはそうとして……。

「公爵であるアルフレッド様が自ら魔物討伐に出ていらっしゃるの？」

領主が動くなんて聞いたことがない。

私は騎士たちが見つけてくれたって言っていたから、騎士とか戦闘職の者はいるんだよね？

うー、まずいぞ。分からないことだらけだ。

前世の私が知らないだけじゃない。侯爵令嬢として育った私も知らないことが多すぎる。

貴族としての教育が始まるころには屋根裏部屋生活だったたし。

文字の読み書きはできるから本を読んで知識を補うか？

「はい。アルフレッド様は、領内一の強さですから。強力な火魔法を扱い、魔物をあっという間に倒してくださいます」

「へー」

火魔法はどんなものなんだろう。侯爵家では攻撃魔法を目にすることはなかったからなぁ。

前世でいろいろと見たアニメやゲームの映像を思い浮かべる。

やっぱり初級はファイヤーボールとかだろうか？　それとも剣に炎をまとわせてスパーンと一刀

両断する系だろうか？

見てみたいなぁ。結婚して夫婦になったんなら、見せてとお願いしたら見せてもらえるかな？

「あの、それでアルフレッド様は、領内を忙しく飛び回っていらっしゃって……せっかく奥様をお迎えしたというのに……」

ん？

侍女が申し訳なさそうな顔をする。

「もしかして、次はいつ屋敷に帰って来るか分からないってことかしら？」

図星のようだ。侍女がもごもごと口を動かしている。

「あの、早ければ三日もすれば……ですが今はちょっと魔物が活性化する時期で……」

そっか。

「会えないのね……」

せっかく火魔法を見せてもらおうかと思ったけれど。まぁ、楽しみは取っておいてもいいか。

アルフレッド様はどんな顔してるのかな。

王弟ってことは陛下に似てる？　陛下は絵姿でしか見たことないけど、妹の婚約者の第一王子も陛下も、見事な金髪に、青い瞳だ。

かなりの美男子だ。

アルフレッド様も美形なのかな？

二十歳の美男子かぁ……。私、どっちかというと脳筋系が好きなんだよなぁ。

熊みたいな見た目なのに、めちゃくちゃ優しいみたいなギャップとか最高よね。この国ってさ、戦いの中心は魔法なものだから、脳筋系のムキムキ男子が少ないんだよ！　残念すぎる！

「何か食べられそうですか？　食事をお運びいたします。いくら回復魔法で怪我は治ったといえ、三日間寝ていらっしゃったのですから。軽い物をお持ちいたしますね」

侍女が食事を取りに部屋を出て行った。

ふわふわな布団に沈みこみ、見慣れない天井を見つめる。

……死にそうな大怪我していたと思うんだけど、回復魔法でここまで良くなったんだ。

たった、三日寝込んでいただけで……。体力はないけど、怪我はほぼ完治。

聖属性魔法って本当にすごい。

魔物を倒せる火属性魔法もすごいし。

水魔法が使えたら生きていくのに必要な安全な水がいつでも手に入るのもすごい。

そう考えたら、確かに光魔法って、役立たずって言われても仕方がないといえば仕方がないのかなぁ……？

「でも、暗いの怖いし。暗い所にいるだけで気持ちが沈むし……っていうか、実際信号弾や照明弾で私は助かったんだから、全く役に立たないわけじゃないよね……？　いや、崖下に落ちる経験するほうが珍しいのか？」

ふと、さっき光魔法で出した丸い光を見つめる。

「シーリングライトと違って、天井に張り付いているわけではなく天井近くに浮いているし、全方向に光を放っているから天井もしっかり明るいのね……というか、明るすぎて影が濃いなぁ」

　部屋の四隅にも小さな光の玉を出す。小さめの玉。

　あの光の玉はいつまで光っているんだろう？　魔力で魔法が使えると思うんだけど、どれくらいの魔力が必要？

　大きな光の玉と小さな光の玉、消費魔力は一緒なのかな？　消費魔力で継続時間も違うとか？

　それとも……。

「消えろ」

　四隅の一つに念じてみた。

　消えた。消す時に魔力は消費するのかな？

　全然分からない。困った。

　リリアリスの記憶しかない時は深く考えもしなかったけど、前世の記憶が戻ってからは気になってしまう。

　本を読みたいな。いやその前に侍女に魔法のことを聞いてみようか。

　常識的に皆が知っている話だったとしたら、不審がられちゃうかな。

　侯爵令嬢なのに、なぜ知らないのか！　と……。

　それは、まずい。偽者じゃないかと疑われて追い出されても行く場所もない。魔物が出る森なんかに捨てられたら今度こそ死んじゃう。

「お待たせいたしました。お代わりは遠慮なくお申し付けくださいね」

侍女が持ってきてくれたのは、ミルクのパンがゆと、甘くとろりと煮た桃のような果物だった。

ああ、おいしぃー！

そうだよねぇ。風邪を引いたら桃の缶詰！　っていうくらいだから、体力なくても消化できるよね、きっと。

ポロリと、涙がこぼれた。

病気をした時の、優しい記憶だ。もう、どれだけ望んでも八歳のあとにリリアリスが手に入らなかった優しさが、ここにはある。

「大丈夫ですか？　奥様っ！」

「う、うん、大丈夫よ。その、ほっとしたから……」

侍女は涙をこぼした私をすぐに心配して声をかけてくれた。

侯爵家の使用人とは違う。きっと大丈夫……。

「さぞ、恐ろしかったでしょう。魔の森というだけではなく、日が暮れて魔物が湧きやすくなっていましたし……」

そうだったんだ。

魔物に襲われなかったのは運がよかったのかな。

「護衛の姿はなく……いまだに見つかっておりませんし」

いや、それは初めからいなかったんだけどね？

「馬車と一緒に転落したはずの馬や御者も……すでに魔物に食われてしまって跡形もなかったと

か」

え？

御者は亡くなったの？　魔物に食われるとか、怖っ！

それとも、もともと転落はしていなかったとか……？　魔物と遭遇して私を置いて逃げたのではなかろうかねぇ……。侯爵家の使用人ならやりそうだわ。

……っていうか、馬車をわざと転落させたなんてことはないよね？　流石にそこまではしないか。

「申し訳ありません。怖がらせるようなことを……」

「いいえ、大丈夫です。少し驚いただけで……その……」

「やはり、本当のことだったのですね」

侍女が小さく頭を横に振った。

本当？　何が？

「王都も侯爵領も魔物はほとんど出ないというのは……。このあたりでは魔物は年中いたるところで見ますし、会話の中に魔物の話はしょっちゅう出てきます。ですが、奥様は魔物の姿を見たこともない、魔物の話などすることもないだろうから、怖がらせないようにと……」

え？　そんな風に言われてたのか。

そりゃ確かに、あんな環境……八歳まではかわいがられて恐ろしいことからは遠ざけられ、八歳以降は自由に歩き回ることも人と話をすることも禁止されていたんだし、魔物のことを知る機会はなかったよ。ああ、でも時々魔物が出たという噂を使用人がしてたかな。すぐに騎士たちが退治してくれたとか。年に数回あるかないか。

王都ではそれくらい魔物は珍しかったのだろう。

「大丈夫ですよ。お屋敷の中にいれば安全ですから」

侍女が安心させるように笑った。それから、食器の中が空になったのを確認する。

「お代わりは必要ですか？　食べても吐き気などしませんか？」

質問に首を振ってこたえる。

「でしたら、明日の朝はもう少しちゃんとしたお食事をお持ちいたします」

「ありがとう。あの、名前は？」

侍女が手を止めて私を見た。

「申し訳ありません、自己紹介もまだでした……私は奥様のお世話をさせていただく侍女のマーサと申します」

少しふっくらとした優しそうに笑う女性だ。私の世話係がマーサでよかった。

「ではごゆっくりお休みください」

マーサが出て行った後、ベッドに寝転がる。

「そうか、私、死にそうになったけど、生きてるんだ」

ふっと笑いがこみあげる。

侯爵家の屋根裏部屋より立派な部屋。

濁りのない水に、腐っていない食べ物。

痛めつけることもなく微笑んでくれる使用人。

なんか、私にとっては良いことしかない！

しかも、前世の記憶を思い出してからは、ワクワクが増えた。

この世界は魔法がある。

役に立たないって言われる光魔法だって、日本じゃ考えられない話だよ？

ハズレ属性だから何？　魔法だよ、ま、ほ、う！

クリスマスツリーとか電飾つけ放題じゃない？

ふふ。楽しみ。ここは冬は雪深いっていうし。

そういえば道中見かけた森の木は途中から針葉樹だった気がする。

モミの木だ、モミの木！　違う種類でもモミの木ってことで構わない。

雪が降ったら。クリスマスツリーを作ろう。一番大きな木に。たくさんの電飾を飾って。

電飾たっぷりの巨大クリスマスツリー。恋人たちの聖地になったりして。こういうのも異世界知識チートか？

「ああ、楽しみだなぁ……」

あとは、推しが見つかるといいなぁ……。

この先のことを考えてニマニマしながら、いつの間にか眠ってしまった。

よく寝たな。

目が覚めると、知らない天井ではなく、昨日見た天井が目に入った。

知ったばかりの天井だ。

「おお、まだ光ってる」

何時間くらい寝ていたのか分からないけれど、天井付近の光の玉はまだ光っていた。

「もしかして、オフって言わないと消えない？」

首を傾げると、四隅に設置した小さいほうの光の玉は、消えていた。

「うーん？　魔力の量とか？」

いや、これは勉強が必要だわ。いや、実験かなぁ？　両方か。そう、両方だね。

そうと決まれば実験そのいち。

「ステータスオープンッ！」

声高らかに言葉を口にする。

……。

出なかった。カーッと顔が赤くなる。これ、まじ失敗すると恥ずかしいわ。中二病全開じゃん。

仕切り直し。えーっと、魔力を込める量というのは感覚でなんとなく分かる……かな？

ラノベとかで読んだ「体をめぐる魔力を感じるんだ」みたいなやつ……というよりは、握力っていうの？

握る時に、軽く握るのと強く握るのとは違う感覚に近い。

空の紙コップを持ち上げる時と重たいペットボトルを持ち上げる時に無意識に力加減をするあの感覚っていうか。

空の紙コップを持ち上げる時のように、小さな魔力を。

想像力で、光の玉の大きさを調整。

ピンポン玉サイズの光の玉が一つできる。

次に、もう少し魔力を増やしたピンポン玉サイズの光の玉を作る。

「大きさだけじゃなくて、明るさも調整できるよね？」

次に、魔力は増やさずにもっと明るくなれと想像しながら光の玉を作った。

宙に浮いたまま……なのも、不思議だ。移動できるのかな？

手を伸ばして触ろうとしたら、スカッと手が通り抜けてしまった。

「え？　見えてるけど幻影？　いや、違うか。光はもともと触れない。玉の形をしているから電球のように触れるんじゃないかって思ってしまったんだ……。失敗失敗。この世界にはそもそも電球なんてないのに」

つぶやいた声が擦れている。

「喉渇いたなぁ……」

今は何時なんだろう？

水差しはないかと見回したけれどない。

水が飲みたい時は水魔法で出してもらうシステムなんだろうか？　新鮮で安全であることは確かだよね。

そろりとベッドから下りて立ち上がってみた。

「うん、大丈夫。どこも痛くない」

体力が落ちているといっても、少し動き回るくらいならできそうだ。

立ち上がると、寝間着姿だ。クローゼットを開くと空っぽ。

嫁入り道具として何も持たされていない。着てきた服は血まみれだったから処分されたのだろう。

椅子の上にガウンがあったので、それを羽織る。足元は室内履きでも屋敷内なら問題ないだろう。

窓を開く。

石の壁に、木の窓だ。蝶番《ちょうつがい》で内側に開くと、鉄格子がはまっている。

空の色は茜色に染まっていた。

いや、まてまて、方角が分からないけれど、これは夕焼けなのか、朝焼けなのか、どっち？

窓から下を見ると、三階ほどの高さに部屋があるのが分かる。建物には足場になるようなものもなくてストーンだ。

「泥棒避けってよりも、逃亡禁止用の鉄格子？」

それなりに広い庭がある。いや、庭というのは怪しい。だだっ広い広場のような場所。庭だと思ったのは、広場の向こうに敷地を囲う壁……高い塀が見えたからだ。その向こうに、街が見える。街の建物は石造りの二階建て。密集して建てられている。王都の十分の一もない広さの街を塀が囲んでいて、その向こうに畑。さらにその向こうに森。畑にはぽつぽつと火の見櫓《やぐら》のようなものが立っている。

「作物が育ちにくい土地と聞いていたけれど……畑は割としっかり青々と育ってるように見えるよね……雪に閉ざされる期間が長いのかな？」

嫁いできたというのに、その領地のことを全く知らないのも恥ずかしい話だ。早急に本を読むかして頭に叩き込まないと。

……これはいっそ、しばらくまだ体力が戻らないので。読書するくらいしかできないとでも言って籠もっちゃおうかな？

「夕焼けにしろ朝焼けにしろ、あまり非常識な時間じゃないよね……」

夜中に誰かを叩き起こして水を飲ませてもらうというのでなければ水くらいもらえるだろう。

ほっと息を吐きだして部屋のドアを開く。

当たり前だけど廊下も石造りだ。窓もないため、薄暗い。

廊下のところどころに設置された蠟燭……ではなく、蠟燭立てのような場所に光魔法の明かりがありぼんやり照らされている。

暗っ。

もしかして光魔法ってあれくらいが普通？

侯爵家では部屋は大きな窓から明かりが差し込んでいたし、廊下にも窓があった。昼間は差し込む太陽の光で灯りをともす必要もないくらい明るかった。

日が落ちる前に屋敷中に光魔法を設置するのが私の仕事の一つだった。昼間のように明るくしちゃったのは前世記憶が無意識に働いていたのかな？

いや、前世でも暗い場合もあったか。雰囲気のあるレストランだとかホテルだとか間接照明で薄暗くて読書に向かない場所。好みじゃなかったんだよなぁ。

明るい部屋から出たので目が慣れないのと、初めての場所で何がどうなっているのか分からないのもあり、そろそろとゆっくりと廊下を進む。

進んでいくと、人の話し声が聞こえてきた。

ほっ。

「目を覚ましたそうですよ。奥様」

「そうなんだぁ。じゃあ、これからお世話とかしなくちゃいけないわけでしょ？」

「いや、それは侍女のマーサがするでしょ」

「でも、いろいろ命じられるんじゃない？　面倒ごとはごめんだよ。光属性のハズレ令嬢でしょ？」

びくりと体が固まる。

慌てて物音を立てないように身を隠した。

「旦那様もおかわいそうに……」

「本当に。魔物を国のために討伐しているというのに……」

「厄介者を押し付けられたんですよね……。旦那様には幸せになる権利すらないの？」

「泣くな……。旦那様はこうしてる間にも命を懸けて戦ってくださっているのだ」

私の悪口かと思ったら……。

いや、私を悪く言っていることには変わりないけれど、私個人に対する悪口というよりは、旦那様を、アルフレッド様を思うあまりの愚痴というだけだ。

そっか。

旦那様は、使用人に慕われるいい人なんだ。

そして、使用人も、旦那様のことを思ういい人たちなんだ。

私がハズレ令嬢で押し付けられたということは事実だから、否定してもしょうがない。

認めてもらうなら、無害で役立つと思ってもらえればいい。

何か領地やアルフレッド様のためにできることがないかな？

ふんっとこぶしを握り締める。まずは屋敷中を明るくしてみる？　……いや、雰囲気作りで薄暗くしているとしたら、ぶち壊しちゃうから確認してからにしよう。

「奥様の妹のユメリア様は聖属性魔法の使い手なのでしょう？」

「どうして、無能な姉じゃなくて妹が嫁いでくれなかったのでしょう……」

痛い。

胸がぎゅっと縮み上がる。

無能な光属性。役立たずな光魔法。がっかりした両親の顔。

背を向けて走り出す。

誰にも会うことなく部屋に飛び込んだ。

「こんなところまで来て、なお妹と比較されるとは……。あれは流石に心臓に来る……」

バクバクと悲しみが胸に渦巻く。そう、簡単に割り切れるわけない。

前世を思い出したけれど、今世の私をのっとったわけでも入れ替わったわけでもない。今世の私は今世の私だ。感情も記憶も。……ただ、前世の記憶を思い出していろいろなことを知っただけ。

そう。私は知っているのだ。悲しみは推しに癒やしてもらえば薄らいでいく！

推し、推しを見つけなければ……！　もふもふでもいい！　癒やされたい！

「あ」

三つ出しておいたピンポン玉サイズの光の玉のうち二つが消えていた。

「魔力小で暗いものと、魔力大で明るいものが消えて、魔力大で暗いものがまだ残っている……」

ってことは、明るさで消費魔力量が違ってくるってこと確定でいい？

さらに、魔力量によって魔法の継続時間が変わってくるってことも確定でいい？

なんか、あれだ！

電池の実験みたいだ。

直列と並列、電池二個使った実験。どちらが明るいか、どちらが長持ちするか……みたいなさ！

ふ、ふふふ。こりゃ楽しいかも。

っていうか本を読んだらこんなこと書いてあるかもしれないけど。もしそういう本が無かったら、実験結果をまとめた本でも作ろうかな。

作家になれる。いや、科学者？　科学じゃないな。魔法学者？　とも違うな。光属性魔法学者か。

また「役に立たない光属性魔法を研究している役立たず」だって言われるのかな。

まぁいいや。どうせ前世だってオタ活は「役に立たない」とか散々言われてたもんね。「お金の無駄遣い」「時間の無駄遣い」えーっと、それから……「そんなことより結婚して子供を産め」……とかね。

なぁんだ。回りにいろいろ言われるのなんて、どんな立場だって結局一緒じゃん。

あとは空気を読んで、表面上仲良くしていけばいいんだわ。認められなくてもまぁいいっか。

「くふふっ、ふふっ」

私、幸せじゃん。働かなくても食事食べられるし。あとは推しがいれば最高だけど。それはそのうちってことで。

人って知らないことを知ると情報による刺激でドーパミンが出て気持ちよくなるらしい。情報中毒って言葉もあるくらい。

魔法なんて新しい情報、脳が喜んで仕方がない！

……さ、実験の続きでもしますか。

光魔法……魔力が電池みたいな役割をするってことは……。

電気で光ってる感じだと思えばいいのかな？

ならば、消費電力が少ないLEDみたいな光の玉ができれば、長持ちする？

魔力小で結果が早く分かるように明るい小さな光の玉を出し、次にLEDを思い浮かべながら同じような魔力量と明るさの光の玉を出した。

どっちが長持ちするかなぁ。というか、ちゃんとLEDになってるのかな？

確かLEDって光が特定の方向に出て拡散力が弱いとか。だから小さな光のもとを集めた感じで作られてるんだよね？　いや、もしかしたらピンポン玉のような形の光の玉の中にLEDの小さな光が詰まってるとか？

うーん、分からん。とりあえず
首を傾げたところで、ノックの音。

「奥様、起きていらっしゃったのですね」

マーサだ。

……マーサも、私の世話が面倒だとか、旦那様がかわいそうとか思ってるのかなぁ？　と一瞬思ったけれど……これ、一番だめな思考だよね。

「おはよう。お水をもらえる？」

「はい」

ニコリと笑って、マーサはコップに水魔法でおいしい水を出してくれる。

毒を入れられなきゃ問題ない。いちいち飲食店の店員やコンビニのレジ係が私を好きかどうかとか考えながら生活したりしないもんね。

彼女たちは仕事。仕事を全うしてくれる。プロとして。何も問題はない。

——仲良くなれたらうれしいけど。

「美味しい。ありがとう」

コップを返すと、マーサがうれしそうに笑った。

「奥様、旦那様からお手紙が届いております」

マーサはポケットから手紙を取り出して私に渡した。

「えっと……」

貴族……仮にも公爵であれば、手紙ってもう少しこう、綺麗な封筒に入れて、ちゃんと印とかするものじゃないかな？

四つに折りたたまれただけの紙を手渡された。

旦那様にも……歓迎されてないいってことかな？

開いて見ると、とても乱暴な字で書かれている。

紙にペンが引っかかったのかところどころインクがダマになっていたり飛び散ったりしているし、変な染みまでついてる。

嫌がらせ？

読みにくい文字を目で追っていく。

えーっと……。

「君を愛することはない」

思わず声に出して読んでしまい、それを聞いたマーサが驚いた顔をしている。

しまった。

私よりも驚いている。

『この結婚は、王命で断ることができなかったものだ』

ですね。私のほうもそうですよ……たぶん。親が勝手に決めたんだけど。

『君には申し訳ない』

ん？

私に申し訳ない？

『三年耐えてほしい』

三年？

耐える？

あ……。

三年白い結婚であれば貴族といえども離婚ができるって、そんなルールがあったっけ。そうする気なの？

アルフレッド様は二十歳。三年後離婚してからも十分世継ぎを残せる年齢だよね。

十六歳の私は……。三年後離婚されたら、家には戻れないだろう。

いや、戻りたくないよね。あんなところ。

となると、平民になって生活するわけだけど。就職できるのかな？

アルフレッド様が働き口をあっせんしてくれるといいけど。

……いや、それには、私が働けるということを証明しないとだめか。侯爵令嬢で公爵夫人だった私が働けるなんて誰も思わないよね。

「あ、あの、奥様……その……それは何か、間違いで……魔物と戦う中、奥様が目を覚まされたと急使を送り、持って帰った手紙にまさかそのようなことが……」

マーサが震えている。

「え……この手紙……」

魔物がいるような危険な場所で慌てて書いたの？

筆記具も十分にない場所。急ぎしたためた手紙。もしかしたらこの染みも魔物の体液だとか草木の汁だとか……？

ひぃー！　それを、私は嫌がらせだとか一瞬でも考えてしまったなんて！

申し訳なくて今すぐ土下座して謝りたい！　心の中でまだ見ぬアルフレッド様にスライディング土下座！

「あのね、マーサ、アルフレッド様は、三年の白い結婚ののち私と離婚するそうですっ！」

ってことはだ。三年が一日でも早く過ぎ去るようにと、意識が戻らない私と結婚式を強引に執り行った可能性が出てきた。単に忙しいだけではなかったのかもしれない。

使用人にも慕われてたみたいだし……。いい人だ（確定）！

手紙から顔を上げてマーサを見ると、まだ驚きから立ち直っていない顔をしている。

「私、愛されていないし、愛されることもないけれど……アルフレッド様に気遣ってもらえてうれしいです！」

正直な気持ちだ。

手紙には三年間好きにしていい、予算は侯爵令嬢だった時ほどは出せなくて申し訳ないなど気遣う言葉が続いている。

っていうか、名ばかり侯爵令嬢だったから予算はゼロだよ。働いた分の給料分でマイナスだよ！

マーサは驚いた顔をしているというのに、さらに目をまん丸にした。

「あの、奥様はそれでよろしいのですか？」

白い結婚ののち離婚されるなんて、まぁ、普通なら屈辱的な話なんだけど。

「女の幸せは結婚だけじゃないのよ？」

前世は独身喪女オタク、幸せだったよ。

誰に遠慮することもなく推し活できて。なぜか、自分の名前も推しキャラの名前も思い出せはしないんだけど。推している時のあの幸福感はしっかり覚えている。

マーサはまだ納得できない様子というか、私に同情的な目を向けている。

あれ？　光属性の私がアルフレッド様と結婚することに否定的なんじゃなかったのかな？

私とアルフレッド様が白い結婚ののち離婚するなんて喜ぶことじゃないの？　なんで同情的な目をするのかな？

……もしかして、使用人の中にも、私を歓迎してくれている人がいるの？　……マーサは私を歓迎してくれていた？

「マーサ、だから私のことは奥様じゃなくて、リリアリスと呼んで」

まだ湿っぽい顔をしているマーサに明るく話しかける。

「お腹がすいたわ」

「はい。すでに準備は整っております。着替えて食堂へ」

マーサが、クローゼットを開いた。

「あ……」

空っぽのクローゼットを前に、マーサが固まる。

「そうでした、奥様……リリアリス様の婚礼道具を載せた馬車の行方も分からずお荷物が届いていません……」

いやぁ、それは初めからないんだよ？　侯爵家からは身一つで追い出され……いや、嫁がされたのだよ？

いくら探しても、待っても届かないんだよ？

「代わりになるドレスの手配をしてはいますが……公爵領ではリリアリス様が御召しになれるようなドレスを扱う店がなく、まだ数日は……」

「マーサ、ドレスの手配、キャンセルができるならキャンセルして。ドレスにお金を遣うなんてもったいないわ。どうせ社交もしないのだし」

今までだってドレスなんて着てなかった。今マーサが着ているよりもずっとボロボロの使用人のお仕着せ。よく怪我をするから汚すからもったいないと言われ……。

正しくは、よく怪我をさせられ、よく汚されていたんだけども、両親の耳には届かなかったよね。

まぁ、どうだっていい。

「で、ですが……」

それにどうせ、三年後に離婚したら庶民としての暮らしが待っているんだし。侯爵家に戻る気はない。修道院に入れられるのがおちだろうし。いや、修道院に入れられたほうがマシっていう生活を強いられる可能性もある。それくらいなら逃亡一択。

前世知識があれば庶民としての一人暮らしは慣れれば何とかなるはず。

三年という準備期間があるんだもの。

マーサが泣きそうな顔をしている。

「マーサは知らない？　ドレスってね、コルセットは苦しいし、スカートは邪魔になるし、汚さないように気を遣うし、あちこちに付いたリボンやフリルは引っかかったりするし、縫い付けられたいろいろな物がぼこぼこして着心地は悪いし、暑くても寒くてもちょっと脱いだり羽織ったりしにくいし」

手を前に出して、指を折りながらドレスの不便さを挙げていく。まぁ、想像の部分もあるけど。

「それにね、ちょっと昼寝したいなぁと思っても、自分でドレスを脱いで着替えることもできないのよ？　人を呼んで着替えさせてもらっている間に眠気なんて吹っ飛んじゃうわ」

マーサがそこでやっと笑顔になった。

「だから、ドレスを着ないで済むなら着たくないのよ！　もっと楽な服装で暮らしたいの」

「かしこまりました。リリアリス様。でしたら、ドレスはキャンセルできるものはして、もう少し楽な服を街の仕立て屋に準備させましょう」

街！

「マーサ、私、自分で買いに行きたいわ！　侯爵家にいる時も自由に買い物をしたことがなかったから、街を見て回りたいの！」

この世界の庶民の暮らしをチェックするいいチャンス！　ふふふ。あわよくば就職先も探せるかも！

「分かりました。でしたら、私の息子のカイに案内させましょう。街は安全ではありますが、何かあるといけません。カイなら護衛としても役立ちますので」

やった！

「とはいえ、街に出るための服がいりますね……。先代の方々が残された服があるでしょうからサイズが合うものを探してまいります」

というマーサにひっついて廊下に出た。

「私が選ぶわ。使えそうな服があるのならばわざわざ買う必要もないだろうから。どんな服があるか見ておきたいの」

「わ、分かりました。リリアリス様は、部屋にいてください。衣装箱を運ばせますからっ！」

マーサに部屋に戻された。

「そのような格好のまま屋敷の中を歩かせるわけにはまいりませんっ！」

え？　貴族生活って不便っ！

「あの、本当にその服を着られるのですか？」

運ばれた衣装箱の中には、古くて着なくなった使い道のない歴代流刑者たちの……いやいや、公爵邸でお過ごしになった方々の服が収められていた。

その一つを身に着ける。

鏡に映った私は、ちょっと痩せすぎているかなと思うけれど美少女のほうだと思う。艶はないけど金の長い髪に青い目。双子のユメリアは第一王子に見初められるほどの飛び切りの美少女だった。双子なんだからもう少し肉付きがよくなって髪に艶が出て血色もよくなって化粧を施したらなかなかのものなんだろうとは思うけど。離婚予定の旦那がいる身でかわいくなる必要なんて全くないよね？

「いやぁ、動きやすくて最高！」

衣装箱にアルフレッド様の幼少期に着ていたというシャツとズボンの中にサイズ的にぴったりな物がありましてね。

長い髪もポニーテールにしたら、動きやすさマックス！

「まるで……冒険者の女性のようですわね」

ん？

「今、マーサ、何て？」

「いえ、あの……男の人のようにズボンをはいて髪の毛をひと結びにするのは冒険者の女性くらいで……服装の話で、決してリリアリス様が冒険者みたいだと言っているわけではなくて……」

「冒険者がいるのね？」

なんてことでしょう！　冒険者がいる世界だっただなんて！　ワクワク！　ワクワク！

「ということは冒険者が登録する組織……ギルドとかもあるのかしら？　冒険者の仕事は依頼をこなすの？　それともダンジョンでドロップ品や素材を集めるの？」

魔法があるだけじゃない世界だ！　ワクワクが止まらない。

って、光魔法じゃダンジョンは無理か？　くぅ！　こんなことなら剣術とか身につけたのに！

いや、今からでも……。

「え？　あの、ギルドはありますが、ダンジョンとは？」

ダンジョンはなかったかぁ！　ステータスもオープンしなかったし、ゲーム的な世界とはいかなかったわ！

そういえば魔物は、ダンジョンじゃないのに普通に出てるもんねぇ。魔の森があるんだもん。ドロップ品もないんだろうなぁ。だって、ドロップ品に価値があるなら魔物がたくさん出る土地を流刑地扱いにしたりしないだろうし。

「王都で流行っている、物語に……出てきたの……そ、それで、冒険者に憧れていて」

「そうでしたのですね。王都では冒険者の物語が流行っているのですね」

なんとか誤魔化せた！

朝食をしっかり食べた後、マーサが一人の少年を連れて来た。

高校生くらいの少年だ。……ってことは私と同じくらいの年齢ってことか。

「息子のカイです」

あー、言われてみれば、マーサに目元が似ている。優しそうな少し垂れた茶色の瞳。茶色の髪もマーサと同じ色だ。

「カイ、護衛と街の案内よろしくね？」

優しそうな目をしているのに、にこりとも笑わない。

「カイ、リリアリス様にご挨拶をしなさい」

マーサの隣に並ぶカイが、私を値踏みするように上から下まで見ている。

「母さん、奥様の護衛をという話でしたが、この人誰？」

マーサが慌ててカイの頭をこつんと叩いた。

「こちらがリリアリス様です！　申し訳ありませんっ」

「は？　え？　奥様？　え？　でも……その格好……それとも王都に住む女はみんなそんな格好するのですか？」

無表情だったのが、一気に表情豊かになった。こう、なんていうか……。犬ころ系だ。目まぐるしくくるくると視線が動いて耳やしっぽがあれ、ブンブンピコピコせわしなく動く……あ、犬ころじゃない。子犬だ！

もふもふ枠だ！　いや、実際に撫でくり回すわけにはいかないから、脳内で犬耳としっぽをつけたカイを動かして脳内でもふる。

オタク歴三十年のベテランともなれば造作もないこと。脳内二次創作などお手の物！

「そうよ。これが最先端。夫の幼少期の服を着るのが流行っているの」

私の言葉に、カイが再度、私の姿を見た。ああ、いけない。つい、かまい倒したくなる。

「そうだったんですね！　王都はそんなのが流行してるんですね。確かに、その服見覚えがある。昔アルフレッド様が着てたやつだ」

うんうんと納得している。

「ぷっ」

だめだ。思わず笑ってしまった。かわいすぎるだろう。信じちゃうか？　どんな流行りだ！

「ごめん、カイ。嘘。流行ってなんかないよ。みんなドレス着てるわ。私の場合はドレスがないし、街に出るなら動きやすい服がいいでしょう？　買いに行く服は普通に女性用のものよ」

空っぽのクローゼットを指さして、運び込まれた衣装箱を指さしてにこりと笑った。

「うっ！　嘘……騙したんですね」

ぷぅっと、カイがほっぺを膨らませた。

「こ、こら、カイ！　言葉遣いにもう少し気をつけなさい！　相手は公爵夫人ですよっ！」

「マーサ、かまわないわ。カイも。街中では他の人にお嬢様……奥様だと分からないほうが安全でしょうからあまりかしこまらないほうがいいわ。それから、私のことはアリスと呼んでね」

カイが戸惑っている。

「騙してごめんなさい。じゃあ、案内よろしくね」

謝って笑いかけると、すぐにカイは機嫌を直してくれた。

「はい！　では行きましょう！」

脳内では、張り切ってお散歩に行く大型犬がしっぽを振っている姿が思い浮かんだ。

くっ。かわいいだろ！


「服屋はあの辺だよ。母さんから一番左端の店に行けって言われてる」

ああ、異世界の街だ。

とはいえ、思っていた感じとはちょっと違う。石造りの頑丈そうな建物が密集している。二階建ての一階が店で二階が住まいという感じではあるんだけど。

どの店も窓は小さく鉄格子がはまっているし、ドアはぴっちり閉められている。ドアにある「営業中」という札が無ければとても営業している店だとは思えない。

「ここだ」

カイに案内された店も同じような作りだった。店の中に入ると、薄暗い。

「いらっしゃい」

色とりどりの服が並んでいる……はずなのに、薄暗くて色がよく分からない。

三年後に離婚した後、着てた服くらいは持ち出せるよね？

ってことは丈夫で長持ちして庶民的な服がいい。あと汚れが目立たなくて、体のサイズが変わっても着続けられる。となると……。って、見にくいなぁ。

「すみません、あの、店の中が暗いのは意味があるんですか？」

「ああ、光魔法で明るくする店もあるけどね、うちは服屋だから」

？

服屋なら明るくして、服の色がよく見えるようにしたほうがいいのでは？

それとも、暗い場所が多いから、暗い時にどんな色に見えるかが重要なのかな？

公爵家の屋敷ですら薄暗いもんねぇ。

とりあえず一着。屋敷の中で着るためのワンピースを買う。あとは徐々にそろえていけばいいよね。なんだかんだズボンとシャツはたくさんあったし。

「次は何処を案内する？」

カイの言葉に、ニヤニヤしながら答えた。

「冒険者ギルド！」

異世界といえば、外せないよね。ふふふ。服なんて本当はどうだっていいんだよね〜。街に出る口実さ！

「文句を言いに来たのか？」

いや、なぜこうなった？

ギルドに足を踏み入れ、受付のお姉さんに声をかけたらカウンターの奥にいた青年が振り返った。乱れた髪に、薄汚れた顔の青年は私の顔を見て驚いたように目を見開き、それからカイの顔をちらりと見た。

そのあと、視線を私に戻ると、目を吊り上げて出た言葉があれだ。

文句？　何のこと？　なんでにらまれなきゃいけないの？　初対面でしょ！

と思っている間に、青年はカウンターに手をついたかと思うとひらりとカウンターを飛び越えて出てきた。

マントがふわりとひらめいた。いやいや、たかが数歩なんだからかっこつけずにカウンター横の通路から来たらいいのに……。

なんて考えてたら、つかつかと私の前に歩いてきて青年が私の手首を掴んでカウンターの奥へと連れていかれた。

ちょ、何、何？

青年は随分汚れた服を着ている。

さっきまで戦場にいたかのような装いだ。胸当てや肘当て、膝当てなどの鎧を着こみ、分厚いマントをつけている。ギルドの職員というよりは冒険者なんだろうなとは思うけど……。

なんで、私はいきなりにらまれて、引っ張られてるのか？

カイは何も言わずに私の後ろをついてくる。うーん……。この状況を不思議には思ってないってこと？

ってことは、考えられることといえば、この男性は、カイの恋人。カイが、自分じゃない男……の格好をした私を連れてきたからライバル認定してにらまれている……とか？　っていう楽しい妄想をしてみる。

カイは子犬系かわいいイケメン。

目の前の青年は……と、改めて顔を見る。俺様系イケメン。

わんこ系と俺様系……。くっ。セットで推せる。

「カイの知り合いですか？　というか、あなたは誰ですか？」

「は？」

青年……黒髪黒目だけど顔つきは西洋系。背は私よりも頭一つ分は高い。強い意志を持ってそうなイケメン顔だ。

あら？　よく見れば、鎧の奥の胸板がしっかりしてるような気が……。腕も筋肉しっかりついてない？　この世界では珍しく鍛えた筋肉を持つ青年！　ちょっといいんじゃない？　もう少し筋肉見せてもらえないかな。

もしかして……私好みのよい筋肉をしている可能性が……！

「いや、俺が誰か知らない？」

驚いた顔で、青年はカイを見た。

いや、なんでカイに確認するの？　やっぱり、カイの恋人？　私がカイに恋人がいることを知らなかったのか確認しようとした？

くっ。やめて！　妄想はかどりすぎるから。ありがとうございます。

「いや、知らないならいい」

すぐにカイに手を振る。この青年はカイから説明を受けてないかの確認だけすると表情を緩めた。

「で、俺に文句を言うためじゃないなら、そんな格好までして何しにここに来たんだ？」

「あなたが、誰と私を間違えているか知りませんし、何の文句をつけられるようなことをしでかしたかも知りませんけど、私は別にあなたに用事があるわけじゃないです。それからえーっと、カイは私の道案内を頼まれてしているだけです」

「は？　あ……俺に用事がないって……じゃあ、どうしてここに来たんだ？　冒険者みたいな格好までして」

いやいや、だからさ。

「ここは冒険者ギルドでしょ？　冒険者の服装をして来るのに理由が必要？　何を言ってるのか全然分からないんですけど？」

私の言葉に、青年が大声で笑い出した。

「あははは、いや、マジか。当てつけでも何でもなく、お前は進んでズボンを履いてるってわけか。そりゃいい。気に入った」

青年が私の頭をポンポンと叩く。

ぐおー！　萌え行動とるんじゃないっ！　私は壁ドン派でも顎クイッ派でもなく、頭ポンポン派なんだ！　ドキドキするじゃないか！

「触らないでっ！　私はこう見えても人妻です。異性と必要以上に接触する気はありませんっ！」

ぴしっと青年の手を払いのける。これ以上ツボを刺激しないでほしい！

「あっ」

カイが驚きの声を発した。ちょっと強い言葉で言いすぎたかな。

「ごめんなさい、ちょっと驚いて」

カイの恋人（推定……じゃない、妄想……少なくとも知り合い）に失礼すぎたか。

「あー、あのさ……実はだな」

青年が口を開き、何かを言おうとしたら、女性の声が割って入った。

「ギルド長！　いったいその人はなんですか？」

ギルド長？

「あー、いや。俺の……いや、まぁ、上品そうな服を着ていたので、来る場所を間違えたんじゃないかと尋ねていたところだ」

上品そうって、まぁ、アルフレッド様が子供のころの服だし。腐っても公爵様の服で、確かに周りにいる冒険者たちとは全然違うかも。

女がズボンをはいているのは冒険者っぽいとマーサは言ったけど冒険者から見ると冒険者っぽくないってことかな？

もしかすると、ギルド長？　と呼ばれた青年も、私が商業ギルドだかどっか敵対する組織からクレームを言いに来たかと思ったのかな？　カイと一緒にいるからにらまれたんじゃなかったのかな？　いや、敵対する組織があるかも知らないけども。だって、冒険者ギルドがあるって知ったのもちょっと前だし。小説だと商業ギルドと冒険者ギルドがライバル関係にあるのは定番だよ？

それにしても、ギルド長と呼ばれる青年は若く見える。二十代前半でギルド長？　すごく優秀なんだ。

ギルドの女性職員が私とカイを見てからギルド長に尋ねた。

「それで、間違いでしたか？」

「ああ、間違いだったようだ」

「いえ、来る場所を間違えたわけじゃないです！　私、冒険者ギルドに用があって来たんですっ！」

ふんすっと鼻息あらく答える。

「え？　いや、そういえば、俺に用があるんじゃなきゃ何しに来たんだ？」

ギルド長がうろたえた。

ってか、なんでギルド長に用があると思って……あれ？

「私、冒険者ギルドに登録しに来たんですけど……もしかして、登録業務はギルド長の仕事？　だったら、ギルド長に用があるということに……」

「は？　冒険者登録？　嘘だろ？　そんな不自由な生活じゃないだろう？　俺は受け付けない

ぞ！」

ギルド長が驚いている。自分の服装を見る。お金に不自由しているようには確かに見えないかも。でも、離婚後の生活も考えないといけないし。

っていうか俺は受け付けないってどういうこと？　だいたい、本当にギルド長が受付業務するの？　読んだ小説や漫画では受付業務をギルド長がするなんてないよ？　やたらとスタイルのいいかわいい受付のお姉さんがしてくれるよ？　目の前にいるこのお姉さんみたいな人が……。

「まあ！　女性の冒険者は大歓迎よ！　登録受付ね！　おいで、いらっしゃい」

優しい笑顔に吸い込まれるようにしてお姉さんとカウンターへと向かう。

護衛のカイが私の後ろについてくるのは分かる。

しかし、なぜギルド長が受付のお姉さんの後ろについてくるのか。そんなに私が冒険者登録するのが気に入らないの？

「登録は簡単。こちらの用紙に名前と属性魔法を書くだけです。ランクはFからスタートして、依頼をこなしていくとランクアップします」

それからお姉さんは簡単にギルドの説明をしてくれた。Bランクから強制依頼があるだとか、依頼達成の条件だとか。漫画みたいだなぁと思いながら、右耳から左耳に聞き流す。

だって、魔物討伐系は私には関係なさそうだし。

登録用紙に名前を書く。

「えーっと、り、り、……」

まてよリリアリスなんて珍しい名前、すぐに公爵夫人だってばれちゃうんじゃない？

そうそう、カイに言ったように、アリスでいいか。

アリスと書いたら、ギルド長がぷっと笑った。なぜ笑う！　顔を上げると、目が合った。

「アリスか。俺はレッドだ」

なんか、笑いをこらえている表情で名乗られてもね。失礼しちゃう。っていうか、この世界もアリスって名前は女児のイメージあるのかな？　似合わないと思われてる？　くっ。もう少しひねった名前にすればよかった。

「はい。アリスさんですね。魔法属性は、光……」

あ。

お姉さんの笑顔が固まった。

「あの子光属性みたいだぞ」

「冒険者としてやってくのは厳しいだろう」

後ろでささやかれる人の声……。

なんと！　光属性魔法は冒険者ギルドでも歓迎されないとは。

って、当たり前か。もし歓迎されるなら「お前は冒険者になれ！」とか言うよね。

でも、別に私は冒険者として大成する野望もないんだよね。

離婚したあとに生活できるだけの収入が得られればそれでいいんだ。冒険者では稼げないなら別の方法を考えるだけだ。

貴族令嬢としてのマナーなどは八歳までの基本しか学んでないけれど、読み書きができる。前世知識で計算はこの世界の誰よりも得意なはず。となれば家庭教師の道もある。

ただ、家庭教師を必要とする人々は貴族だったり貴族とのつながりがある大商人だったりするから。リリアリスを知ってる人に見つかってめんどくさいことになりたくないから、最終手段だと思ってる。

他には計算が得意だからどこぞの商会で雇ってもらえないかな。ギルドの依頼をこなす間に伝手ができるといいなぁ。

とはいえ……。

「えーっと、もしかして光属性魔法しか使えないと、仕事はないですか？」

受付のお姉さんが、紙が入った箱を取り出してカウンターの上に置いた。

「光属性魔法使いへの依頼書はこちらになります」

ほっと息を吐く。

なんだ、依頼あるじゃん。

『店内照明　月光二つ　四時間　銅貨一枚』

『店内証明　月光四つ　二時間　銅貨一枚』

『店内証明　日光一つ　一時間　銅貨一枚』

銅貨一枚？

安くないか？　銅貨一枚ってパン一個くらいの価値しかなかったんじゃ……。

でもまてよ？

月明かりっていうのは暗いってことでいい？　日光が明るいって意味だよね？

公爵家の屋敷の、あの廊下の薄暗い光が月光ってことかな？　暗い光って呼ぶよりは「月光」って言ったほうがかっこいいよね。誰が考えたんだろう。

日光が明るい魔法とすると、明るい光魔法一時間分で銅貨一枚なら妥当なのかな？

ぶっちゃけ、電気のスイッチ入れるくらいの労力しかないのにパン一個もらえるってことだよ？

「ねぇ、カイ、店の場所は分かる？　移動にどれくらいかかるかな？」

依頼書をカイに見せる。

「んー、このあたりは西側に集中してる店だよな。こっちは東」

西側の店の依頼書をカイがより分けた。二十枚ほどが西側の店らしい。

「全部回って半刻ってことか」

何？　三十分で……作業時間……挨拶だとか依頼達成サインもらったりとか含めても一時間で二十か所回れるの？

じゃあ、銅貨二十枚。二千円くらいになるじゃん。

そりゃ一つあたりの依頼金額が安いわけだ。

カイが眉根を寄せた。

「無理しても魔力足りないだろ？　依頼が達成できなかったらペナルティあるって説明してたよね」

「んー、足りないっていうか、この四時間とか二時間とか、時間は守らないとだめなのかな？」

そんなに思ったような時間に設定して魔法使えないよ。もう少し実験しないと。

……っていうか、時間になったら消して回らないとだめなのかな？　だとするとコスパは半分くらいになる？　四時間後に消しに来ますねとかやってたら、全部で五時間くらい拘束されるのか。

それで二千円ならあまりいいとは言えないなぁ。

「そうですね、無理に依頼を受けて達成できないとペナルティが発生します。……二時間の依頼でそれより早く消えてしまうと依頼達成となりませんので……。特にそうですね、日光の依頼は、薬の調合や宝石の加工など細かい作業をする店の依頼となります。途中で暗くなったせいで作業が中断、もしくは失敗するようなことがあれば弁償しなければならないこともありまして……」

なるほど。確かに急に電気が消えて手元が狂ったりしたら大変だ。

脳内では心臓手術をしているお医者様の映像が浮かんだ。怖っ。絶対あかん。

「あの、では依頼時間よりも長いこと明かりが点いている場合は問題ないですか？　一時間の依頼で二時間とか」

受付のお姉さんがうんと頷いた。

「ええ、それはもちろんかまいません。それどころか喜ばれます」

「本当？」

だったら、一時間の労働で二千円だ。

「じゃ、この依頼を全部まとめて」

「あっ」

後ろで小さな声が上がった。

ん？

受付のお姉さんが困った顔をしている。ギルド長が腕を組んで首を横に振っている。

声のした方向に視線を向ける。

私の後ろに並んでいた中学生くらいの子供が二人。

身なりはとても貧しそうだ。

まるでロボットのようにギギギとぎこちなく首をカウンターに戻す。

「この依頼を全部まとめて……お返しします」

依頼書をまとめて、箱の中に戻す。

「今日は、登録だけで！」

と言うと、私の背後で小さくほっと息を吐きだす声が聞こえてきた。

ギルド長がうれしそうな顔をして私を見た。

ああ、あの顔。やっぱりそうだったか。

「じゃ、帰ります！　行こう、カイ」

「え？　いいの？　一つも依頼受けなくて。魔力が不安でも一つくらいなら大丈夫じゃないかな？」

カイは気が付かなかったんだろうか。

私の後ろにいた子たちはきっと光属性魔法の依頼を受けようとしていたのだ。

私が依頼を大量に受けてしまったら、あの子たちの仕事がなくなってしまうんだ。

たった銅貨一枚の仕事でも、あの子たちにとっては命をつなぐ仕事に違いない。

光属性魔法なんて役に立たないと言われるこの世界で、数少ない光魔法を使った仕事なんだろう。

今の私は働かなくたって食べていけるんだから。仕事を奪うわけにはいかない。

■ギルド長レッド視点■

俺の生い立ちを一言でいえば「厄介者」だ。

側室から生まれた王子。王太子である兄や王妃から邪魔者として幾度か命も狙われた。

ろくに教育も受けさせられず馬小屋よりはましだという離宮で育てられた。

十三歳の時に、父である王が崩御。兄が王位を継ぐと王籍を抜かれ流刑地と呼ばれる辺境の公爵位を与えられた。

聞きしに勝るひどい土地で、人々は日々魔物の襲撃におびえていた。

公爵家直属の騎士たちが必死に魔物を退治するものの、戦力不足。

ギルドに協力を求めたものの、十三歳のにわか公爵の言うことなど誰が聞くだろう。

法外な依頼料を要求された。

「人の命より、金か！　ふざけんじゃねーぞ！」

あまりにも頭にきて、ギルド長のガルダを怒鳴りつけると、ギルド長から襟首をつかまれた。

「うるっせーな！　お前ら貴族のほうがよっぽど俺らの命を紙屑のように扱うじゃないか！　俺らの命はな、はした金で雇われるような安い命じゃねぇんだよ！」

ギルド長の言葉に、法外な依頼料を吹っ掛けられたと思ったことが恥ずかしくなった。

確かにそうだ。魔物討伐は危険な仕事だ。

「すまない……確かに、お前たちの命も俺の命と等しく尊いものだ。だが、身を守るすべのない他の者たちの命も同じように尊い」

床に座り、頭を下げた。

「頼む、貧しい領地でお金も十分に払えないのに勝手な願いだと思っているが、協力してほしい」

体中に大小さまざまな傷痕を持つクマのように大きな三十代のギルド長が俺の襟首をつかみ立ち上がらせた。

「領民を冒険者が守ったとして、俺たち冒険者は誰が守ってくれるんだ？」

ギルド長が鋭い目で俺をにらんだ。

「俺は、ギルド長として冒険者たちを守る覚悟はある」

その言葉に嘘はないのだろう。顔にも腕にも見える傷痕が、鍛え上げられた太い腕が、物語っている。

「お前は頭を下げるだけで終わりか？　お前には、どんな覚悟があるっていうんだ？」

俺の甘さを見透かすような目に、震えが止まらなかった。

領民が魔物に襲われているから助けたいと。正義感を振りかざし、公爵なのだから人を動かして何とかしようと思っただけの甘ちゃんだ。

人に犠牲を強いる前に、俺自身がどんな犠牲をも受け入れる覚悟をするべきなのに。

「すまない。三か月後にまた来る」

それから騎士団長に頭を下げ、魔物討伐に同行させてもらった。

馬のように大きな黒い獣を目の前にした時には恐怖で足がすくんだ。

動けないでいる俺を抱えて逃げようとした騎士団長が傷ついた。

目に飛び込んできた真っ赤な血に、俺は何をしているのか、悔しくて悔しくて叫んでいた。

「うおおおおおっ」

覚悟したつもりで魔物討伐に同行したというのに。

俺は結局何の覚悟もなくて。

俺が同行したことで、騎士を危険にさらして。

ここでも俺は「厄介者」でしかないのか。

俺は……。

「【火炎】」

火球魔法を飛ばすしか能がなかった俺は、その時初めて別の火魔法を使った。腕に火魔法をまとわせ黒い獣を殴り続けた。

牙で傷つけられ、鋭い爪で切りつけられ、後ろ足でけり倒されても。

痛みなどすっかり忘れ、何度も何度も殴りつけた。

「うわあああ！」

弱くて、弱くて、いくら殴りつけても黒い獣は倒れない。

ただ、火魔法は効いているようで注意が俺に向いた。そのすきに、騎士たちが黒い獣を倒してくれた。

俺は意識を失い、気が付けば回復魔法で傷は治され公爵家のベッドの上にいた。

目を開くと、涙が落ちる。

「俺は……弱い……」

目を覚ました俺のもとに騎士団長が来て頭を下げた。

「アルフレッド様を危険にさらして申し訳ありません」

「いや、謝るのは俺のほうだ……」

騎士団長は首を横に振った。

「頼む、俺を鍛えてほしい」

騎士団長に三か月みっちり鍛えてもらいギルドに向かった。

「ふぅん、多少はましな顔つきになったな」

ギルド長に頭を下げた。

「冒険者として、一緒に魔物討伐に行かせてほしい」

「いくら公爵とはいえ、命の保証はできないぞ」

「ああ。だが、ギルド長は冒険者をできる限り守ってくれるんだろう？」

ギルド長が俺の頭を乱暴に撫でた。

俺は、それまでの人生で頭を撫でられることがなかったから、心底驚いた。

「なぜ、頭を撫でるんだ？」

分からなくて思わずつぶやくと、ギルド長が俺の頭を今度は軽く叩いた。

「今更、公爵の頭を撫でるなど不敬だとか言うつもりか？　残念だな。冒険者になったからには、全員俺の子供みたいなもんだ。子供の頭を撫でるのは当たり前だろう」

もうすぐ十四歳になる俺を子供扱いするのか？

俺は……この地で……家族と呼べる人たちを手に入れられたのか？

「俺も……守りたい」

公爵領のすべての人たちを。俺を受け入れてくれた屋敷の人たち。俺を守ろうとしてくれた騎士たちに、子供扱いするギルド長も。

「力が……ほしい……」

「おう、鍛えてやるさ」

ギルド長は俺を連れてギルドにいた冒険者たちに声をかけた。

「こいつはレッドだ。今日から冒険者になるっつうが、強くなりたいんだと。誰か鍛えてやってくれ」

レッド？

「ふぅん。レッド、ひょろっちぃな。得物はなんだ？　魔法だけってことはないだろ？　剣か？　弓か？」

「まずはもっと食って肉をつけろ。それから走れ。足腰が弱くちゃいざって時逃げることもできねぇぞ」

ギルド長の言葉に、次々に冒険者たちに声をかけられ、背中や肩をたたかれる。

それから五年。十八歳になった時だ。

「参った。あっという間に俺よりも強くなっちまうんだもんなぁ。五年かぁ、早いもんだ」

俺は、ギルド長を超えた。

「俺も年かな」

「まだ三十五だろ？」

「三十五か。よし、引退、引退」

「は？」

「レッド、今日からお前がギルド長だ」

「はぁ？　な、何を言ってるんだ、俺なんかまだまだだ。俺がギルド長じゃ冒険者の皆も納得しないよ」

「ははは。何言ってんだ。俺より強いお前がギルド長になるんだ。誰も文句は言わないさ。ギルド長としてお前が冒険者たちを守ってやれ。お前は守りたいから強くなったんだろう？」

そうだ。確かにそうだけど……。

ガルダがギルド長を引退するのが悲しくて、その原因を作ったのが自分だということがやるせなくて、引き留めたいけどできないし、もっと一緒にいてほしいなんて子供みたいな我儘なんて余計に言えなくて。

俺はどんな表情をしていたのか。ギルド長がニヤッと笑って背中をばんっと強く叩いた。

「ま、レッドのことは俺が守ってやる。お前が俺より強くなったとはいえ、子を守るのはいつだって親の役目だ」

ボロボロと、不覚にも泣いてしまった。

「老いては子に従えって言うだろ、俺が守ってやるよ」

恥ずかしくなって憎まれ口をたたくと、大きな手で、頭をガシガシと乱暴に撫でられた。

その日から、アシュラーン公爵アルフレッドとギルド長レッドとしての二重生活が始まった。

とはいえ、すでに冒険者と公爵の二重生活をしていたので、さほど何かが大きく変わることはなかったのだが。

俺の生活が、大きく変わるのはそれから二年が経ち、二十歳になった時だ。

結婚することになった。

まさか、望まない結婚が、あんなことになるなんて……。

公爵が冒険者になってギルド長やってるのもたいがいだが、どこの侯爵令嬢が冒険者になるなんて思う？

第二章　筋肉と閃光弾

「おかえりなさいませ。息子は役に立ちましたか？」

屋敷に戻るとマーサが手や顔を洗うための桶に水を用意してくれた。

「ええ。カイの知り合いにも会ったわ」

「誰でしょう？」

「ギルド長」

バシャッ。

マーサが桶の水を少しこぼした。

「えっ……と、どなたにお会いになったのですか？」

マーサが動揺している。もしかしたら、本当にカイの恋人なのかもしれない。

大丈夫よマーサ。私、男性同士の恋愛に肯定的だから。いや、妄想だけど。

「ギルドに行ってみたの。そこでギルド長に会ったんだけれど」

「まさか、もう討伐を終えて領都に戻っていらっしゃっていたとは……」

あら？　やっぱりマーサもしっかりギルド長のこと知ってたのね。ということは親公認なのか？

討伐を終えて……か。だからあんなに汚れた格好だったんだ。……いや、冒険者はいつもあんな感じかもしれないけど。ギルド長自ら動くのか。

「そ、それであの、リリアリス様はギルド長とどのようなお話を？　いろいろと思うこともあったでしょう」

いや、別に。

「なんか、誰かと間違えられたみたいだったけれど。誤解が解けたあとは特に話もしてないわよ？」

公爵夫人という立場なら、もしかしてギルド長とこの街の治安だとかなんか話をするものだった？　そもそも新しく領主の妻になった人間ですと挨拶をしなくてはいけなかったのかもしれないけど。

三年でいなくなるしね。

冒険者になりたかったしさ。公爵夫人なんて言ったら止められちゃうんじゃない？

……そういえばカイも私のこと公爵夫人だって黙っててくれたよね。

っていうか、アリスと書いたのを見てギルド長に笑われたけれど、もしかして偽名を使っているのに気が付いて笑った？

まぁ、いいや。知られてても知られてなくても、あの時特に指摘されなかったから、知らんぷりしてくれるんでしょう。

「誰かと間違えた？　いえ……あの、リリアリス様は、まさかギルド長のことをご存じないのでしょうか？　カイも何も言ってませんでしたか？」

いや。察したよ。カイの恋人でしょ？　とは、言えない。

「特に何も聞いてないわ。もしかして、公爵夫人としてギルド長に挨拶とかしなければならなかったのかしら？　領主とギルドの関係もよく分からなくて……」

そういえば、Bランク以上は強制依頼があると言っていたけれど、それって領地が危機に瀕するような場合じゃない？　となると領主がギルドに依頼するってことで、信頼関係を保つ必要があったりするんじゃない？

「あ、いえ、その……アルフレッド様から何も言われていないのであれば、その……必要ないかと思いますが。えーっと、屋敷ではギルド長の話はしないほうがよろしいかと……」

マーサがしどろもどろ困ったように答える。

ん？　まさか領主とギルドは敵対関係？　良好な関係じゃないの？

いや、それとも、これからもギルドには行くつもりだけど、ギルド長に会いに行っていると誤解されて浮気を疑われるとか？

そうよね。白い結婚とはいえ、人妻の私。男性の話をするのは良くない。うむ。

推し活社会人で、会社では推しの話はしないことに慣れてるから問題ない。屋敷の外でしか名前出さない。

「あ、そうだ、日記を付けたいのだけれど、日記帳を用意してもらってもいい？」

「はい、すぐに」

マーサが部屋を出ると、机の引き出しから紙とペンを取り出す。

紙だとバラバラになっちゃうもんね。あとで日記帳にまとめておこう。

さっきから気になっていたのだ。

出かける前に出しておいた光の玉。

一つは消えている。もう一つは残っている。

「ＬＥＤのほうだよね、まだ点いてるのはきっと……」

どっちがどっちか分からないというミスを犯した。色を変えるとか出す場所を変えるとかするべきだった。

「色？」

もしかして色も変えられる？　ＬＥＤって、もともと青色発光ダイオードが見つからなくて灯りに使えなかったけど、見つかったから青色ダイオードと黄色ダイオードを使って白色を出せるようになって電球や蛍光灯の代わりになってきたんだったよね？

ＬＥＤならば、赤とか青とか黄色とか、それらの組み合わせでオレンジに紫に……いろんな色が作れるのでは？

「す、素敵！」

色とりどりの電飾が飾られた巨大クリスマスツリー！

想像しただけで美しすぎる！　ちょ、実験しなくちゃ。

前世の記憶を思い出す。

たくさんのイルミネーションが輝く街。

クリスマスソングに、キラキラ輝くクリスマスツリーが飾られたお店。

恋人と過ごすことはなかったけれど、クリスマスシーズンのあのキラキラした街は好きだった。

イルミネーションを背景に、推しのぬいぐるみや推しのアクキーの写真を撮影したりもしたっけ。

「あ……」

クリスマスツリー文化が根付いたら、ギルドに光魔法の電飾でツリーを飾ってほしいっていう依頼が増えないかな。

お店だけじゃなくて、冬になると一般家庭でも電飾してるところもあるよね。ＬＥＤの電飾は電気代も安かったから……。

ギルドで見た子供の姿を思い出す。

私が、侯爵家で着ていたぼろよりもボロボロな服だった。

私が着ていた服は、穴は開いてもあて布をしてふさいでいたし。染みや汚れも近づかなければ見えない程度のものだった。

あの子たちは、サイズの合わない服。何か所も破れて穴が開いていて……。

『光属性の役立たずが！』

属性が判明した時の両親の態度を思い出す。

私は屋根裏部屋に入れられただけだけど、あの子たちは親に捨てられたのかもしれない。

孤児……。何とかギルドでわずかばかりのお金を稼いで必死に生きている。

やばい。泣きそうだ。

クリスマスツリーのイルミネーションじゃない。雪が降ったら依頼がじゃないよ。

今、もっと依頼が増えるように何か私にできない？

幸い、多少なりとも公爵夫人としての予算がある。……いくらあるのだろう。

侯爵家ではユメリアの予算として月に大金貨三枚はあった。日本円に換算すると三百万円くらいだ。お母様は一年で大金貨百枚。一億だよ。それでも不満があったみたいだけれど。

アルフレッド様から届いた手紙を見る。

って、暗いな。「暗いところで文字を読んだら目が悪くなる」よ……と言って育てられた前世の記憶が部屋の薄暗さに耐えられない。

「ひか……」

部屋を明るくしようと思って光魔法を使おうと思ったけれど、せっかくだ。

「【ＬＥＤ電球色】」

天井付近に光の玉を出す。

「お、おお、ちゃんと電球色だ！」

昨日出したものは、昼白色っていうのかな？……蛍光灯の白っぽい色だったけど、今日のはほんのり黄色い。電球と蛍光灯と違って、ＬＥＤは発光ダイオードの色の割合で色味が変わるんだったっけ？　一つのシーリングライトで色を変えることができるものもあるんだよね。

ってことは、赤とか青とか色付きの光魔法もできそうだよね？

マーサが戻ってきた。

「まぁ！　またこれほどの魔法を……！　魔力は大丈夫ですか？　無理をなさらないでくださいませ！」

部屋に入るなり、天井を見上げて驚かれた。

「まるで、外にいるかのように明るいですね……。あの、リリアリス様、今のうちに部屋の掃除をさせていただいてもよろしいでしょうか？」

「え？　掃除？」

マーサが頷く。いや、突然どうして？

「はい。日々お掃除させていただいておりますが、暗くて行き届かない場所もございます」

ああ、確かに暗いと埃も汚れも見えないよねぇ。窓開けても、小さな窓だし部屋全体が明るくはならないもんねぇ。

「どうせなら、屋敷中明るくしましょうか？」

雰囲気を出すために廊下とか暗めの光なのかもしれないけど、掃除の時間だけ明るくしてもいいよね？

「いえ、そんな、屋敷中など、リリアリス様にそのようなご負担をかけるわけには！」

侯爵家では毎日屋敷中に光魔法を設置……使用人の部屋にも設置することが日課だったからそれほど大変じゃないんだけどな？

「負担じゃないから問題ないわ」

一時間雑巾がけするよりも楽ちんだけどな？　十五分もあれば終わるし。

「あ、あのリリアリス様はどれだけの魔力をお持ちなのですか？　うちの娘も魔力は多いほうですが、それでも日光魔法は一つか二つ、三時間ほどしか持ちません。月光魔法であれば、三十個ほど五時間は持ちますが……」

待って、待って、めちゃめちゃ情報が多すぎて。

えーっと、うちの娘って言った？　マーサには息子のカイの他にも子供がいたのね。

しかも、私と同じ光属性魔法の使い手ってこと？

それから、日光とか月光とかギルドの依頼書にも書いてあったけど、明るい魔法を日光、暗い魔法を月光っていうのよね？　依頼書の一時間だとか二時間だとか二つだとか三つだとか……あれってもしかして……。日光一つ一時間とかで依頼されてたけど、一時間だけしかいらないというわけじゃなくて、魔力が多くない人にとっては、それだけで精一杯だから？　日光五時間なんて依頼しても、誰にも達成できないってこと？

いやいや、確かに私は魔力がかなり多いけど……。差がありすぎない？

首を傾げる。

何か理由があるはずだよね……？

光魔法は、魔力の量で明るさと継続時間が変わる。

魔力はまるで電力のような感じで、ＬＥＤにすると電力消費量が減って少ない魔力で長時間……。

ん？

「マーサ、ちょっと、娘さん呼んでもらっていい？」

まさか、まさか、まさか……。光魔法って……。

ん？　ん？


中学生くらいの、マーサに似たちょっとふっくらしたかわいい女の子が泣きそうな顔で私の前に立った。

「お呼びでしょうか、リリアリス様……」

いや、なんで泣きそう？

マーサがサラの耳元でささやいた。

「サラ、奥様の前ではちゃんと笑顔を作りなさい」

いや、丸聞こえ。

サラっていうのか。っていうか、なんで泣きそう？

「私、いじめないよ？」

使用人たちが「世話するのめんどくさい」とか愚痴っていたのを思い出す。「光属性の嫁もらって旦那様かわいそう」みたいなことも言ってた。

ってことは、使用人たちは光属性の人間を馬鹿にしているってことだよね？

サラもいじめられてた？

サラは頑張って私に笑顔を向けようとして口角を上げたものの、フルフルと震え、そして目からはぽとぽとと涙が落ち始めた。

「え？　い、いじめないよ？　大丈夫だから、泣かない、泣かないでね？」

どうして～！

もしかして、私、悪役顔？

鏡、鏡！　って、鏡を見るまでもなく、ユメリアとは一卵性の双子なのだから私のほうがやせっぽちで栄養行き届いてなくて肌も髪もボロボロだけど、基本の顔の作りは同じ。悪役顔じゃなくてヒロイン顔だよ？　怖い顔じゃないよ？　ね？

「も、申し訳ございませ……ん。あの、でも、私、一生懸命仕事をしますから、辞めさせないでください！　お屋敷で働かせてください！」

ぽんっと、手を叩く。

私ったら、またやらかしたわ！

私が屋敷中明るくしちゃったら、今まで光魔法を使ってた人の仕事を奪うことになっちゃうじゃん。

マーサに屋敷中明るくすると言ったあとに、光属性魔法を使う娘を呼んでこいなんて……。もういらないから首っていう流れじゃん。

誤解されても仕方がないことしちゃった。

「ずっと働いて！」

私の言葉に、サラがぽかっと口を開けた。

「ねぇ、マーサ、サラは光魔法で明かりをともす以外にどんな仕事をしているの？」

「はい。休んだ使用人の代わりの雑用をいろいろと引き受けております。……その、誰でもできる仕事を」

なるほど。洗濯係は水魔法で洗い、風魔法で乾かす。光属性のサラは洗濯を畳んだり運んだりしてるとかそういうことかな。

「休んだ人の代わりってことは、何か決まった仕事があるわけじゃないのね？　ってことは、いなくなっても平気でしょ？」

サラがまた両目から涙を落とす。

「は、はい……確かに」

サラが返事をする代わりにマーサが重い口を開く。やばし！　また言葉選びを失敗したようだ。

コミュ障前世持ちなうえに、虐待されてた今世、人との会話がへたくそなのも仕方がなくない？

って、ごめん、無駄に傷つけちゃったよ！

「だから、雑用係じゃなくて、私の助手……実験の手伝いに引き抜いても問題ないわよね！」

私は、世界一の光魔法研究者になるのだ。助手の一人や二人必要よね！　なんちゃってな。

離婚後もサラが屋敷で働けるようにアルフレッド様にはお願いしないと。

「三年間だけだけど、マーサと一緒に私のアシスタントとして働いてほしいの」

「え？　わ、私が？　光属性の私が？　奥様のお世話という大役を……？」

大役って、離婚される予定の奥様の世話なんてむしろハズレの仕事だと思うけど。

サラがまたボロボロと泣く。今度はプルプルと震える口で嗚咽を漏らし始めた。

うわーん。どうして泣き止んでくれないのか！

「わ、私、いいんですか？　ひ、光魔法しか使えないのに、その魔法も、奥様よりずっと劣ってい
て……本当に役に立たない……の、に……」

なんか、このプルプル震える感じが、兎みたいだ。

か、かわいい！　もふもふ枠だ。

カイが子犬でサラが兎。この兄妹、もふもふ枠で、二人とも推せるわ。癒やされる。

「光属性同士じゃないと、できない話しがしたいから、サラがいいのよ！　私にはサラが必要！

サラがいやなら、あきらめるけれど……」

サラが私の目をまっすぐ見た。

「私が必要？　ほ、本当ですか？　私、一生リリアリス様に仕えます！」

「あ、一生じゃなくて三年ね……三年の理由はマーサが知ってるから……」

マーサが、サラの肩を抱いて、頭を下げた。

「リリアリス様ありがとうございます。三年間、娘をよろしくお願いします」

マーサに合わせてサラも頭を下げた。

「では、早速部屋のお掃除をさせていただきます。サラ、掃除道具を」

マーサがサラに指示を出す。

「え？　掃除？」

あ！　そういえば、明るいうちに掃除をしたいと言ってた。そのあとにサラを呼んで世話係にって言えば、そうなるか！

「大丈夫です！　私、掃除もよく手伝っていたので得意です！」

泣き止んだサラが腕まくりをしてぽんっと胸を叩いた。

「本当？　私も掃除は得意！　一緒だね！」

親近感を持ってもらおうと口にしたら、マーサとサラの動きが止まった。

しまった！　またやらかした！　普通は侯爵令嬢は掃除はしない……！

「あ、えっと身の回りを整えるの好き……なの……よ？」

だめだ、誤魔化しきれる気がしない……。ああ、そうだ。

「王都では流行ってたのよ！　どれだけ自分できれいに雑巾がけできるか貴族で競い合って……」

困った時の王都の偽情報。

「サラ、信じてはいけませんよ？　リリアリス様はカイを冒険者のような服装が流行っているとからかっておいででしたから」

あう、マーサめ！

すでに私の行動を読んでやがる！　なんて優秀なのだ！

「ふふ、奥様は楽しい方なのですね！」

若くてぴちぴちつやつやで、ふっくらしたほっぺ。クリッとした目に控えめなサイズの鼻と唇。

裏表のない笑顔に癒やされるわ。

くっ。流石兎。寂しくて死んじゃわないように大事にするわ！

■そのころのリリアリスの実家の侯爵家■

「おい、これはどういうことだ！」

侯爵が真っ赤になって怒り出した。

いつものように朝食を食べていた時の出来事だ。

配膳をしていた侍女が突き出された皿を慌てて確認する。

「何か問題がございましたでしょうか？」

いつもと同じメニューだ。

庶民ではめったに口にすることができない卵。

それに、分厚く切ったベーコンと甘く煮たニンジンが載った皿。

「大問題だ！　卵の殻が入っていたじゃないか！　いったいどういうことだ！　料理人を呼べ」

侍女が大慌てで料理人を呼びに行く。

「おい、卵の殻を私に食べさせるとはどういうことだ！」

「も、申し訳ございません」

頭を下げたのは、料理長を務める男だ。侯爵家に仕えて二十年になる大ベテラン。

「卵の殻にも気が付かないとは、もうろくしたのではないか？」

「いえ、その……明かりが暗かったため、気が付きませんでした。今後はもっと注意深く作業いたします。申し訳ありません」

ちっと、侯爵が舌打ちをする。

「自分の不注意を明かりのせいにするとは、無能め！　もういい、二度目はないと思え。下がれ！」

料理長は深く頭を下げてから、食堂を出て行った。

調理場に戻ると、小さくため息をつく。窓から入る明かりは調理場の奥にまでは届かない。

「ああ、暗い……。いいや……。十年前はこんなものだったか……。リリアリスお嬢様が光魔法を使いだしてからの八年が明るすぎただけだ。明るいことに慣れると、この暗さはつらいな」

今はまだ朝日が昇ってから朝食の支度をすればいい。冬になり日が短くなってからは日が昇らないうちから支度を始めなければならないが、あの暗い中、昔はどうやって朝食の用意をしていたのだろうか。

料理長は記憶を手繰りながら、次からは卵を割るのは窓際の明るい場所で行わなければと気持ちを引き締めた。


侯爵はいらいらしながら朝食を終え、執務室に入ると、机の上に積みあがった書類に仕事の補佐をしている執事を呼んだ。

「この書類の量はなんだ？　仕事をさぼっているのではないだろうな？」

侯爵がにらみつけると、執事が首を横に振った。

「いいえ。皆、さぼっているわけではございません。私を含め三名の補佐も、すでに二時間前から仕事をしております。ただ、いつもでしたら夕食後も作業ができるのですが、それができずに少しずつ処理しきれず、たまってしまっております。旦那様にももう少し早起きして仕事をしていただかないと難しいかと」

執事のとげのある物言いに、その態度は何だと怒鳴りたい気持ちをぐっと侯爵は抑えた。

「どうして、この前までできていたことができない？　領地に災害などの問題が起きたわけでもあるまい」

「日が落ちてからは暗くて、書類を読むこともできずに仕事になりません」

「明かりを点けさせればいいだろう！　光属性のクズがさぼってるのか？　仕事をしないやつなど辞めさせろ！」

執事が困ったように首を振った。

「いません」

「は？」

「すでに光属性の使用人は一人もいません」

「どういうことだ？　勝手に辞めさせたのか？」

侯爵の言葉に、執事が再び首を横に振った。

「旦那様が八年前に無駄な人件費を使うなと、辞めさせました」

「私が？　だが、ずっと屋敷は明るかっただろう？」

「リリアリス様が屋敷の明かりはつけておりましたので」

侯爵がああと頷いた。

「侯爵家の恥さらしは処分したんだったな」

「後悔していらっしゃいますか？」

執事が何を思ってそう尋ねたのか分からない。

「後悔などするものか！　代わりはいくらでもいる。ただその手配を事前にしておかなかったことは失敗だな」

侯爵が執事をとがめる。

「お前の、失敗だな」

執事が、頭を下げた。

「申し訳ございません」

「さっさと求人を出してこい！　光属性のクズどもなら一日銅貨数枚だって喜んで働くやつらばかりだろう？」

執事が顔を上げてかしこまりましたと返事をする。

「それから、これはお前の失敗のせいだ。責任をもってやっておけ」

机の上に積み上げられた書類の半分を、侯爵は執事に押し付けた。

「……かしこまりました」

執事は頭を下げ、侯爵に聞こえないように小さく舌打ちをした。

■アシュラーン公爵邸～リリアリス～■

結局、私は掃除の手伝いはさせてもらえなかった。ちぇ。

マーサとサラが張り切って掃除している邪魔にならないように部屋を出て、そのまま屋敷の外へと出た。

昼間だというのに、屋敷の中はどこも薄暗くてあまり居心地がいいとは言えないんだよね。

外に出て建物を見上げる。

石造りの三階建ての城。どの窓も小さく、鉄格子がはまっている。

街の建物も、窓は小さく鉄格子がはまっていたっけ。

同じ国だというのに、王都とは随分違うんだなぁ。

庭園をうろついていると、人の声が聞こえてきた。

また、私の陰口を言っている可能性も考えたけれど、びくびくしても仕方がない。

声のするほうへ足を向けると、開けた場所で騎士たちが剣を交えていた。

その奥では魔法の訓練をする騎士の姿があった。

「おお、いいですなぁ」

いまいち筋肉不足だけれど、王都の騎士たちよりもよほど鍛えられている。好き。

制服も、王都の汚れなくピシッとアイロンがかけられたものではなく、使い込んでよれているところが頼りになる感じがして好き。

騎士になるには顔もよくなければいけないという王都と違って、モブ顔がわんさといるところも好き。

「あ、奥様！」

ぎょっ！　見つかった。

「整列！」

指導役が号令をかけた。

私の前に訓練していた騎士たちがずらりと並ぶ。三十名ほどだ。

「公爵夫人リリアリス様に敬礼！」

びしっと三十名がそろった動きで手を額に当て、もう片方の手を肘を曲げて背に回した。

くっ。かっこいいなぁ。

モブ顔だろうと、統率の取れた動き。これだけで飯三杯はいける。

「ご挨拶が遅くなりました。私はアシュラーン騎士団長を務めておりますソウと申します」

「あの、こちらこそお礼が遅くなりました。騎士の方々が事故にあった私を見つけて助けてくれたと聞いています。ありがとうございました」

頭を下げるとすぐ隊長が声を上げた。

「頭をお上げください。人助けは私たち騎士の仕事ですから。無事に回復なさったようでよかったです。さぞ怖かったでしょう。運よく魔物に襲われなかったようですが、あのあたりは日が落ちると夜行性の魔物が大量に出る場所でしたから、発見があと少し遅ければ……」

ひぃ。そんな場所だったなんて！

ぞっとして青い顔をすると、騎士団長が謝った。

「失礼いたしました。リリアリス様にお聞かせするような話ではありませんでしたね」

「い、いえあの……」

青ざめている場合じゃないよね。マーサも騎士団長も魔物の話を日常会話の一つのように当たり前に口にする。

……ここでは魔物が本当に日常の一つというほど身近なのだろう。

「あ……あの、もしかして」

屋敷を見る。

「窓が小さく鉄格子がはまっているのは……魔物の侵入を抑えるため？」

団長も私につられて屋敷へと視線を向けた。それから、すぐに頷く。

「ええその通りです。ですが、ご安心ください。ここ数年は、街への魔物の侵入をほとんど許しておりません。屋敷はここ五年一度も侵入はありません」

そうなんだ。

「あなた方のおかげなのですね。ありがとうございます。きっと街の人たちも感謝していることでしょう」

隊長が首を横に振った。

「いいえ、一番の功労者はアルフレッド様です。彼が来てから被害がぐっと減りました」

「ああ、アルフレッド様は強い火属性魔法の使い手だそうですね」

隊長が顔を輝かせた。

「はい。ただそれだけではなく強くなる努力も人一倍しています」

そうか。使用人だけじゃなくて騎士たちにも慕われているんだ。

……でも、公爵自らが強くなる努力？

「強くなる努力……えーっと、ほかの努力は？」

「はい？」

「ううん、なんでもないの」

強い人がいるから魔物の脅威を防げているということは、その強い人がいなくなった後はどうなってしまうんだろう？

努力すべきは、自分がいなくなった後も大丈夫な体制作りじゃないだろうか？

なんて思ったけれど、窓が小さく鉄格子がはまった石造りの丈夫な建物もあるし、屋敷の敷地を囲む高い城壁も魔物対策なのだろう。その内側に庭というにはただ広いだけの場所があったけれど、あそこは街の人たちを避難させる場所なのかもしれない。

とすると、すでに対策は代々の領主によって整えられているということか。

あとは、騎士たちの力の底上げ、それから冒険者たちの働き。

……とはいえ、公爵家は財政難。人を増やすにはお金がいる。騎士の個々の能力を上げるしかない。

冒険者を呼びこむには、公爵領で冒険者をするうまみが必要だろう。貧しい領地で冒険者をするうまみ……か。

領地が潤えば、依頼料も値上がり冒険者も増えるんじゃないかな。

……領地が貧しいのは作物が育たないから……って、どうしようもない話なの？

私の前世の知識チートで！　……って、農地改革の知識はないよ。国を豊かにする作物……は分からない。飢えから救うためならサツマイモ。寒い地域ならジャガイモにトウモロコシ。それも北海道の名産だからくらいの知識しかない。

全然領地が潤う気がしない。

あ！　そうだ！

クリスマスのイルミネーションを観光の目玉に！

……って、雪が積もっているのに、魔物も出るような街道を通って観光に来る人なんていないよ！

はぁ。もう、前世を思い出したからって、漫画のようにうまいこと知識チートなんて私には無理だわ。

私に領地改革なんて大それたことは無理よねぇ。っていうか、そもそも三年間だけのお飾り公爵夫人だし。

……とはいえ、夫人としての予算があるし、せめて光属性魔法の子たちの仕事くらいは増やせるように頑張ろう。ここを出てからの私の仕事をゲットするためにも！

「訓練の邪魔をして申し訳なかったわ、続けて」

にこりと笑って訓練所から離れる。

「お前みたいな光属性のやつが騎士になんてなれるわけないだろ！」

ん？

訓練所の横に建っている建物の裏手から声が。

「さっさと辞めちまえよ！」

「そうだそうだ。いくら剣の腕が立ったって、攻撃魔法の一つも使えないんじゃ、足手まといなんだよ！」

んん？

これは……いじめというやつなのでは……？

建物の陰から様子をうかがうと、三人の騎士が一人の騎士を取り囲んでいた。全員私と同じくらいの若い子だ。

「ほら、辞めるって言えよ！」

「悔しかったら、攻撃してみるか？」

「剣がなきゃ何もできないだろ？　光属性の役立たずが！」

いじめ、だめ！

それだけじゃない。

「何をしているの、あなたたち！」

思わず声を上げる。

「なんだ？　女がどうしてこんなところに？」

女？

公爵夫人だって知らない？　騎士団長が知っていたのは私を救出したからなのかな？

確かに、今私が着ているのは、カイと町に出て買ってきたありふれたワンピースだ。とても貴族女性が身に着けるものではないから、分からないのも仕方がない。

「三人で寄ってたかって、恥ずかしいとは思わないの？」

私の言葉に、三人がイラついたような顔になった。

「はっ。恥ずかしい？　何がだ？　恥知らずはこいつのほうだ！」

三人の一人、赤髪の騎士が、いじめていた背の高い騎士の胸をどついた。

「そうそう、光属性の役立たずのくせに、騎士を続けるっていうんだからな！　攻撃魔法も使えないクズのくせして！」

「バカなの？」

何を言ってるんだろうね。

「はぁ？　バカだ？　バカはどっちだ。何も知らないいんだろう、どうせ！」

呆れてものも言えないとはこのことか。

いや、言うけどさ。

「あのさ、さっき、この子に剣の腕が立つって言ってたわよね？　騎士団長が剣術の稽古をしているのも見たわ。ということは、騎士には剣の腕が必要ってことでしょう？　剣もだめ魔法もだめなら役立たずだと言われても仕方がないかもしれないけれど、全然役立たずじゃないんじゃないの？」

ぐっと赤髪の男が口を閉じた。

「違うな！　騎士なら剣も攻撃魔法も使えるのが当たり前だ！　剣だけなんて落ちこぼれ必要ないんだよ！」

別の騎士があざ笑う。

「ふぅーん。ばかばかしい」

剣だけだって十分な戦力になるなら、騎士になったっていいじゃない。

っていうかさ、鍛え上げられた筋肉をバカにするな！

見ただけでも光属性の背の高い騎士の筋肉はすごい。攻撃魔法が使えない分、めちゃくちゃ努力してるのが一目で分かるくらいに。

それに引き換え、周りを取り囲んでいた三人はどれほど剣の腕を磨いているというのだ。筋肉が制服の上から見ても、見当たらないわ！

っていうかさ、そもそも素人の私でさえ、必要を感じてどうしたら戦力増強できるか、騎士たちの力の底上げができるかなと考えてたくらいだよ？

それなのに、騎士同士で足の引っ張り合いしてるとか。それも、優秀な騎士を追い出そうとする輩がいるなんて。

　優秀な筋肉を追い出そうとするなど、許さんっ！

「ばかばかしいだと？　俺たちは騎士だぞ？　ばかにするなら女だからと容赦しないぞ！」

だめだ。こいつ。

「騎士って、そもそも女性を守るためにいるのでは？　容赦しないって、そもそも騎士道精神に背いてない？」

　思わず冷たい視線で突っ込みを入れてしまった。

「だ、黙れ！　お前のような女など守る価値もない！」

　ちょっと怒らせすぎたか。騎士が顔を真っ赤にして腕を振り上げた。

　ひるむことなく、振り上げた男の顔をそのまま見る。

　殴られるのはいやだけどさ。慣れてるからどうってことない。私の大事な筋肉を守るためなら小さな犠牲よ。

　と、思ったら、振り上げられた手を光属性の筋肉様が摑んだ。

「僕をバカにするのはかまわない。だが、女性に手を上げるのは許せない」

　きゃぁ！　筋肉様素敵！

「はっ、うるせーな！」

「何が許せないだ！」

別の騎士が筋肉様にけりを入れた。

ゆるっせなぁい！

堪忍袋の緒が切れましたぁ！　……いや、もうずっと切れてるけどさ。

「何様よ、たかが攻撃魔法が使えるからって！　攻撃魔法も剣も使えない私でも、あんたたちなんて簡単に跪《ひざまず》かせることができるのよ？」

人差し指を伸ばし、筋肉様に手をつかまれている騎士に向けて突き出した。

「はぁ？　この俺様を跪かせるだと？　できるもんならやってみろよ！」

「やってやるわよ！　ただし、ずるいぞって後出しで言わないわよね？　あらかじめ私は、攻撃魔法も剣も使えないいって言ったんだから、それ以外の手段を使うわよ？」

「ははは、やってみろよ、やれるもんならな！」

方法は二つ頭に浮かんでいる。

一つ目が失敗したら、二つ目を使えばいい。

言質はとった。どんな手を使ったっていいんでしょう？

ちなみに二つ目は最終手段。この紋どころが目に入らぬかへへー作戦だ。公爵夫人だぞ頭が高ーいで、跪くがよい！　ってやってやるんだからね！　くくくっ。完全勝利は間違いないわ！

筋肉様が驚いた顔をしている。

「後ろに下がっていて」

筋肉様を後ろに下がらせると、赤髪騎士の目の前に立った。

「謝るなら今のうちよ？」

「はっ、謝るのはそっちだろ？　どうやって俺に膝をつかせるつもりだ？　ああ？　もしできなかったら、分かってんだろうな？　生意気な口をきいたことを後悔させて」

はいはい。一つ目失敗しても二つ目があるから、いきますよ。

「【閃光弾】」

目をつむり、片手で目を覆う。

これ、あんまり近くで使うと失明しちゃうって噂もある。

「うわっ！」

悲鳴が上がった。

「目が、目がぁ！」

うん、そのセリフ、嫌いじゃない。

目を開くと、赤髪の騎士もほかの二人も目を手で押さえている。

「くそっ、見えねぇ」

いまだ！

赤髪の騎士の後ろに回る。

「それー！」

必殺、膝カックン！

かくんとなった赤髪騎士の背中を押せば、簡単に倒れて膝をついた。

「あはは｜、ほら、膝をついたわ！」

ついでに、ほかの二人にも同じように膝カックンからの背中ドンをお見舞いしてやった。

「三人ともいいざまね！」

「ひ、卑怯だぞ！」

「あら？　私はわざわざ攻撃魔法と剣以外の方法を使うと宣言して、あなたがやってみろと言うのを確認したのに、卑怯？　みっともなく地面にか弱い女性に膝をつかされた後に、負け惜しみなのか悔し紛れなのか卑怯だって言いだすわけ？」

「うるさいっ！」

赤髪の騎士が剣を抜いて、目が見えない状態で振り回し始めた。

これはまずいっ。

「伏せて！　剣を振り回し始めたわよ！」

慌ててほかの二人が地面に伏せた。

筋肉様は、後ろに下がっていたためか閃光弾の影響も少なかったようで全く目が見えない状態からは復帰しているようでほっとする。

「何をしているっ！」

叱咤するような声が聞こえてきた。

この声は、騎士団長？

まずい、まずい。

私が問題を起こしたのが見つかったら、ただでさえ悪いアルフレッド様の妻の評判がさらに悪くなってしまう。

今のところ表面上は騎士たちとは諍《いさか》いがないというのに。

いや、今一部の騎士と諍いを起こしちゃったけどさ！

慌てて逃げ出す。

脱兎のごとくというのはたぶんこういう時に遣う言葉だ。

騎士たちの訓練所とは別の方角へ逃げれば、鉢合わせすることもないだろう。

背後で騒ぎになっている声が聞こえてくる。

「何があったんだ！」

言えるわけないよね。女に膝をつかされたなんて。筋肉様を追い出そうとしてたなんて。って、どうなるのか？　もしかして三人が結託して騒ぎの責任を筋肉様のせいにして追い出したりしないよね？　……冤罪での断罪ってやつ。

……。また今度確認しにいかないと。


部屋に戻る。

「うわー、すごい、きれいになったね」

埃っぽさがなくなり、部屋の空気がすっきりとしている。

「ありがとうございます」

掃除を褒められたサラがにこりと笑った。

もきゅんって擬音が付きそうなかわいい笑顔だ。いやぁ、癒やされますなぁ。

すかさずサラの手を取る。

「この調子で、ほかの部屋も廊下も明るくして全部掃除しましょう！」

「「え？」」

サラとマーサの声が重なる。

「リリアリス様、今からですか？　掃除をしろとおっしゃるのでしたら、清掃作業員を集めて道具も準備しませんと」

そうなの？

「光魔法で明るい間に手際よく掃除を済ませるのですよね？　でしたら事前に担当分けも必要となりますし」

小学校の掃除当番みたいなもの？　箒係、雑巾係とかあったなぁ。いや、それとも廊下係、教室係とか場所の担当分け？

「マーサ、屋敷を全部一度にというわけじゃなく、今日はこの部屋とこの部屋とか順番にしていけばいいわよ？」

なぜかサラが申し訳なさそうに頭を下げる。

「申し訳ありません。私の光魔法では、リリアリス様ほどの長時間明るくしていられませんので……」

そんなの、私が明るくするから大丈夫だと言おうとして、口を閉じる。

またやらかすところだ。

使用人の仕事は使用人の仕事。

いくら侯爵家では私の仕事にされていたからといって、ここでも同じように過ごしてはダメなんだ。

掃除を手伝おうとして部屋を追い出された。それもすごい剣幕で。怒ってはいないけど、半分泣かれた。マーサとサラを戸惑わせ困らせた。

おかしな話で、実家ではこき使われて。ここでは何もするなと言われて。

何もしないということのほうが苦痛だなんて。

違う、何もするなと言われたのではない。使用人の仕事は使用人がするということで、私は私にしかできない、公爵夫人としての仕事をするべきなんだろう。

でも、三年間の仮の夫人にできることって何？

って、三年後の生活のための準備くらいか。あとは邪魔しないのが一番の仕事なのかも。うーん、お母様って何してたっけ？　侯爵夫人の仕事って何だった？　着飾って舞踏会に行き……社交！

社交が仕事なら、することないじゃーん！

「しかし、本当にすごいですねリリアリス様の光魔法は。こんなに長時間明るい日光魔法初めて見ました」

サラが電球色のＬＥＤランプを見上げて感心している。

あ、そうだ。できることあったわ。光魔法の研究。そのためにサラにも協力してもらおうと思ったんだった。サラを助手にすると言ったのはどこの誰だったか。

私だよっ！

「ねぇ、サラはどれくらいの光魔法が使えるの？」

基準が分からない。ステータスも見えないし。

「えっと、月光なら五時間を三十個です。日光なら一つか二つを長くて三時間。ですが、日光でもリリアリス様が出したのと同じくらいの明るさだと一つ三十分持つか持たないかだと思います」

短っ。

そうか、この明るさなら三十分。電球色って、ついつい裸電球イメージしちゃって、LEDだけどかなりまぶしい。

しかし、長くても三時間となると、徹底的に掃除するためには確かにあらかじめ窓ふき係とか壁係とか人を集めて決めておかないと一部屋の掃除さえ中途半端に終わっちゃいそうだ。

いや、待てよ？　LEDにすると、長持ちするよね？

そもそも、月光とか日光ってなんだ？

常識的な光魔法が分からない。侯爵家にいた時は、私以外の光属性の使用人は解雇されちゃって教えてもらうこともできなかったから。

「ねぇ、サラ、月光魔法見せてもらえる？　時間は短くていいわ」

「はい。【月光】」

薄明るい光。廊下の明かりと同じ。

「えーっと、これは何の光なのかな？」

ＬＥＤってことはない……っていうか、蛍光灯でも電球でもないんじゃない？　この世界にはないんだから。ってことは……あれ？　もしかして……。

「え？　あの、月光魔法なので、月の光ですけど……」

オーマイガー！　そういうことかぁ！

光といえば、太陽の光とか月の光とかなのかぁ！

そういう話、そういう話か！

小説や漫画でよく言うじゃない！　魔法は想像力だって！

「ねぇ、じゃあ、例えば、暖炉の明かりとかできる？」

「え？　暖炉は火ですから、火魔法ですから……」

くっ！　そうきたか！

「いや、火じゃなくて、火に照らされて部屋とか明るくなるでしょ？　あの明るいところを再現できない？」

難しいこと言ってるかな。なんて言えばいいんだろう。

もともと光って、光の粒子の集まりなんだよ。そして、波長……波の大きさで目に見える可視光線と目に見えないのがあって。

私もよく分からないけど、レントゲンも光。目に見えない光を使って撮影してるらしいし。……

光の粒子……光子だっけ。電子レンジも実は電子じゃなくて光子を使ってるらしい。そう考えると、光魔法が電波なら、放送とかできたりするんじゃない？　いや、無理か。送信も受信もどうやるのかさっぱり分からない。

「やってみます」

サラがそう言って集中し始めた。

「えーっと【火】……【火の光】、【燃える炎の光】……」

言葉を変えて頑張っているけれど、どうやら難しいようだ。

「サラ、もしかして火をイメージしているんじゃない？」

サラが一番初めに口にしたのは【火】だ。

火の光を表す言葉といえば、火光。かこうがある。この文字をかぎろいと呼んでしまうとたんに明け方の光になる。他には、火影。火でできた影の意味もあるけれど火の光の意味もある。でも、火影って……キャラクターの顔が思い浮かんでしまう単語なので、ないな……。

「【火光】」

暖炉の明かりというよりも、誕生日ケーキの蠟燭程度の光をイメージして呪文を唱えた。いや、ここでは火光って暖炉の火の明かりって意味が強いみたいだけど、暖炉は身近にないからさぁ。前世の私には。

「あ！」

サラが声を上げた。

ぽわっとオレンジっぽい光の玉が出来上がった。あれだ。提灯の火の色って感じだ。

「光……火じゃない……」

サラがそっとオレンジの光の玉に手を伸ばす。

「熱くない……」

そりゃ、火じゃないからねぇ。

「暖炉の火は忘れます」

サラはこの部屋にもある暖炉に背を向けて目を閉じた。

火を見ずに部屋の中を眺めるイメージをしているのだろうか。

「【火光】」

目を開き、サラが呪文を唱える。

サラの前にオレンジ色の光の玉が現れた。

「で、できました！」

うれしそうにサラが私の顔を見る。

「うん、うん、できたね」

「すごいです。光の魔法は月光と日光しかないと思っていたのに！　火光があるなんて……！」

やっぱりか。イメージは大事なんだ。魔法はイメージ。

光といえば、月の光と、日の光くらいしかこの世界の人は知らないから、光魔法はそれだけの物だと思っていたんだ。

火も灯りに使っていたんだろうけど、火が光源だから「火魔法」の領分だと思い込んでいたんじゃないだろうか。

実際は、太陽光だって、太陽がものすごく燃えてるから、火から発せられる光だし、月明かりなんて、反射光だよ。いうなれば同じ太陽の光……火が大本なんだよね。

私は室内での光というと「蛍光灯」が一番に思い浮かぶから、それを無意識にイメージして使っていたんだろう。前世の記憶がはっきり戻る前も、前世の記憶が無意識化に影響を及ぼしていたんじゃないかな。例えば、魔力の足りなさを補うためとか。自分を守る手段として記憶の一部が解放されたみたいな？

そして馬車が転落し死にかけて、自分を守るための前世の記憶が全解放されたとか？

「どう？　魔力の消費量は。月光や日光に比べて」

「えーっと、ちょっと試してみます。【日光、月光、火光】」

サラは器用に三つの小さな光の玉を出した。いやいや、器用すぎないか？　さっき、火光を出すのに目を閉じて時間かけて出してたのに。

一番明るい日光はすぐに消えた。その十倍ほどの時間で月光は消えて、さらに倍くらいの時間で火光が消えた。

「え？　なんで？　月光より火光のほうが明るいのに長く持つの？　どうして？」

サラが驚いて声を上げる。

うーん。私の仮説。

日光は太陽光。太陽ってものすごいエネルギーを持ってるよね。だから魔力がたくさんいる。……っていうか、小さな太陽みたいなものを魔法で出すって考えたら、ものすごくない？　三時間小さな太陽出現させるんだよ？　うひゃぁーだよ。

そして、月光は太陽光の反射光だ。どっかで七％がどうのと書いてあるのを見た。何の数字か分からないけど、七％を反射してる？　よく分からないけどそう考えれば、月光は日光の十分の一以下の魔力で大丈夫なはず。で、エネルギー量が魔力なのであれば、火はほとんどは熱にエネルギーを取られるけど、明るさだけの火光なら魔力は少なくていいんじゃないかな？　と。知らんけど。

「分からないけれど、光には他にも種類があるのは分かったよね？」

うんと、サラが頷いた。

「で、天井の近くにあるあれ。あれは日光じゃないの。ＬＥＤ。えーっと発光ダイオードで作られたライトなの」

サラが興味深く聞いている。

「ＬＥＤはもっと長持ちするんだけど、サラもチャレンジしてみて」

うんとサラは頷いて呪文を唱えた。

「【ＬＥＤ】」

光魔法改革だ！　と、サラがＬＥＤの光の玉を出すのを期待して見つめる。

……出ない。

どうして！

でも火光もすぐには出せなかったよね。なんだろう、具体的なイメージがしにくいのかな。

「えっと、ＬＥＤというのは発光ダイオード……半導体がどうので……あー、えっと、光るクラゲという生き物から青色ダイオードが作れるようになって？　違う、えーっと……」

サラがぽんっと手を打った。

「光る生き物、蛍とかを集めた光ってことですか？」

「うーん、蛍をそのまま集めたんじゃなくて、光る成分を集めて加工してそれに電圧をかけると光るというか……あー」

私自身がよく分かってないのに、こんなあやふやに説明されたって分かるわけないよね。

蛍の光か……。頭の中で音楽が流れだした。光魔法改革終了。閉店ガラガラ。またのご来店をお待ちしております。

私が出したＬＥＤの光の玉をサラがじーっと見上げている。

サラの呪文で、私が出したＬＥＤの隣に同じような光の玉が出現した。

「できました！」

できるんかい！

「えーっと。【月光】【ＬＥＤ】これで、消費魔力比べればいいですよね」

そして、もうしっかり私が次に知りたいことをを先取りして実験始めるし。

恐ろしい子。なんて賢い子なのかしら。

というわけで。

ＭＰという項目があるならば。体感としてＬＥＤ：消費ＭＰ一～四、火光：消費ＭＰ八、月光：消費ＭＰ十五、日光：百五十といった感じのようだ。

もちろん、それぞれ、明るさ、大きさ、継続時間で変動するけれど。

同じ明るさで同じ時間の日光とＬＥＤでは百五十倍も消費魔力が違うんじゃぁ、そりゃぁ……ねぇ？

電球や蛍光灯でも何十倍も違うわけで……。

サラは魔力が多いほうだと言っていたけど、他の光属性魔法の使い手はもっと日光も月光も継続時間も短いわけだよね。

……うん。冬場は暖炉の明かりで十分って感じになるよね。昼間も窓からの光で大丈夫ってなるよね。

でも、やっぱり、明るさに慣れると暗いのいやだよぉ！

いや、暗いほうがいい場合もあるのかな？　汚れが目立たないから掃除が行き届かなくても気にならないとか？

「ねぇ、サラ、部屋の中は明るすぎないほうがいいのかな？　王都だと、窓がもっと大きくて昼間なら部屋の中ももっと明るかったんだよ。街のお店もそう。明るいお店で商品を選び、明るいお店でご飯を食べたりしてたの」

特に、日本人の記憶があると食事は目で食べるというし。暗いだけで食事の魅力を損なうと思うんだけどな。

「えっと……明るいほうがいいと思います」

サラの目が泳ぐ。

あいまいな答えになるのはどうしてだろう？

マーサがサラの肩をぽんっと慰めるように叩きながら私を見た。

「もっと明るくできないのか！　暗いぞ役立たずなんて言う人もいます。裏を返せば、明るくしてほしい、明るいほうがいいということでしょう」

くっ。サラはバカにされた記憶を思い出して様子がおかしかったのか。

「変なの！　役立たずというくせに、その能力をあてにするとか！　実際はめっちゃ役に立ってるじゃんっ！」

まだ中学生くらいだよ、サラ。もっと小さい時に言われたってことだよね？

いや、まぁ言われるか。私も散々いろいろ言われてたし。でもよ、前世の大人の記憶を取り戻した私からすれば、子供に対して大人が怒鳴りつけるなんてありえないことだよ。悪いことをしてそれを叱るのとは違う。

怒りに任せて思わず叫んでしまった。

「ええ」

マーサが目に涙を浮かべる。

「私の娘は役立たずなんかじゃありません……。もちろん奥様……リリアリス様も」

私の中の「リリアリス」が胸を熱くする。前世を思い出したから光属性でも役立たずじゃないと分かっている。

でも、こうして他の人の口から改めて聞くのとじゃ全然違うんだ。

「ありがとう」

お礼を口にすると、サラが私以上に大きな声でお礼の言葉を口にした。

「ありがとうございます！　私のほうこそ、いろいろ教えていただいて、本当にうれしい。ＬＥＤが使えれば、私はもっと役に立てるようになりますっ！　まずは掃除、ねぇ、母さんどこから照らせばいい？」

ふふふっ。サラが張り切っている。

「そうね、やはりリリアリス様がお使いになられる場所……いえ、旦那様のお部屋かしら？　とすると、執事のセバスに確認しなければ」

し、執事のセバス？

なんて分かりやすい名前をしているの！

「そういえば、私は挨拶しなくていいのかしら？　三年でいなくなるのだから、逆にあまり人と関わらないほうがいい？」

どうも押し付けられた光属性のハズレ嫁だと思う使用人もいるようだし、執事のセバスはどっちの立場か分からないけど。

マーサは光属性のサラという娘さんがいるから光属性の私にも悪感情を持ってなかっただけなんだよね？

……うん。信用してもいいのだと思う。

「ああ、申し訳ありません。セバスは屋敷の管理運営のほか、旦那様に代わり領地運営などもこなしておりまして。リリアリス様がお目覚めになったことは伝えてあるのですが……すぐにセバスを呼んできます」

「ああ、えーっと、わざわざ呼ばなくていいわ。アルフレッド様が戻られた時に一緒に挨拶させてもらうから」

なるほど。アルフレッド様は魔獣の討伐のため領地を飛び回っているらしいけど、領地に関しては執事のセバスに任せているのか。

……おいおい。執事の仕事をしながら領地運営までって、手が回らないならもうちょっと人を……。

いや、私は新参者で何も分かっていないのに偉そうなこと言えない。

人を雇う余裕がない可能性がある。費用面でなく人材面とか。

優先順位がどこにあるのか。魔物による被害が大きく、まずはそこを何とかしようと今まで必死にやってきて、やっと少し落ち着いてきたところなのかもしれない。

魔物の脅威にさらされた状態では、農地を広げて収益を増やそうとも思えないだろう。

特産物を作ったとしても街道が危険であれば他領への売り込みの計画もままならないだろう。

だけど、逆に言えば、アルフレッド様のように強くて魔物の被害を抑えられる人がいるこのタイミングで、いろいろやらなきゃ、いつやるの？

今だよね！

今がチャンスだよね！

うーん。アルフレッド様が戻ったらちょっと相談してみよう。

計算なら前世知識で得意だから、手伝える。

うん、帰ってきてから。挨拶して話をしよう。

仮面夫婦……いや、契約結婚の相手だとしても、領地をよくしようとする仲間ではありたい。

とりあえず、今できること……。

光属性魔法使いが役に立つって見せることかしらね？

光属性の孤児対策。これも領地のために、なるはず？

■騎士団長ソウ視点■

アルフレッド様が、王命により妻を娶ることとなった。

王都のタウンハウスで育てられた都会の侯爵令嬢。

このような流刑地と呼ばれるような場所に、侯爵令嬢がなぜ？　上位貴族の令嬢がなぜ？

「どうせあれですよ～。よくあるじゃないですか」

副団長は噂話が好きなお調子者だ。実力は確かだし、団員から親しみやすい性格と慕われている。

私が厳しい分、副団長がガス抜きをしてくれるため必要な人材だが……。私に対してもこの調子で遠慮がない。

「悪役令嬢ってやつですよ。なんでも、妹は王太子殿下の婚約者だそうですよ。嫉妬してひどいことして断罪されたに決まってますよ」

確かに、その可能性が一番高いだろう。

「かわいそうですよねーアルフレッド様。ただでさえ流刑地って呼ばれる場所に追いやられて苦労してるのに。そのうえ、どうしようもない我儘な妻を迎えないといけないなんて……はぁー」

同意したいところだが、まだどのような女性か分からないのに想像で何かを言うわけにもいかないと、返事もせずに黙っていた。

副団長は返事がないことなど気にせずに言葉を続ける。

「でもそんな我儘な侯爵令嬢は、すぐにここの生活に音を上げて王都に戻っていくかもしれませんね？　なら実害は少ないのかな？　……いや、でも王命が下ってすぐにこちらに向かって出発したってことは、追放扱いなんですかねぇ。王都には戻れない可能性もあるのか……あー、やだなぁ。もうそろそろ到着しますよねぇ？」

よく動く口だなぁと感心する。

だが、言っていることはもっともだ。

魔物の恐怖におびえ、冬は厳しく、娯楽の少ないここでの生活は、都会育ちの我儘な令嬢には厳しいだろう。

早々に王都に帰りたいと言うかもしれない。断罪されて王都を追放されたのであっても、ここよりましな街はいくらでもある。屋敷からすぐに出ていくことだろう。

「あ、でもアルフレッド様はどうせ屋敷にいないから、どうでもいいか？　大変なのは屋敷で働く使用人ってことですよね」

「流石に、アルフレッド様も多少は屋敷にいてもらわなければ困るとは思うが……今は魔物が活性化しているし仕方がないだろうな……」

公爵だというのに。先頭に立って冒険者を引き連れて魔物討伐に向かう。

小さな村や町の領民にとっては、領主に惨状を陳情するよりも冒険者ギルドに魔物討伐の依頼を出すほうが早い。

迅速な対応をするにはギルドのほうが都合がいいのだ。領民のことを思えばのアルフレッド様の判断。

領主が動く場合、書類に会議に予算組みに人員選抜に……大がかりな討伐と同じような手順を踏まなければいけない……たとえ十名程度の騎士の派遣だったとしても。その間に被害が広がってしまうだろう。

「うーん、悪妻をもらったら、ますますアルフレッド様が屋敷に帰ってこない気がする！」

副団長の言葉に苦笑していると、慌ただしく部屋のドアが叩かれた。

「隊長、大変です！　街道沿いに謎の現象が起きています」

「何？　街道？　魔物か？」

「いえ、魔物が出たかどうかも分かりません。ただ、まばゆい光が上がっていると」

「街道に？　光魔法ということか？　馬鹿な。夜は魔物が出るというのに、野宿でもするつもりか？　急ぎ人を集めろ。第一隊と第二隊で向かう。他の部隊もいつでも出られるように準備をしておけ」

外に出ると、森の木々よりも高く光が上がっていた。

「なんだ、あれは……光魔法じゃないのか？」

高く上がった光が輝きを失うと、再び同じように高い位置に光が上がっていく。

日光魔法を火球のように飛ばしている？　そんなことが可能なのか？

どれほどの魔力が必要になってくるんだ？　それに、いったい何のためにそんなことをしている？

野宿のためにあたりを明るくしているわけじゃないよな。

急ぎ駆け付ければ、崖下に馬車が転落していた。

「隊長、まだ息があります！」

「急いで助け出すんだ。回復魔法が使える者を屋敷に呼んでおけ」

ドレスを着た若い女性。すでに意識を失っていた。

何とか身元が分かるものはないかと荷を探せば手紙が出てきた。

「……侯爵令嬢リリアリス様……」

光属性だったのか。だから、流刑地に追いやられたのか？

それにしても、このような状態になって、位置を知らせ助かるために魔法を使ったのか。光魔法に、あたりを照らすだけではなく、狼煙《のろし》のようなる使い方があったとは。発想もすごいが、それをこんな状況になって思いつきすぐに実行できるのがすごい。

それにしても……暗くなってからの連絡手段として非常に有効なのではないか？

打ち上げれば相当遠くからも見える。……緊急時に応援を頼みたい時など、非常に有効な手段なのでは？

光魔法ならではだ。火魔法では火球が落下し森が焼ける心配があって使うことはできないだろう。いろいろな場面を想像してみる。早急に連絡さえ取れれば状況が変わっていただろう経験もしてきた。本当にこれはすごいことだ。

確か団員に光属性の者もいたはずだ。本来は攻撃魔法を使える者を騎士に迎えるのだが、剣術が優れていたため登用した。

一度、使えるか試してみるか。

考えている間に、騎士たちがリリアリス様を崖から引き揚げ、屋敷に運んだ。回復魔法使いが駆け付け治療を行う。血で汚れた服を侍女が着替えさせ、ベッドに寝かせたところでアルフレッド様が到着した。

「リリアリス嬢は大丈夫なのか？」

「はい。回復魔法で傷の手当は終わりました。ただ、体力が失われておりますので、目が覚めるまでにはもう少しかかるだろうということです」

「そうか……」

アルフレッド様がベッドに近づいた。

「魔物に襲われたのだろうか。申し訳ないことをした……王命でこのような場所に嫁がされて……」

小さくため息をつくアルフレッド様の背を見ながら、副団長の言葉を思い出していた。

嫁がされるほどの悪事を働いた悪役令嬢……。かわいそうなのはアルフレッド様のほうだという、副団長の言葉を。

アルフレッド様が、ベッドサイドに立つと息をのんだ。

「……か……かわいい……」

ごくりと唾を飲み込む音も聞こえる。

確かに、少しやせすぎている気がするが、それでも見た目はとても可憐でかわいらしい女性だ。

大怪我をして衰弱しているため、やつれてはいるが、健康を取り戻したらどれほど美しく輝くことか。

「……こんなにかわいいのに……かわいそうに。はぁー……」

アルフレッド様がベッドサイドに跪いて、手を伸ばしてリリアリス様の前髪をそっと撫でた。

あれ？

もしかして、気に入っちゃいましたか？

いやいや。性格はどうだか分からないですよ？　でも、まぁ、見た目だけでも好みならば、少しは救いなのかもしれない。

「やっぱり、犠牲にするわけにはいかないよなぁ。俺と結婚したって不幸になるだけだろう」

アルフレッド様が頭を抱えた。

「いや、そうとは限らないでしょう？　アルフレッド様も、来たばかりのころは苦労したでしょうが今はすっかりなじんでいるじゃありませんか」

とんでもない悪女だったとしてもアルフレッド様が気に入ったならと、思わず応援するようなことを口にする。

「俺は……男だし、逃げ場もなかった。そして、何より領民を見捨てることだけはしたくなかったからな。だが……」

十三歳でアルフレッド様がこの地に来たころのことを思い出す。

アルフレッド様がリリアリス様の頰をそっと撫でた。

「こんなに可憐な令嬢が、この土地でやっていけるわけはない……。移動中に死にそうになったのだ。この土地に恐怖しか感じないだろう。だが、もし、流刑地で生きていくというのであれば……俺は、全力で……」

その先の言葉をアルフレッド様は飲み込み、首を横に振った。

「いや、あるはずのない未来を語っても仕方がないな……」

ノックの音で、聖属性魔法の使い手である、神父がやってきた。回復魔法でリリアリス様を助けた人物だ。魔力が回復したので追加で回復魔法を施しに来たのだろう。

「ああ、神父、ちょうどいい」

アルフレッド様が立ち上がった。

「ソウ、立会人になってくれ。彼女の側はマーサに頼む」

立会人？

「結婚する」

アルフレッド様が、リリアリス様が持ってきた結婚締結書に署名しはじめた。

「ちょっとまってください、アルフレッド様、言っていることとやっていることがめちゃめちゃじゃないですか？」

自分と結婚するのはかわいそうと言いながら、速攻で結婚しようとするって……。多少はこう、歩み寄ってからとか。

「神父、頼む。さぁ、立会人の二人も並んでくれ」

「ア、アルフレッド様、恐れながら、せめてリリアリス様の意識がお戻りになってから……」

マーサの言葉ももっともだ。

「いや……早いほうがいいだろう。意識が戻るまで俺が屋敷にいることもできないからな。はい、リリアリス嬢の署名はすでにされていて助かった。ほい、立会人確認したな。神父の祝福も受けた。じゃ、そういうことで。俺は戻る。西の街でゴブリンの巣が見つかったという噂だ。今規模を調査中だ。俺たちの手だけで足りるとは思うが、念のため騎士たちの準備だけはしておいてくれ」

すぐにアルフレッド様が出て行ってしまった。

光魔法による連絡方法の可能性について話をしたかったが、あまりに突然の結婚宣言ですっかり抜け落ちてしまっていた。

まぁ、光属性持ちにまだできるか確認もしてないから実用のめどが立ってからでも問題ないか。

などと、後回しにしていたら事件が起きた。

数日後、リリアリス様……奥様が騎士たちにお礼を述べに来た後のことだ。

何やら争うような声が聞こえるので駆け付けた訓練場横の建物の裏。

目をかけている剣の腕が立つ騎士が呆然と立ち尽くし、その前に二人の騎士が膝をついていた。

やらかしたか！

光属性の騎士は、いろいろと言われることもあった。見つけ次第注意をしているが、私の目の届かないところでも嫌がらせがあったのだろう。

耐え切れず、手を出してしまったのか……！　失策だ。

「何があった……」

聞かずとも大方想像通りなのだろう。光属性の騎士パルの実力は本物だ。攻撃魔法が使えなくとも騎士の一人や二人瞬殺できる。

「あ、いえ、あの……実は……」

口を開いたのはパルだ。このまま謝罪し退団すると言い出すことを想像し、どうするべきか頭の中で考えを巡らせていると、膝をついた騎士が口を開いた。

「い、言うな！」

「言わないでくれ！」

は？

「な、何もなかった。そうだな？　そうだろ、パル！」

どういうことだ？　こいつらはパルをよく思ってなかったはずだ。なぜかばうようなことを言い出すのか？

「何が、あった？　パル」

強い口調で尋ねる。

パルはぐっとこぶしを力強く握っている。

「……団長……手合わせをしてもらえませんか……」

何かを決意したような表情だ。

わけが分からない。いきなりどうして私と手合わせを？　いくらパルの剣の腕が立つとはいえ、まだ私には及ばない。

やはり辞める気なのか？　それとも、私に滅多打ちにされることで許しを乞うつもりか？　だが、膝をついている二人がパルを責める気はなさそうだが？

「分かった。来い。お前らもだ」

膝をついていた二人はよろよろと立ち上がった。なぜかパルが後ろから二人の肩に手を乗せて歩き始める。少し距離を置いてもう一人もついてくる。やはり何も言わない。

仲良くなったのか？

訓練場で場所を空けさせる。

「おいおい、パルが団長と手合わせするらしいぞ」

「ちょっと剣の腕が立つからって、いい気になってんじゃないのか？」

すぐに騎士たちは訓練の手を止めて私とパルの手合わせを見学することにしたようだ。

「魔法もありでお願いします」

向かい合って剣を構えると、パルが口を開いた。

「馬鹿なことを……お前は攻撃魔法が使えないだろう？」

その言葉に答えず、パルが言った。

「剣が団長の体のどこかに触れたら僕の勝ちにしてもらえませんか」

「ん？　ああ、分かった。流石に、魔法ありなら、お前にまるっきり勝ち目はないだろうからな……」

攻撃魔法。遠距離から攻撃できるのだ。剣しか使えないパルからすれば、一度距離を取られてしまえばまるっきり勝ち目がなくなってしまうだろう。

「では、三数えたらスタートだ。一、二、三」

すぐに剣を振ってくるだろうと予想。それを薙いでパルがバランスを崩したすきに距離を取り攻撃魔法で終わりだろう。

などと、油断したのが間違いだったのだ。

「【閃光弾】」

目の前が真っ白になって何も見えなくなった。

驚き動きが止まった私の肩に、ぽんっと何かが当たる感触。

「あはは……見よう見まねで……できた……けど、魔力切れ……だめだ」

パルは私に剣を当てると、魔力切れでそのまま倒れた。

目が、見えない。

しばらく呆然と立ち尽くしていると、周りの声が聞こえてきた。

「おい、何があったんだ？　パルが倒れてるぞ」

「団長が瞬殺したのか？　流石団長だ！」

違う。そうじゃない。

負けたのは私のほうだ。

どうやら、周りの人間もあの瞬間は何があったのか見えなかったようだ。

しばらくして視力が戻ってくる。

だが、精神はいまだに現実に戻れないでいる。

「まさか……」

光魔法にこのような使い方があったとは……。

魔物相手にどれだけ通用するか分からない。視力ではない感覚で敵の位置をとらえる魔物もいる。

が……。

もし、視力に頼っている魔物が相手ならば……！

ぞくぞくと何とも言えない感覚に体が震える。

革命だ。

光属性魔法の革命。

運ばれていくパルを見ながら、リリアリス様の顔が思い浮かんだ。

生地こそ良いものだが平民が着るようなシンプルなワンピースを着て、助けたお礼を言いに来た。

副団長の言っていたような悪役令嬢ではないと、それだけで分かった。

この勝負はそのすぐ後の出来事だ。今、パルは見よう見まねだとつぶやいていた。

谷底から打ち上げられた光。

そして、今の目つぶしの光。

誰だ。光属性魔法は役立たずだなどと言い出したのは。

なんだ、これは。そう、興奮だ。言い知れぬ興奮が体中を駆け巡っている。

ああ、アルフレッド様。あなたの娶った妻は……悪役令嬢ではありません。

第三章　肉串と日光

「おはようございます。リリアリス様。今日は何をなさいますか？」

マーサが着替えを手伝いながら尋ねてきた。

いや、着替えは一人でできるんだけどね。泣くのよ。泣くの。

マーサめ！　泣けば私が折れると学習しおってからに！　いいか、サラには伝授するなよ？

「朝食を食べたら街へ行くわ」

「分かりました。ではカイを呼びます」

「あ、私の予算から金貨一枚用意しておいてもらえる？」

金貨一枚は、銅貨千枚だ。銅貨一枚が百円。銅貨十枚で大銅貨一枚、千円。百枚で銀貨、一万円。千枚は金貨一枚で、十万円。

十万円もあればたぶん足りるよね。

護衛係のカイを引き連れ街に出る。

「じゃ、ギルドに行きますか！」

「え？　また、ギルドですか？」

カイがびくりと肩を震わせた。

なんで？

彼ぴっぴに会えるからうれしくないの？　なんで、ちょっと気まずそうな顔してるのかな？

まぁ、いいや。

まずは受付のお姉さんのところへ……。

と、ギルドに足を踏み入れたとたん、ギルド長につかまった。

「俺に会いに来たのか？」

「え？　ギルド長……」

マントも鎧も脱いで、シャツ一枚。

や、やばい。何これ……。

「好き……」

「は？」

思わず、口から心の声が漏れ出す。

この世のものとは思えない、まるで二次元から飛び出したかのような完璧な筋肉を目の当たりにしてパニック。

推せる。尊い。やばい。拝む、拝んでいいですか！

「お、俺が、す、好き？」

「昨日は、鎧を着ていたから気が付かなかったけれど……好き、大好き！」

ぱっと顔を上げると、ギルド長のレッドが真っ赤な顔をしている。

「アリス……お前、俺のこと気が付いたのか？」

はい？

なぜそんなに真っ赤な顔？　怒ってる？

はっ！　カイという存在がいるのに、好きなんて口説き文句みたいなこと口にしちゃった。

「違う、そういう意味の好きじゃないから！　私、レッドに恋愛的な気持ちを向けたりしないっ！　好きっていうのは、この筋肉。推せる。鍛え方が好きってことっ！」

慌てて否定する。

「は？」

すんっと、レッドの顔が無になる。

「だって、そうでしょう？　これだけの筋肉を付けるためには、並大抵じゃないと思うの。それに、無駄がない付き方をしてるわ。ねぇ、カイもそう思うわよね？　素晴らしい筋肉よね？」

熱弁をふるいながらカイに同意を求める。

「あー、はい……あの、本当に……ギルド長を好きになることはないんですか？」

あら？　心配してるの？

「もちろんよ。大丈夫よ。安心して。ぜーーーーったいに、好きになったりしないから！　絶対の絶対よ」

カイの恋人にちょっかい出したりしないからね！　と、こぶしを握り締める。

「はぁー、もう、やめてくれ、そこまで強調されると……」

レッドが受付カウンターに両手をついてうなだれている。

あ。男として魅力がないと、主張してるみたいなものになるのか……？

「ほ、ほら、だから、私は人妻だしね？　夫以外の男性を好きになるわけないでしょ？」

レッドがこっちを見た。

「じゃあ、夫のことは好きなのか？」

う。それを言われると辛いな。何とも言いようがない。まだ会ったこともないなんて……。

そっと目をそらす。

「なんだねーちゃんよ。好きでもない夫に操を立てる必要ねーだろう。どうだ、俺と付き合おうぜ！」

横から太い筋肉が伸びてきた。

筋肉の主を見ると、ボディービルダーばりの筋肉の持ち主だ。

「筋肉が好きって言ってたろ、どうだい？」

腕を曲げて力こぶを見せる男ににこりと笑ってみせた。

「私、無駄な筋肉は筋肉を冒とくしていると思ってるの」

「は？」

「確かに太くて立派な筋肉だけれど、木こりじゃないでしょう？　剣を振るには、ちょっと動きが鈍くなって邪魔じゃないかしら？　それに上半身ばかり鍛えているようだけれど、下半身も大切なのよ？　素早く剣を振るには、しっかりと体を支えなければならないわ。ふらついてしまえば、次の動作に移るのが遅れる。あなたの筋肉は、無駄があるうえに、足りないのよ。つまり、好みじゃないの。ごめんね？」

シーンと静まり返るギルド。

しまった。つい、筋肉について語りすぎたか。

「ぶはっ」

レッドが噴き出している。

「だ、そうだ。振られたな」

ニヤニヤしながらレッドが上半身筋肉男の肩を叩いている。

「笑うなんて失礼じゃない？　私の好みじゃないってだけで、彼のこの筋肉は立派なものよ？」

太い腕にそっと手を置く。

どさくさに紛れて触ってやったわ。うわー、すご。いやいや、セクハラだめ！　……いや、肉ハラ？

「このギルドの中にいる誰もよりも立派な腕をしているわ。努力の証でしょう？　ただ、努力の方向性が偏りすぎてると思うだけ。もったいないの。努力できるんだもの。もっとバランスよく鍛えたらもっともっと強くなると思うの」

だから、バランスよい私好みの筋肉に進化してね。という下心をもってして、笑いかける。

「あ、ああ。うん、悪かった。下種《げす》なこと言って……」

下種？

ああ、付き合おうとか言うやつだっけ？

「大丈夫よ。冗談だって分かってるもの。こんな風に自分を鍛え上げることができる人に、悪い人はいない」

筋肉は裏切らない。筋肉は正義。

「まじ……惚れるぜ。お前好みの筋肉になってやるからな。何か困ったことがあったら何でも言ってくれ。力になる」

「ありがとう」

上半身筋肉はうれしそうに歩き出した。そして、振り返るとにやっと笑う。

「旦那と別れたら教えてくれ！」

「はぁーい！」

もしかしていざという時の知り合いゲットかしら？　ラッキーとニヤニヤ笑うとレッドが私の前に出て叫んだ。

「別れないからな！」

おいおい、レッド、何を勝手なことを。

「どうしてレッドがそんなことを言うの？　何も知らないくせに勝手なこと言わないで！」

三年後には離婚が決まってるんだから。そうしたら冒険者として生きていくことになるかもしれないし。頼れる人を今のうちに増やさないとだめなんだからっ！

「何も知らなくなんか……いや、そうだよな。リ……アリスの気持ちは俺には分からない。今すぐにでも別れたいと思っているかもしれないんだよな……だが、覚えていてくれ。俺は、お前のこと」

私？　別れたいと思ってるわけないじゃん。三年の間にその後の生活基盤を整えないといけないんだもん。今すぐ別れたら路頭に迷うわ！

って、そうそう。こうしちゃいられない。

「邪魔しないで！　私にはやることがあるんだから！」

レッドを押しのけてカウンターに向かう。

「じゃ、邪魔って、俺が……か？」

俺以外の誰がいるんだ。カイといちゃこらしたいなら別のところでやってくれ。

「レッド……いえ、あなたギルド長でしょう？　こんなところうろうろしてるのは暇なの？　時間があるなら、さっきの彼とか、下半身が弱いってこと分かったでしょ？　アドバイスくらいしてあげなさいよ。ほら、今いる彼だって、右側と左側のバランスがおかしいでしょ、あの人は足に傷をたくさん受けてるから、何が足りないの？　いろいろ知ってるなら教えて指導しなさいよっ！」

レッドがポカーンと口を開けて私の言葉を聞いている。いや、ちゃんと聞いてる？

「ぶはっ」

大きく噴き出す声が聞こえた。

「あははは っ、ギルド長のお前にここまではっきりものを言う人間も珍しいな。それに、言っている内容もまっとうだ」

声のしたほう、後ろを振り向くと……。

レッドを一回り大きくしたようなダンディなおじさまが現れた。

「す、好き……大好き、神……」

ふらふらと吸い寄せられるようにおじさまのもとへと歩み寄る。

「こら、俺のこと好きだって言っただろうが」

首根っこを掴まれた。

「はぁ？　確かにレッドは好きだよ？　でも、まだ若いの！　筋肉は育てるものなの！　筋肉はね、破壊されて超回復して前よりも強くなっていくの！　だから、そりゃ大人のほうが素敵な筋肉になるに決まってるじゃないっ！　レッドよりもずっとずっと素敵。どうしよう、運命の出会い。好き、好きぃ！」

じたばたと暴れる。

推し活の邪魔をするやつは許せない！

これが推しコンサートに向かう途中に並んでいた電車の切符買う列に割り込んだやつとかなら目で殺す！

「レッド、なんだこの嬢ちゃん？」

レッドの知り合い？

「俺の嫁だ」

「そうか、お前の嫁か」

納得しちゃうの？　まって！

「ちがーう！　違う、違う。私には夫がいるので、断じて浮気はしませんっ！　っていうか、誰？　誰？　レッド、紹介しなさいよ！　いえ、紹介してくださいませ！」

ぽんっと理想の筋肉神がレッドの頭を叩いた。

レッドがいやそうな顔をする。

「いつまでも子供扱いするなよ」

「ははは、お前はいつまで経ったって俺の子だ」

！

「レッドのお父様でしたか！　初めましてアリスと申します！　昨日ギルドに登録しました。ギルド長のレッドにはお世話に……なってはいませんがよろしくお願いします」

「あはは、聞いたか？　レッド、お父様だと。アリス、冒険者ギルドにようこそ。俺は先代のギルド長のガルダだ。レッドに負けたからギルド長の座を譲った、隠居だよ」

カイが後ろでぼそりとつぶやいている。

「誤解が広がってる気がする……」

ん？　誤解？

「嬢ちゃんの言うことはもっともだ。しかしな、レッドを許してやってくれ。まだギルド長になって日も浅い。冒険者たちの育成までは手が回らないんだ。とはいえ、確かに必要なことだからな。

俺が引き受けよう。おい、まだ今日の依頼が決まってないやつは訓練所へ来い。鍛えてやる」

　ガルダ様が幾人かの冒険者に声をかけて立ち去った。

　う、後ろ姿まで素敵。

「好きぃ……むりぃ……萌えしぬぅ……」

　足を踏み出すたびに動く筋肉ぅ。

「アリス、俺を見ろよ！　俺だって、あと十年もすりゃああなる。ああなってみせる」

　レッドが私の腕を摑んで自分のほうに向けた。

「……光源氏計画……」

「は？」

「成長の過程を見守るのも立派な推し活……」

　私が完成させる筋肉……。う、それも素敵かも。

「あ、あのぉ、ギルド長、話が続くようならギルド長室にお通ししては？」

　困ったような顔で、受付のお姉さんが声をかけてきた。

　はっ！　そうだったわ。筋肉に惑わされるところだった。

「ごめんなさい。カイ、ギルド長の相手をしていてくれる？　私はやることがあるんだから！」

　朝食食べて急いで来たのに、時間を無駄にしちゃうところだったわ。

「え？　僕が、ギルド長の相手を……」

　カイがぎょっとした表情を見せる。恋人と二人きりにさせてあげるのよ。気が利くでしょ。

ぱちりとウインクしたかったけどウインク苦手なのでやめた。

「今日の光魔法の依頼を見せてくれる？」

「あ、はい。こちらになります」

依頼表の値段を確認して振り分ける。

銅貨一枚の依頼が二十枚、銅貨二枚の依頼が十七枚、銅貨三枚の依頼が八枚。

全部でも銅貨七十八枚か。

「これは何人くらいの人が依頼を受けてこなしてるの？」

「はい。冒険者として現役で活動している光属性の子が十二名と、人が足りない時は、今は別の仕事をメインにしている人に助っ人として頼んでいます」

なるほど。

「っていうことは、七十八枚を十二人でこなすから、平均して一人銅貨六枚くらいの稼ぎ？」

六百円か。子供の小遣いだ。いや、光属性の子だと受付嬢は言ったし、助っ人は別の仕事をメインにしていると言っていたから、本当に子供ばかりなのかもしれない。光属性では冒険者としてやっていけないのか、それとも冒険者でも光魔法の依頼は受けなくなるのか。

「はい。魔力が弱い子は一日に一つか二つの依頼しか受けられません。多い子でも合計で銅貨十枚を超えるか超えないかです」

なるほど。だったら十分足りそうだ。

わさっと仕分けた依頼表をまとめてお姉さんに差し出す。

「これ、全部受けるわ」

「おい！　そんなことをしたらっ」

ギルド長が声を上げた。まだいたのか。

「それから、私から光属性の子たちに依頼をしたいの。依頼料は一人大銅貨一枚」

大銅貨一枚は銅貨十枚分。つまり、いつも銅貨一枚〜十枚の依頼しか受けられない子たちにとれば十分な金額だ。

十二人だから、大銅貨十二枚。それにギルドの手数料を乗せても、二万円以下だ。

ん？　ギルドの手数料？　銅貨一枚の依頼なんて扱ってたら人件費で足が出るくらいだよね？

そっか。そもそもギルドのボランティアみたいなものなんだ。光魔法の依頼を扱うのは。

「何をさせる気だ？　施しを与えるつもりならやめろ。あいつらだってプライドを持って仕事をしている」

あら？　ギルド長は、光属性は役立たずだと馬鹿にするようなことはないんだ。

「私にもプライドはあるわ」

光属性は役立たずじゃないと一番分かっているのは私。

そして、領主夫人としてのプライドだってある。かりそめとはいえ、お飾りにはなりたくない。

ほんの少しでも役に立ちたい。

役立たずでいるのは死んだって嫌。

「えーっと、十二人が集まれる場所があれば借りたいの。依頼を受けてもいいという子たちを集めておいて。依頼内容は私の光魔法の実験の手伝い。だから光属性の子にしか頼めないのよ。じゃ、依頼をこなしてくるわね。カイ！　案内お願い！」

魔力的に問題はない。だけど、四十五か所を回るのは骨が折れるということを失念していた。うー。

「ギルドから派遣されました」

カイが依頼表を見せて店主に説明している間に呪文。

「明度一【ＬＥＤ】」

ＬＥＤシーリングライトのイメージで、明るさ調整を想像。明度一～十まで。月光だと一でちょうどかな。

明るさは合わせるけど、一時間とか二時間とかいう時間指定は無視することにした。微調整をするほうが大変だ。

「ギルドから派遣されました」

走るのが遅い私をおいて、カイが先に店の中に飛び込んで店主に説明する。

「明度十【ＬＥＤ】」

カイが依頼達成のサインをもらい次の店に走っていく。

私はそれを追いかける。

「はぁー、もう、だめ！」

疲れたぁ！

四十五か所を回って、へとへと。時間にしておよそ三時間。すっかりお昼だ……。

「お腹すいたよね？　なんか買ってきて」

カイに銀貨を一枚渡すと驚いた顔をする。

「え？　えーっと、僕には貴族が口にするようなものが分からないのですが……」

銀貨一枚……確かに一万円の食事って立派そうだけど……。

「普段庶民が口にするものでいいわ。私と、カイと、それから子供たちの分。依頼を受けて集まってくれているといいけれど……。そうね、足りないといけないから二十人前くらい……銀貨一枚で足りる？」

「はい。でしたら、銅貨三枚の肉の串焼きと銅貨一枚のパンを二個というセットを二十で買ってきます」

ギルドの入り口でカイと分かれる。

そういえば、このギルドって食堂が併設されてないのね。

「はい、依頼をこなしてきたわ」

ばさりと依頼書の束をカウンターに置く。

「え？　本当に？　えっと、早すぎませんか？」

「ううん、むしろ私の足が遅くて時間がかかりすぎちゃったくらいだと思うけれど？」

「魔力を回復させる時間も必要だったのでは？　月光ばかりでなく日光の依頼もありましたよね？」

うん。あった。わざわざＬＥＤで、日光と月光で明るさ調節したもん。

ああ、そうだ。中には呪文がいつもと違うぞと尋ねられたこともあったっけ。大丈夫なのかちゃんと二時間持つのか途中で切れたら大損害だとか念押しされたので、多めに魔力を注いだけど、あれ、夜になっても消えなかったらどうしよう……クレーム案件かな？　でもね、いまいちこう、まだＬＥＤはどれくらいの魔力で何時間もつかが分からないんだよね……。

だから実験が必要なわけだよ！

「で、光属性の冒険者は依頼を受けてくれた？」

「あ、はい。十名は依頼を受けると。あとの二人は不審がって……その……」

「ありがとう」

そうだよねぇ。怪しいよねぇ。

ギルドの会議室を借りられるようだ。そこに十名の子供たちが待っているという。

受付のお姉さんに案内されて部屋へ入ると上は十五歳下は十歳くらいの貧しい身なりの子が緊張気味に座っていた。

「この人が依頼主のアリスさんです」

それだけ言って受付のお姉さんは帰っていった。

十人の視線が私に向く。

一番の年長に見える男の子が声を上げた。

「なぁ、みんな大銅貨一枚もらえるのか？」

年長の男の子の陰に隠れるようにしていた五歳くらいの男の子が顔を出した。

おや？　十一人いる。

「こいつはまだギルドに登録できないんだが、光魔法が使える」

お、おお！　そういうことか。

「この子はあなたの弟？」

年長の子が唇を噛んだ。

「俺たちは孤児だ。弟じゃない」

孤児！

「ってことは、えーっと……」

まさかと思ったけど。

「君の稼ぎは孤児院の子たちのために使うの？」

うんと年長の子が頷いた。

うひゃー！　孤児院って予算は何処から出ているのか問題勃発！

領主ぅ、領主がぁぁちゃんとぉ、やってくれないとぉ！

って、違うな。孤児院などを慰問したり寄付したりって、主に貴族婦人の役目だよ。夫人や令嬢の！　手が回ってないのか、予算が回せないのか、それともどこかで誰かの不正が行われてお金が回ってないのか。ってか、貴族婦人がそもそもいなかったたぁぁぁ！　ってことは誰がやってたのか？

「冒険者じゃなくても……こいつは俺より魔力があって役に立つんだ、だから……その……」

「ん？　属性って八歳で分かるよね……？」

「こいつは八歳だ」

うそ。五歳くらいに見えた。

小さすぎない？

細くて小さくて……食べる物が足りてないから、成長できないのかな……。まぁ、私も双子なのにユメリアに比べたら小さい。食べる物大事！

「お待たせしましたアリス様」

焼いたお肉のいい匂いとともに、カイが食料を持って現れた。

くぅーと小さなお腹の鳴る音が聞こえる。

音のしたほうを見ると、子供が恥ずかしそうに顔を伏せた。他の子たちは匂いの元であるカイの手にある食べ物にくぎ付けになっている。

「さぁ、食べながら話をしましょう！　席について！」

テーブルの中央にパンと肉串を置いてもらう。

「食べていいのか？」

「ええ、もちろんよ。これも依頼料の一つだと思って。お金と違うからギルドに手数料を取られないから得でしょ？　ふふふ。私もお腹ぺこぺこ。えーっと、一人肉串二本とパン四個ね」

「それじゃあ、あの子の分はないの？」

中学生くらいの女の子が男の子を見て口を開いた。

計算早い。そうなのだ。私とカイをのぞいて冒険者は十人。冒険者じゃない子供をいれると十一人。もともと二十人前をお願いしたから二人前ずつ配ると一人分足りない……って。計算できるのかな、この子は。計算がこれだけできれば有能じゃない？

「カイ、追加で私とカイとあの子の分お願い」

別の子が声を上げた。

「足りないなら僕の分を分けてあげるよ。こんなに食べられないし」

「私も、パンを四つも食べられないから」

優しいなぁ。

うれしくなっちゃう。

「全員、串二本とパン四個よ。食べきれなかった物は持って帰るか、誰かにあげればいいわ。これは依頼料なので全員に平等に渡します」

私の言葉に孤児院の子がうれしそうな顔をする。他の子も。

「持って帰っていいのか？」

「やった。じゃあ、パン一個と肉半分だけ食べて後は持って帰ろう」

……みんな優しいな。

「さぁ、じゃあ、食べながら話を聞いてね。依頼の内容なんだけど、私は光属性魔法研究者のアリスと言います」

肩書があったほうが分かりやすそうなので、自称だけど研究者って言ってみた。

「光属性魔法研究者？　役立たずな魔法を研究する変わり者か？」

肉をほっぺにいっぱい入れた男の子が首を傾げた。

男の子の頭に手を置く。

「お口に食べ物をいっぱい詰め込んだままお話ししてはいけません」

「貴族みたいに上品に食べろっていうのか？」

ん？　貴族みたいに？

いや違うよ。日本人としてはそう言われて育つから、特別なことじゃないと思ってたけど……この世界じゃまさか、特別なの？

「ほ、ほら食べ物をうっかり落としたら悲しいでしょ？」

男の子がハッとして口元を押さえた。

ごくりと飲み込んでから口を開く。

「そうだよな。確かにそうだ！　こんなうめー肉を口から落としたら大損だ」

「拾って食べるから大損じゃないだろ？」

「言えてる」

どっと笑いが起きた。うん、部屋に入った時の緊張した様子はもう見えない。

「あと、それから、もう一つ大事なこと。誰に役立たずだと言われても仕方がないけれど、自分で役立たずなんて言わないで。光魔法は役立たずじゃないわ」

私の言葉に、子供たちがしんっとなった。もちろんいつかは誰にも役立たずなんて言わせないようにしたい。

「でも」

「でも、なあに？」

「皆、光魔法は……明るくするだけで何の役にも立たないって……」

「しかも、昼間のように明るくできてもちょっとの時間だし……あってもなくてもどっちだってかまわないって」

ふむふむ。

「っていうことは、明るくするだけじゃなければ役立たずって言われないのね？　昼間のように明るくする時間を長くできれば役立たずって言われないのね？」

まずはＬＥＤで長く明るくすることはできるわけだから、役立たずという理由が一つ減る。

それから、もう一つは明るくするだけっていう言葉ね。

どう伝えたらいいのかなぁ。光ができることってたくさんある。灯台も夜間飛行する飛行機も車のヘッドライトも……って、無いから言っても分からないよね。イルミネーションなんてあってもなくてもいいものだ。

もっと身近な……光で、この世界でも当たり前にあって、すでに役に立っているもの……。暗いところを照らす以外の……。月の光や太陽の光……明るい以外の……。何があったかなぁ……。

もぐもぐとパンを食べながら考える。さっき、口に物を入れながら話をしてはいけないと言っておいてよかった。考える時間ができた。

あ。

ごくりと飲み込んだ時、思い出した！

「あのね、皆が食べてるパンの材料は知ってる？」

「知ってる！　麦！」

うんと頷く。

「じゃあ、麦を育てるには何が必要か分かる？」

「土と水と種だ！」

打てば響くように答えが返ってくる。元気でいい子たちだ。光属性というだけで冷遇されていいわけがない。

「他にも必要なんだけど、分かる？」

子供たちが考え始めた。それから一人の子が手を挙げた。

「あと、草むしりして、魔物から守るんだ！　世話が必要なんだろう！」

世話は確かに必要だけど……魔物から守るっていうのはこの世界、いえ、この領地ならではの答えにちょっとびっくりする。

やっぱり子供たちにも魔物は身近な存在なのだろう。孤児になったのだって、もしかしたら魔物関係の理由なのかも

「そうね、確かに。でも、まだ一つ大切なものを忘れてる」

えーなんだろうって、子供たちが顔を合わせながら考えている。

「分かりました、気温ですね？　冬は麦を育てられない！」

いつの間にか追加の料理を買って戻ってきたカイが会話に参加した。

「おお、兄ちゃんすごい！　寒いと育たないもんな！」

うん。確かにそうだった。気温もいるんだ。雪深い土地……なんだっけか。……こりゃ一本取られたな。

だけど、私の求めている答えとは違うのだ。カイよ……。

「あのね、土が必要なのは、土から栄養を取るためなの。でも栄養のある水をやれば、実は土は必要じゃない」

「うそだー！」

水耕栽培とかあるから。嘘じゃないけど、土に植えるのが当たり前で、肥料の概念もないと信じられないよね。

「土よりももっと大切な物……水と同じくらい大切な物をみんな忘れてるわ」

「え～そんなのあるの？」

「今、私が出してあげる【ＬＥＤ】」

テーブルの頭上にＬＥＤの光を出す。

「え？　光魔法？」

「なんで麦と関係あるんだ？」

それはね、光合成といって、光がないと植物は成長できなくて……あ、光合成で思い出した。二酸化炭素も必要だな。って、流石にそれは説明しがたいぞ？　そもそも空気の気体の概念から教えないとだめじゃない？

「そうだ。意味が分からない」

うう、どう説明すれば……。

「私……分かった。雨ばっかり降った年は、作物が育たなくて大変だって」

賢い！　さっき計算をささっとした女の子だ。十二歳くらいかな？

この子も貧しい身なりでやせているのに。どこかで計算や知識を学ぶことができたのだろうか？

「そうだ！　確かに、日陰よりも日向のほうがよく育つよな！」

うんうん。

「そう、光が無ければ、パンもジャガイモも食べられないのよ！　それくらい、光ってすごいの！　それを作り出せる私たちは、役立たずなんかじゃないのよ！」

どや。

感動の一瞬でしょう？

自分たちって実はすごいんだぁ！　と、自信を持つことができるでしょう？

と、子供たちの笑顔を期待したのに、微妙な顔をされた。

「でも、雨が続いたって、畑を照らすほどの魔法なんて使えないし」

あうっ。

子供たちは現実的だ。

「あのさ、じゃあ、家の中でも野菜を育てることができるの？」

八歳の子が一人ワクワクした顔で質問してきた。

「うん。たくさんは作れないけれど、プランター……何か器に土を入れて種をまいて、太陽の代わりに光を当てれば家の中でも育てることができるわよ！」

人工的な光を当てることによって、植物に季節感を勘違いさせて収穫時期をずらすことさえできるとか、すごいんだよ！

「家の中ではたくさん作れないかもしれないけど、寒い冬でも部屋の中なら暖炉もあるし、外よりは暖かいでしょう。雪も積もらないし、あとは光をたくさん当てれば野菜を育てることはできるわよ」

二十日大根みたいに割と短期間で収穫できる野菜がプランターを使って室内で育てられるだけでもいいよね。雪深い冬場なら、ほぼ保存食の生活になるのだろうし。新鮮な野菜って貴重じゃない？

「本当？　だったら、僕孤児院で野菜育てたい！　いっぱい光魔法使って、皆の役に立ちたいっ！」

うんうん。いい子だな。

「僕も、冬の間は家の中にみんなこもっちゃうから、店もしまっていて依頼もないし、家で育ててみるよ！」

「私は……魔力が弱いから、日光は一時間くらいしか使えないの。それでも育つかな……？」

くぅー！　もっと喜んでよ。私よりもよほど慎重だなぁ。でももっともっと喜ばせてあげるわ！

光属性でよかったって絶対思わせてやるんだから！

「さて、もう食事は終わった？　じゃあ、これから依頼をお願いね。実験の手伝い。実は一週間は毎日お願いするつもりなの。依頼料は今日と同じなんだけど、お願いできる？　昼ご飯もつけるわ！」

子供たちが大きく頷いた。うれしそうな顔を見て、私もうれしくなる。

「じゃあ、まずは今日の実験は、皆の魔力がどのくらいなのか知りたいの。だから、今から私が出す日光と同じ明るさの日光を皆に出してもらいたいの。全力でね。それで、消えるまでの時間を計って、誰がどれくらいの魔力か知りたいのよ。いい？」

うんと頷いたのを見て、早速……。

日光魔法かぁ。逆に使ったことないしなぁ。どれくらいの明るさかな。ＬＥＤ明度十と同じくらいでいいかな。あんまり明るくすると「目がぁ！　目がぁ！」ってなるよね。

よし。

「【日光】さぁ、皆も並んで、ありったけの魔力を込めて同じ明るさの日光魔法をお願い」

私の言葉で、一列に並んだ子供たちが私が出した日光と同じ明るさで日光魔法を唱えた。

うわぁ！　目がぁ！　目がぁ！

ギルドの会議室に十二個の明かりは多すぎたっ！

真夏のギラギラ照り付ける太陽の下にいるようだ。

「へ、部屋の外で……廊下から中を見ながら確かめましょう！」

みんなに声をかけて慌てて外に出る。

そうか、日光は、日光なんだ……と、改めて感じた。そりゃ、服屋が日光で店の中照らさないよねぇ。服があっという間に日に焼けちゃうわ……。

ああ、背表紙が日焼けしちゃった本を売ってる本屋を思い出してもによる。……当てちゃだめ！日光危険！

「あ、私の消えちゃったわ……」

一時間で一つ目が消えた。

「日光で一時間も持つなら十分よ！」

女の子はただの慰めの言葉だと思ったのか、複雑な表情を見せた。ＬＥＤなら丸っと一日余裕だよ！

それから二時間経たないうちに、次々と消えていった。

「あー、僕のも消えたぁ。これじゃあ二時間日光の依頼は受けられないなぁ」

とちょっとがっかりした顔をする。

三時間が経ち、残りが四つになった。

私が出したものは、明るさの見本だっただけなので、もう消えている。

「え？　オイラ、日光四時間も使えたんだ。魔力が増えたのかな……」

自分の出した日光が思ったより長持ちしてびっくりしている子もいる。

ふむ。やはり、魔力は使ってるうちに増えるものなのか。


会議室の中を皆で覗き込み続けること約五時間。まだ二つ残っていた。

一つは計算の得意な女の子。もう一つは八歳の男の子。

「はい。今日の実験はここまでにしましょう。みんなありがとう。ギルドに依頼料もらって帰ってね。明日も実験に付き合ってもらいたいから他の依頼は受けずにお昼前に集合してもらってもいい？」

「「「はいっ」」」

残しておいたパンや肉を持って、子供たちはうれしそうに帰って行った。

明日からの依頼も受付のお姉さんに出しておかないとね。

「子供たち、笑顔で帰って行ったわ。ありがとう」

受付のお姉さんにお礼を言われた。

「お礼を言うのはこちらですよ？　依頼をこなしてくれたんだもん。五時間も付き合ってもらったの」

そう五時間で大銅貨一枚と食事だよ。時給にしたら二百円とか……。申し訳ないよ。笑顔でよかった……。明日からはもう少し……いや。だめ。施しをするなとレッドも言っていた。同情はだめ。ちゃんと私、今もらっている依頼料を元に算出した。

これ以上は明らかに違う。やっぱりお恵みになってしまう。

働いてお金を得ている。彼らの自尊心を傷つけるようなことはだめ。

今は時給二百円だけど……きっと、これからもっともっと稼げるようにしてみせる。

これからもっと働けるようにしてあげて、仕事を増やすのが私の仕事だ。

「カイ、帰ろう」

振り返るとカイの姿がない。

「今帰りか？」

「レッド……暇なの？」

レッドが眉根を寄せる。

「暇じゃない。今日はたまたま時間に余裕があるだけだ」

本当かなぁ……と、疑いのまなざしを顔に一瞬だけ向け、視線を下へと移動させる。

また、会えましたね、筋肉様。ふぉぉ、幸福感。

「おい、そんなに俺の体が好きだからって、そっちばっか見るなよ」

レッドが私の顎を指でくいっと上げた。

ぶほっ。

これ、伝説の、顎クイなのでは？　まさかリアルに体験する日が来るとは。

……ドキドキ……は、しないな。

イライラするわ！　なぜ、筋肉を見るのを邪魔するのだ！

「俺の顔はそんなに見たくないのか？」

悲しそうな顔したってだめ！

「レッドの体がとても見たいの！」

「ベッドの上なら生で見せてやるぞ？」

「え？　本当？」

生筋肉！　ぱぁっと明るい顔をしてレッドの顔を見ると、レッドが真っ赤になった。

「お、おまえ……絶対ダメだからなっ！　他の誰に言われても、ほいほいついていくなよ！」

「やだなぁ。私にだって選ぶ権利があるわよ。筋肉を見せてやると言われて誰にでもついてくほど馬鹿じゃないわよ？　っていうか、ねぇ、いつ？　いつ見せてくれるの？　ベッドの上ってことは、ギルド長室みたいな部屋に寝泊まりしてる部屋もあるってこと？　なんか昔の傷痕とかがあって、人が多いところでは見せられないってことよね？　私には見せてくれるんだ！　で、いつ？　今から？　ねぇ」

ビシッ。

でこピンしやがったぞ、レッド。

「見せねぇよ。寝室に入ったら、我慢できると思うか？」

「ひぃー！　ごめんなさい、そうよね。触ってもいい？　とか聞いちゃいそうだ。我慢する自信ないですっ！」

「そんなこと言われたらなぁ」

レッドが顔を両手で覆ってしまった。

「約束が果たせなくなる」

え？　約束？

私、レッドと何か約束をしたかしら？

それとも、別の誰かとレッドは約束をしている？　「俺の筋肉はお前以外に触らせない」とか。

レッドの後ろにカイがいつの間にか立っていた。

「ひ、ひえっ、ごめんなさい。あの、生筋肉が、見たいなんて、う、嘘ですぅ。服の上からでも大丈夫ですぅっ！　えへへ？」

やばい、まずい。ごめん、カイ。

「なぁアリス」

ぐいっと手首をつかまれた。

ひぃ、カイがいるってば！　手を放してよっ！

「俺が、お前のこと欲し言っていったら、応えてくれるか？」

はい？

「何それ……欲しいって……」

カイの前で何を言ってんのっ！　っていうか、両刀ってのは別に構わないよ。でも、恋人の前で別の人誘うとかは人間的にあかんっ！

バシンッと、思わずレッドのほっぺたを叩いていた。

泣きそうな顔をするレッド。

「やっぱり、俺みたいな男は……嫌い、だよな……」

そうよ！　カイが、恋人がいるくせにって秘密の関係だろうから言えない。

「ひ……人妻にそういうこと言うの、最低でしょうっ！　恋人を裏切る人も最低だし、裏切らせる人も最低よっ！　あ、あんたなんてっ大っ嫌いっ！　行こう、カイっ！」

カイの手を取ってすたすたと歩きだす。

ああ、どうしよう。カイにはあんな人やめときなさいって言いたい。っていうか、カイは私のこと恨んだりしてないよね？

ちらりとカイの顔を見る。

「あの、誤解が……なんか、あの、ギルド長は……その……」

おろおろしてる。

あれ？　怒ってない？

誤解って……。

カイの恋人だというのは私の思い込み？　あれ？　妄想だったっけ？　真実なんだっけ？　分からなくなってきたぞ……？

「嫌わないであげてください」

カイがレッドの肩を持った。

会話をプレイバック。

……私のこと欲しいと言ったら……って、「もしも、そういうことがあったら」っていうたとえ話だよね？

推し筋肉を持つ男に言われたらどうするっていう、ただの質問？

うわーっ。それを、私が誘われてるとか勘違いしちゃったってことだぁ。

次、会ったら、謝らないと！

ぐぅっ！　勘違い恥ずかしい！　次会ったらって、いつだろう。明日か。明日なのか！

「ごめん、カイ……勘違いしちゃった。ちゃんと謝るね」

こういうのは早いほうがいい。

✦

「うおっ、これは……」

屋敷に戻ると、あちこち明るくなっている。

「え？　ええ？」

カイが驚いている。

「お帰りなさいませリリアリス様」

にこにこしてマーサが出迎えてくれた。

「ふふ、早速サラはＬＥＤであちこち照らしたのね？」

「はい。そのせいで、使用人に恨まれてしまいましたよ」

くすくすとマーサが笑っている。

「恨まれた？　光属性のくせに生意気だとか、そういうことを言われてしまったってこと？　余計なことをするなと？」

びくりとして体を硬くする。

マーサが笑い出した。

「確かに、余計なことをするなと思われたかもしれません。今日はいつも以上に掃除の仕事が増えましたから」

わ、笑いごとじゃないよっ。

サラが恨まれるなんて……。

「なんで、こんなに必要のない場所まで明るくしてるんだ？　サラ一人じゃ無理だろう？　光属性の人間を他にも雇ったのか？」

カイが首を傾げながらマーサに尋ねた。

「違うよ。全部サラがやったんだ。しかも、朝に出した魔法でまだ明るいんだよ」

「はぁ？　嘘だろう？　いったいいくつの日光があるんだ……。玄関ホールに廊下に、すでに八つは見たよ」

上を見上げて驚いている。

「全部、リリアリス様のおかげだよ」

カイが意味が分からないという顔をする。

「行き届かなかった掃除がはかどったり、見つからないと思っていた物が見つかったり、細かな作業がしやすくなったりと……たくさんの人から感謝されたって、うれしそうで……」

マーサの目に涙がにじんでいた。

「本当に、ありがとうございます。リリアリス様」

そっか。使用人たちは明るいことに利点があるとすぐに気が付いたんだ。

これはいいことを聞いた。ギルドの子たちの仕事も増やすことができるかもしれない。


夕食を食べたあと、今日の実験結果をまとめる。

魔力を小、中、大と分ける。二時間未満が小。二～五時間が中。五時間以上が大というところかな？

サラは魔力が多いほうだと言っていたから、大かな。

私はどれくらいなんだろう……。魔力は使えば使うほど増えるというならば、使ったよね。

生まれながらにして親が喜ぶくらい魔量が多かったうえに、光属性と判明してからはひたすら魔法を使わされたよね。

……もともと大だったものが、増えてるよねぇ。

会話の中で出てきたことを思い出す。

光はすごいんだよって教えるつもりで、作物を作るには光は欠かせないって話になったけれど……。

それが、何か役に立たないだろうか？

確か、作物は日光ではなく蛍光灯でも電球でもＬＥＤでも、明るければよかったはず。それどころか、波長がなんとかの光は植物の成長が促進されるみたいなのもあったよね。青だったかな、赤だったかな？　とにかく、ＬＥＤでもよかったはずで。となると、日光魔法のように何時間とかでなく、長時間照らせるから植物は育つよね。

とはいえ、孤児院の建物の中で自分たちが冬の間食べる野菜を育てるにしても、自給自足程度でしかなくて商売にはならない。

じゃあ、売れるものを栽培したら？

売れるもの……。

冬場の新鮮な野菜は売れるだろう。だけど、限られたスペースしかない室内ではそれほどたくさんの野菜は作れないよね。

ちょっとしたお小遣いにはなるかもしれない。

どうせなら冬場に希少価値になるもので、金持ちが欲しがるもの。一つの単価が高いものを作って売りつけるというのがいいだろう。

例えば、花とか。果物などの嗜好品とか。

貴族は大喜びで競い合って買うよね。

温室を持っている貴族もいるけれど、ガラスが非常に貴重で高価なもので、ごくごく一部。

真冬に咲く薔薇の花。一輪でも銀貨一枚はしそうだ。いや、もしかしたら金貨レベルで……。

「って、誰が買うのよ！」

ここで育てたとしても、貧しい公爵領の誰が買うというのか！　売りに行くにも、何処に？　王都は遠い。近隣の都市？　うーん。

花は厳しいよね。くっ。輸送問題っ！

ないのかな、ドラゴン便みたいなやつ！

知ってるよ！　リリアリスの記憶にないんだもん。ないんだよ！

前世記憶でファンタジーだと、ドラゴン便以外にも使い魔の鳥さんに運んでもらうとかいろいろあるんだけど、この世界は、魔法はあるけどテイム系ってないんだよね。つがいがどうのこうのもないよ。

ってことは、春になって雪が解けて道が使えるようになってからガタゴトと馬車に乗せて売りに行くもの……か……。

付加価値が付いて高くてもいいもの。何があるのかなぁ……。

もう冬場に希少なっていうのも関係なくなっちゃうし……。

ああ、領地を豊かにすることもできるかもと思ったけど……やっぱりそう簡単な話じゃないんだ……。

さぁ、明日も朝から依頼をこなしまくって……昼ご飯……うーん、そうだギルド長にも謝って……。

■そのころのリリアリスの実家の侯爵家■

リリアリスの実母である侯爵夫人は、今日も舞踏会へと足を運んでいた。

娘が王太子殿下と婚約したこともあり、将来の王妃とつながりを持ちたいという貴族たちはこぞって招待状を侯爵夫人に送るのだ。

選び放題の舞踏会から選んだのは、公爵家が主催する舞踏会だ。

まるで自分が主役とでも言わんばかりに、豪華な衣装に身を包み舞踏会の会場へと足を踏み入れる。

「ふふっ、皆が私を見ていますわね」

満足げに扇で隠した口元でつぶやく。

侯爵夫人のもとへ、主催者である公爵夫人が近づいてきた。

この瞬間が、リリアリスの母は大好きだった。

本来は、主催者へ招待客が挨拶に向かうものだ。主催者のほうから声をかけるということは、特別な相手だということの証明だ。

私は特別。

王太子殿下の婚約者の母ですから。

その娘は、近々聖女の称号を得るという噂も上っている。

格上の公爵夫人ですら、私のもとにやってくるのよ。

私は特別。

侯爵夫人は内心笑いが止まらなかった。が、仮にも貴族としての教育を受けているため、表情に出さないように努めた。

人々の視線はすべて私に向いている。

ああ、今日は一段と注目を集めているわね。

公爵夫人すら、私の特別を演出するだけのわき役。そのことにぞくりと快感が背中を駆けた。

招待ありがとうと楽しんでという形式通りのやり取りを二人は交わした。

普通であれば、それで会話は終わりだ。

だが、公爵夫人は、何かを言いたげに侯爵夫人の前に立ったままである。

もしかして、何か探りを入れようとしているのだろうか？　ユメリアが聖女になるという噂の真偽を確かめたいとか？

それとも、将来の王妃の母になる私に取り入ろうとしている？

ふっ。残念だけれど、親しくするつもりなんてこれっぽっちもないわ。

元は伯爵令嬢だったくせに、公爵を誘惑して結婚してからは、侯爵夫人の私を散々見下すような態度をとってきたんだもの。

いつも私よりもいい服を着て、いつも私よりも周りに人が集まっていて、いつも私よりも素敵な夫を自慢して、いつも私より……。

でも、それももう終わり。

残念だけど、私は王妃の母になる。そして、聖女の母にもなる。

ただの公爵夫人なんかよりも、ずっと特別な人間なのだ。

ほら、現に、会場にいる人たちは、私から片時も視線を外さないじゃない。

侯爵夫人の前で、小柄な綿菓子みたいな公爵夫人がふわりと笑った。

「今日はその……随分と個性的なお化粧をしていらっしゃいますのね？」

侯爵夫人は首を傾げた。

個性的な化粧？　いつもの侍女にいつものように化粧をしてもらっただけだ。特にこうしてくれという指示は出した覚えはない。

「それに、その……スカートの横が染みになっていらっしゃいますが、お部屋をお貸しいたしましょうか？」

侯爵夫人は驚いてスカートを見下ろした。

確かに、染みが広がっていた。水をこぼして乾いたような跡だ。見様によってはお漏らしをした跡のような……。

侯爵夫人はカーッと顔を真っ赤にする。

まさか、皆が見ていたのはこれ？

私が、粗相をしたと……！

どうして侍女は気が付かなかったの！

侯爵夫人が顔を上げると、壁際に設置されていた鏡に顔が映った。

茶色い口紅をつけ、赤いアイラインを引き、紫の頬紅をつけ、ピンクのアイシャドウの顔だ。

あべこべだった。アイラインと口紅が逆の色。頬紅とアイシャドウが逆の色になっている。

まるでお化けのような顔が鏡に映り、ひゅっと侯爵夫人は息をのんだ。

慌てて逃げ出すようにその場を後にする侯爵夫人の耳には人々の笑う声が聞こえていた

屋敷に戻ってから、すぐに侍女を呼びつけた。

「恥をかいたわ！　あなたのせいよ！　クビよ。今すぐに屋敷から出ていきなさい！」

「お待ちください、いったい何をしたというのです？」

執事があまりの夫人の怒りように、部屋に顔を出した。

「どうもこうもないわよっ！　公爵夫人の舞踏会だったというのに、大勢の人間が集まっていたのに……大恥よ！　見たら分かるでしょう！」

震える侍女たちを背に立つ執事が首を傾げた。

「申し訳ありません、私には何が問題なのか分かりません」

「はぁ～？　だから、このスカートの染みに、みっともない化粧よ！　こんなドレスを着せて、変な化粧をした侍女なんてクビよっ！」

侍女が首を振った。

「奥様、私はいつものように化粧させていただいただけでございます」

その言葉に執事も頷いた。

「私の目からも、いつもの奥様と変わりないように見えます。それに服の染みとは？」

「だから、ここに大きな……」

スカートの右側を見下ろしても、染みは見つからず、反対側だったかしらと夫人は左側を見た。

あんなに大きなみっともない染みがどこにも見あたらない。

そんな馬鹿なと、顔を上げると、鏡に顔が映った。

侯爵夫人のいつもの顔が鏡にはある。

お化けのような化粧をした顔はどこにもない。舞踏会でのことは、何らかのトリックを使った公爵夫人の新手の嫌がらせかと思ったが。

「奥様、侍女に非はございませんでしょう。別の侍女と奥様付きは交代させますが、解雇だけはお許しください」

侯爵夫人が動きを止めたすきに、執事は侍女を部屋から下がらせた。

「そんな……確かに……あ」

侯爵夫人は、あることに気が付いて夫である侯爵の執務室へと駆けこんだ。

後を追う執事は、侯爵の執務室に入るなり言葉を失う。

「なんだ、何の用だ？」

書類から顔を上げた侯爵が妻の顔を見て手に持っていたペンを取り落とした。

「なんの冗談だ？」

仕事をしていた他の使用人も手を止めて夫人の顔を見て青ざめた。

「やはり、おかしな化粧になっているのでしょう！　これは、部屋が暗かったせいですわ！　月光のわずかな光で化粧したせいで、色が見えなかったから、侍女が間違えたのです！　この染みも見落として！」

執務室の日光のもとであれば、染みははっきりと見える。

月光の夫人の部屋で支度をして舞踏会に出かけた。舞踏会の会場はキラキラと光を照り返すシャンデリアの中央に日光が輝いていた。

暗い部屋では見落としていたことが、明るい場所でははっきりと見えてしまったのだ。

「これは、まるでお漏らししたような……」

侯爵の失言に、夫人の怒りはさらに膨らんだ。

「暗いのがいけないんですっ！　執務室だけじゃなくて、屋敷中明るくしてくださいませ！」

「おい、光属性の使用人をさぼらせずにもっと働かせろ！」

執事に向かって侯爵が命じる。

「いえ、さぼってはいません。魔力が足りず、執務室に日光を四時間出すのが精一杯で……」

「はぁ？　そんなわけないだろう？　魔力が小さい者を雇ったのか？　だったら、クビにしてもっと魔力の大きい者を雇いなおせ！」

「いえ、彼も魔力は多いほうだと」

侯爵がいらっとして、手元にあった文鎮を執事に投げつけた。

「嘘をつくなっ！　いや、どうせ光属性のクズが嘘をついてるんだろう。さっさと別のやつを見つけてこい！　見つからなければギルドに依頼でも出して、臨時で屋敷中明るくさせろ！」

執事は頭を下げて部屋を出た。

小さくため息をつきながら。

そもそも採用した使用人も、ギルドが一番魔力が大きい者だと紹介してくれたのだ。

……確かに、その割に期待したような光魔法を使えなかったが、ギルドが嘘をついているとも思えない。

「恥ずかしくて、しばらく舞踏会へ行けないわ！　悔しい、悔しいっ！　これも……そう、あの子のせいね。リリアリスが出て行ったせいよ」

侯爵夫人の言葉に、執事がもう一度小さくため息をつく。

出て行ったのではなく、追い出したのではないか……。

追い出さなければ、私もこんな余計な仕事をしなくて済んだのに。

第四章　茹で卵と火光

どうも。リリアリスです……。

「ご、ごめんなさいっ！」

朝から私は頭を下げていた。

寝坊した！

寝坊、した！

だって、昨日、街中めちゃくちゃ走ったんだもん、疲れちゃったんだもん。今も足が筋肉痛よ！

「謝らなくても大丈夫ですよ。今から朝食をご用意いたします」

マーサがサラに朝食を持ってくるように指示したところで、はしっとサラの服をひっつかむ。

「サラ、お願い、手伝ってぇ。午前中にギルドで光魔法の依頼をこなさないといけないのぉ……。ギルドの子たちには別のこと頼むって言っちゃったよぉ……」

ぐしゅぐしゅ。

「分かりました。リリアリス様のお願いであれば任せてください！」

「本当？　詳しくはカイに聞いてくれれば分かるから！　あ、カイにはお昼ご飯昨日と同じようによろしくって言っておいて。あ、これ、お昼代。そうそう、依頼は全部ＬＥＤで。あと、依頼票に書いてある時間の調整とか難しいだろうから無視していいわ。長いことに文句はないだろうから文句、ないよね？　夜も明るくて寝られなかったとか……クレーム……。

「はい、じゃあ、行ってきます」

ニコニコ笑ってサラが出て行った。

その後ろ姿をマーサがうれしそうに見ている。

「あんな楽しそうなサラの姿が見られるなんて……」

「マーサ、朝食食べたら私もすぐに行くから」

マーサが私の顔を見た。

「護衛役の……カイが戻ってから行くと言いましたか？」

「ううん、すぐに行くわ。カイが戻ってからじゃ間に合わない」

マーサが顔に笑顔を張り付けたまま無言で私を見ている。

「あ、はい。カイが戻ってから……カイに、お昼に間に合うように迎えに来てと伝えてください……」

ぐすん。

マーサには逆らえないよ。

朝ご飯を食べながら、カイが迎えに来るまで何をしようかと考える。

まずギルドに行ったらギルド長に謝らないといけない。

……私の勘違いで叩いたうえに嫌いとか言い捨てちゃったんだよねぇ……。

どの面下げてのこのこ行けばいいというのか。恥ずかしすぎるし……。

かといって、謝らないわけにはいかない。

あーあ。メールがあれば昨日のうちにすぐ謝罪メール送れたのにな。手紙にする？　でもギルドに行って顔を合わせるのに手紙とかはないか。

ギルド長は忙しいって言ってたから、いないかもしれないよね？　手紙を書いて渡しておいてくださいって感じでどうだろう？

よし。そうしよう。

……いや、待てよ？

人前で盛大にやらかしちゃったもんなぁ。ギルド長をぶっ叩く登録したての冒険者……。なんていうか、めちゃくちゃギルドでも私の評判悪くなっちゃうんじゃない？

やっぱり光属性はろくな人間がいないいなんて、風評被害の原因になってはいけない……。

「よし、マーサ、私、料理するわ！」

「は？」

「何を言っていらっしゃるんですか、料理は、料理長が……」

マーサが悲しそうな顔をした。

「もしかして、お口に合いませんか？　……あの、料理長は悪くないのです。いろいろ研究はしていますが、ここではそろわない食材も多くて……」

くっ。

またまた、やらかしたぁ！

だよね。掃除するのを止めるんだから、料理するのも止めるよね。「こんなもん食べられるか！

自分で料理したほうがましだ！」って、思われても仕方がないよね。

「料理は満足しているわ。いつも感謝しているの」

なんせ侯爵家では使用人に嫌がらせされてろくなものが食べられなかったものね。それに比べたら、天国よ！

お腹いっぱい三食食べられるだけですごく贅沢。味付けは……。

まぁ、正直なところ、すごくおいしいというわけではない。これは、前世日本人の記憶的にね。

八歳までのリリアリスの記憶では王都の料理と比べても遜色ない。十分。

「では、どうして料理を？」

……それは、レッドに対してやらかしてしまったお詫びを……。くっ。言えない。

ギルド長に失礼を働いたなんて知られちゃったら、もう行くの禁止されちゃうかもしれない。アルフレッド様がギルドとの関係をどれくらい重視するかにもよるけど……。

「どうしてですか？　暇なのでしょうか？」

暇つぶしだと思われた！

「申し訳ありませんが、その……食べ物で遊ぶのはおすすめできません」

うひゃー。悪い子叱るみたいにマーサに注意された。遊ばないよ。罰が当たるよ。米粒一つにも神様が何人いると思ってるのの精神持ってるし！

「遊ぶんじゃないの。その、人に差し入れを作ろうと思って……」

「リリアリス様がお作りになるのですか？」

「あー、あの、お世話になっているから、お礼をしたいと思って……」

視線をさまよわせる。

嘘です。お礼じゃなくてお詫びです……。

「どなたに？」

「ギルド長に……」

かすれた声でつぶやくと、マーサの顔が輝く。

「まぁ、まぁ、そうでしたか！　手作りのお菓子を贈られるつもりでしたか！　それは、アルフレッド様もお喜びになることでしょう！」

ん？　なんでアルフレッド様が喜ぶの？

ああ、あれか。公爵夫人からギルド長に贈り物をする。公爵家とギルドとの関係がよくなる。アルフレッド様が喜ぶ。……そういうことね。

ううう。アルフレッド様を困らせないように、しっかり謝ってきます。

……というか、もし関係が悪化したら、三年待たずに離婚してと頼まなければならないかもしれない。この地域ではギルドの協力がないと魔獣の脅威から人々を守り切れないのだろうから……。

私一人を悪役として断罪することで関係改善をしてもらうしかない……。

やだー！　まだ放り出された後の生活基盤ができてないから、困るぅ！　全力で謝罪！　全力でぇ！


調理場に行って驚いたのは、作業場の配置だ。

「え？　食材傷まない？」

窓から光が差し込む場所に調理台がある。

煮炊きしている場所は奥。

……あ！　暗いからかぁ。

「【ＬＥＤ】」

三つほど光の玉を出す。

「お、おお、明るい」

作業していた調理人五名ほどが一斉に手を止めてこちらを見た。

「皆さま、いつもおいしいお食事ありがとうございます。リリアリスです。今日は贈り物をする料理を作りたいので、少し場所を貸してください」

光魔法しか使えないハズレ嫁だと思われているかもしれないけれど、嫌がらせされないうちはあの言葉は忘れる。

「リリアリス様？　アルフレッド様の奥様……調理場に何の用だ？」

「使用人のため魔法を使ったのか？」

「お礼も口にしたぞ？」

「噂通りの悪い人じゃないのか？」

「待て待て、まだ本性を隠しているだけかもしれないぞ？」

うーん、声を潜めて会話しているのだろうけれど、私の耳はかなり優秀なのか声を拾ってしまう。いったいどんな噂が広がっているのか。光属性のハズレ嫁ってだけじゃないのかな？　お礼を言うことに驚かれるとか……。悪役令嬢扱い？

壮年の恰幅の良い男が一人、私の前に出て帽子を取って頭を下げた。

「料理長のクックです。お手伝いすることがあれば言ってください。それから……」

クックが申し訳なさそうに視線を落とす。

「その、贈り物はお菓子でしょうか……生憎《あいにく》と砂糖はあまり量がないので……必要ならば仕入れておきますが……」

砂糖は高価だからあまり置いてなくても仕方がないよね。王都でも、砂糖よりも蜂蜜のほうが出回っていたくらいだ。とはいえ、侯爵家はそれなりに資産もあったし、貴族たちが開くお茶会は見栄の張り合いだったからお菓子もそれなりに並んでいた。

中には金持ちアピールをするために、ほぼ砂糖といった、ただただ甘いだけでおいしくもないものを出すところもあったっけ。かわいがられていた八歳までの記憶を思い出す。

「えーっと、甘いものは……」

レッドの顔を思い浮かべる。甘いものが好きそうな顔はしてないよね。黒髪黒目。鋭い目つきなのに甘いマスク。うーん。イケメンだよね。整った顔してた。あの顔で甘味？

いや、意外と人に隠れてパフェをおいしそうに食べる線もありだな。

……いや、だめだめ！　甘いもの食べすぎて、お腹がたるんじゃったらどうするの！

推し筋肉が！　私の推し筋肉がぁ！

そうだ。育てるのだ。

私はレッドの筋肉を！　よりすばらしいものへと！　元ギルド長のガルダ様の神筋肉のように！

育てる楽しみ。うひゅひゅ。おっと、変な声が出そうになった。危ない危ない。

「砂糖は必要ないわ。軽食を届けようと思うの。材料を見せてもらえる？」

日本の知識チートで料理の定番といえば、柔らかいパンとかプリンだ。どっちも作り方など知らない。定番のもう一つはマヨネーズ。

……脂肪かよ！　筋肉作りには不要。

必要なのはプロテイン。そう、プロテインはタンパク質！　良質なタンパク質をたくさんとると、破壊された筋肉が超回復して育つのだ！

「あら、随分たくさんの卵があるのね？」

養鶏でもしなけりゃこんなに卵が手に入らないのではというくらいの量がある。

「ああ、そうですね。冬を越すために鶏は欠かせませんから。たくさん鶏を飼育しているので、卵も豊富にとれます」

なんと、どうやら本当に養鶏みたいなことしてるってことか。

「牛や豚は？」

「牛は乳を搾るために数頭はいますが、豚も牛も外だと冬を越せませんから……鶏は小屋に入れられますが……」

なるほど。鶏なら、養鶏団地じゃないけど、二段ベッドや三段ベッドみたいにすれば狭い空間でもたくさん飼育できるか。暖炉で暖めた部屋に場所を作れば各家庭でもそれなりに育てられる？

それにしても……。

鶏肉と卵！　良質なタンパク質！　これは素晴らしいことですぞ！

筋肉育てるぞー！

「料理長、卵を茹でるわ」

「はい、こちらに」

鍋に水を入れて卵を茹でる。いくつあればいいかな……。そうだ、子供たちの分も持っていこう。

「卵はたくさん使っても大丈夫？」

「ええ、それはもちろん。毎日大量に産みますから」

そっか。じゃあ、遠慮なく。子供たち用に三十個。それからレッド用に二個……いや、三個。

茹でてる間に、パンをもらって一センチほどの厚みに切っていく。手の平に載るくらいの丸いパンを四枚にする。表面を少し焼いてかりっとさせる。あまり柔らかくないパンなのでかりっとしたほうがかみちぎりやすくなるのだ。フランスパンよりラスクのほうが食べやすいみたいなもので。

それから……。

目の前の油を前に腕を組む。

「どうしようかな……」

筋肉を育てるために油はいらないんだけど。でも、それってボディービルダーみたいな本当に筋肉だけのための人の食事なんだよねぇ。

ギルド長として魔物退治をする実践的な筋肉のためには、栄養のバランスも大事。体脂肪を落としすぎたら、逆に冬が越せなくて危ないよね。冬場も魔物討伐とかあるんだろうし。

よし。決めた。サラダチキンはシンプルにするけど、茹で卵のほうは躊躇せず、やっちゃいますよ！


「……なんでしょうか、これ……？」

出来上がったものを見て、料理長が首を傾げた。

「こっちが、サラダチキンサンド」

茹でたチキンを指で裂いて、葉物野菜と一緒に挟んだ品。料理長オリジナルハーブ塩味。なかなかすっきりしておいしいのだ。

「それから、こっちが茹で卵の卵サンド」

茹で卵をつぶして塩とマヨネーズとあえてパンに挟んだもの。

そう、よくある漫画や小説の異世界転生ネタ。マヨネーズ様でございます。……私の読書した物語通りであれば、マヨネーズは受け入れられるはず……。

「味見お願いします」

サラダチキンサンドを食べた料理長。

「これは、食べやすくていいですね。パンを薄く切っておかずを挟むのですか……」

「パンは軽く焼いてね」

うんと料理長が頷いた。これからは時々サンドイッチが食卓に並びそうかな？

次に卵サンドを口に運んだ。

「むむっ」

無言で料理長は卵サンドを食べた。

「素晴らしい味でした。あのように大量の油を使っていたというのに……もっと食べたくなるおいしさ」

ほっ。この世界でもマヨネーズは正義だった。

サンドイッチ二種類をレッドへの差し入れ用。それから茹で卵は子供たち用。バスケットに入れ終わったころにちょうどカイが来た。

「おい、作り方を見ていたか？　忘れないうちに作るぞ！」

料理長が料理人たちに指示している。

「なぁ、手つきを見たか？　とても慣れた手つきだったぞ、奥様の料理する手つき」

「ああそうだな。どういうことだ？　王都に住んでいた侯爵令嬢だろう？　着飾ってお茶会や舞踏会ばかりしているんじゃないのか？　貴族は料理なんてしないよな？」

「そうだ。屋敷の中でも刺繍やレース編みや読書をするって聞いたぞ？　掃除も料理も使用人の仕事だから」

なるほど。貴族令嬢のイメージ……って、そんな感じよね。実際お母様も妹もそういう生活してた。あとね、屋敷の中でまだすることあるのよ？　商人を呼んでドレス選びに宝石選び、それから使用人の仕事ぶりの監視とクレーム付け。あ、違う、一応女主人が使用人の管理をするのは仕事の一つだったわ。別に嫌がらせのために監視して文句を言っているわけじゃない……よ。たぶん。

ギルドに到着し、受付のお姉さんに挨拶してからカイと昨日の部屋へと向かう。

「ん？　増えてる？」

こどもの数が十五人に増えてる。

「この子たちもいいですか？」

昨日も来た賢かった女の子がおずおずと口を開く。

どうやら、昨日孤児院の冒険者登録していない子も同じように受け入れたことで、他の子も連れてきたようだ。

「もちろん。光魔法が使えれば問題ないわよ。じゃあ、ご飯にしましょう！」

十五人。茹で卵三十個持ってきてよかった～。

「昨日と同じ。肉串二本とパン四個、それから今日は茹で卵二個。食べきれなかったら持って帰ってね。じゃあ、まずはご飯を食べましょう」

席についてて食事を始める。カイが買ってきてくれた料理は、ちゃんと十五人分と、私とカイの分があった。人数を確認してから買いに行ってくれたのだろう。

「カイ、サラは？」

「うん、まだ依頼で回っている。場所も分かってるし大丈夫だ」

そうか。私は右も左も分からないけど、サラは街のこと知ってるもんね。

「おい、話がある」

ひぃっ。

おいしくみんなでご飯を食べていたら、いつの間に来たのか入り口から声をかけられた。

振り向かなくても分かる。この声は……。

「ギルド長！」

逃げ出したい。でも謝らなくちゃ。

バスケットを手に、入り口に立つレッドのもとへと歩いていく。

「お前は、俺の顔なんて見たくないかもしれないが……」

「顔が見たくないなんてそんなこと思ってないです。顔より筋肉が見たいだけで！　……あ、違う
……そうじゃなくて……」

ぷっと、レッドが笑った。

「俺のこと嫌いなんだろう？」

「ごめんなさい、なんかいろいろ誤解してて、今日は謝ろうと思って……その……昨日は叩いたり

してごめんなさいっ！」

頭を下げる。何か言葉を待っているのに、何も言わない。

「俺のほうこそ悪かった。ちょっと浮かれすぎて変なこと言っちまった……お前が俺みたいな男を好きになるわけないのにな……」

「はい。好きになりません」

「即答されるとショックなんだが……」

「だって、夫がいるし……既婚者ならそういうものでしょ？」

レッドが首をすくめる。

「じゃあ、もしだ。もしも……俺が、お前の夫だとしたら好きになってくれるか？」

はい？

「レッドが私の夫……？」

不思議なことを聞く。

夫がいなければどうだ？　という聞き方じゃなく、レッドが夫だったら？　首を傾げる。

「レッドが好きなら結婚するけど、レッドが好きじゃなかったら結婚しないから、もし、夫だとしたら、それは好きで結婚したってことになると思うけど？」

貴族なら政略結婚で好きじゃない相手と結婚しなければならないだろうけど。ギルド長なら……。

「あ、いや……そうじゃなくて……あー、なんて言えばいいかなっ」

レッドががりがりと頭をかいた。

「冒険者なら恋愛結婚でしょう？　親に言われて好きでもない人と結婚することがあるの？　断れるなら断ったほうがいいわ。やっぱり好きな人との愛を貫いたほうがいいと思うの」

私は、カイとの恋愛応援してるよ！　の気持ちを込めて、ぐっと親指を立てる。

何か言いたそうだけど、言えないといった表情を見せるレッド。そりゃ言えないよねぇ。男が好きっていうの。別にいいじゃない？　って思う人間ばかりじゃないだろうから。

ここは私が話をそらしてあげるべきよね。

「そうだ、昨日叩いちゃったお詫びに軽食を作ってきたの。お昼はもう食べた？」

「ん？　何て言った？」

「お昼は、もう食べた？」

「いや、その前だ」

「昨日叩いたお詫び？」

「いや、アリスが作ったって……」

レッドが驚いた顔をしている。

失礼ね。私って、そんなに料理しなさそう？

「まぁ、大したものじゃないけど。まだならどうぞ。お昼がもう済んでるなら、手に持って食べやすいものだから、仕事の合間におやつ代わりに食べてもいいわよ？」

バスケットから、布に包んだサンドイッチを手渡す。

どれくらい食べるか分からなかったから少し多め。コンビニサンドイッチ五袋分くらいの量がある。

「あ、ありがとう……アリスが、俺のために作ってくれたのか……。ここで食べていいか？」

「もちろん、どうぞ」

ギルドの建物の一室を借りているんだ。当然ギルド長がいても問題はない。

座って、レッドは布を広げた。

「パンに何か挟んであるな。なるほど、こうすれば一度にパンも肉も食べられるのか」

「そう、パンも肉も野菜も一度に取れるわ」

レッドがサラダチキンサンドを手に取って口に運ぶ。

「うん、うまい。アリスが俺のために作ってくれたと思うと、なおさらうまい」

「いや、残念だけど、そのおいしさの八割は料理長……料理のうまい人が作ったハーブ塩のおかげよ。私は切ってちぎって挟んだだけだもん」

「十分だよ。普段料理をしないんだろう？　もしかして、アリスの初めてを俺は食べてるんじゃないのか？」

ぶほっ。

噴き出すわ。

言い方！　誤解されるわ！

「特別料理は好きじゃないけれど、これでも普段からそこそこしてました。私が作った料理は家族も食べてました」

前世で自炊もしてたし。侯爵家では料理の手伝いもさせられてたし。ん？　でも前世はノーカウントとしても、侯爵家で作ったといっても手伝いだから……。

「ああ、全部私が一人で作った料理を初めに食べたのって、料理長……そのハーブ塩をくれた人かな？」

レッドがむっとした顔をする。

「……アリスの初めてを奪うとは……」

言い方！

「とはいえ、味見してもらっただけで、ちゃんと料理を出して食べてもらうのは、レッドが初めてかも？　こっちの卵サンド口に合うといいんだけど」

俺が、初めての相手……とかまたおかしな言い方をしながら、レッドが卵サンドを食べた。

マヨネーズが受け入れられるか。

一口目で動きが止まる。

「うんまいな。これ、王都の料理か？」

「え？　王都の料理？　ち、違うけど……」

まって、私が王都から公爵に嫁いできたことなんて言ってないよね？　カイも話してないよね？　公爵夫人だっていうのは……知られてないよね？

知ってたら、公爵と対立しちゃいかねないようなこと言うわけないもん。もし、夫がいなければなんて。公爵がいなければなんて物騒なこと言うわけない。

ど、どういうこと？

「じゃあ、どこの料理なんだ？　めちゃくちゃうまい。いくらでも食べられそうだ！」

あまりにもレッドが卵サンド……たぶんマヨネーズ味を絶賛するものだから、子供たちが肉を食べる手を止めて注目している。

気になるよね。

十五人の子供たちの目がレッドの手元に注がれる。

レッドが手に持っていたサンドイッチを大きな口に放り込んだ。

それから、子供たちの顔をちらりと見て、広げた布の上に置いてあるサンドイッチを見る。サンドイッチを一つとり、半分にちぎった。茹で卵の卵サンドは、押しつぶされて茹で卵が少しこぼれ落ちる。

「一人、半分ずつだ。どっちもおいしいぞ。小さな子から先に選んで喧嘩せずに食べるんだ」

レッドは半分に順にちぎって子供たちにサンドイッチを渡していく。

あれほど、褒めてくれて、いくらでも食べられそうだと言っていたのに……。

自分で全部食べずに、羨ましそうに眺めていた子供たちに分けてあげるなんて。

いい人だ。

やっぱり……。

よい筋肉はよい魂に宿る！　レッドはいい人。

「好き……」

あっ。思わず口から漏れ出た言葉にハッとする。

「ん？」

私ったら、いったい何を？

そ、そう。筋肉。そう、いい筋肉が好きなんだ。

「い、いえ、そんなに好きなら……気に入ってくれたなら、明日はたくさん持ってくるから！」

おいしそうに卵サンドやサラダチキンサンドを食べる子供たちに話しかける。

「そうか！　明日も持ってきてくれるのか！」

待て待て、レッドに言ったんじゃないから！

そんな期待に満ちた目で見られても……くっ。

暇なの？　ねぇ、ギルド長は仕事してないの？

「明日はたくさん持ってくるわ。皆が食べきれなくて音を上げるくらいね！　もちろんギルド長の分は子供の三倍だから覚悟して！」

べ、別に、レッドを喜ばせたかったからじゃないからね！

今日はお詫びの品のつもりで持ってきたのに、子供たちに分けてあげちゃったから……。

まだ、お詫びの品を渡したとは言えないから。

「アリスが俺のために作ってくれたものなら、いくらでも食べる！　明日の昼が楽しみだなぁ。朝食は抜こうかな」

子供みたいに満面の笑みを浮かべて喜ぶレッド。

その顔を見ていたらドキドキしてきた。

……筋肉が喜んでいる……。推し筋肉様が……！

そうだった。レッドはギルド長というよりも、私にとっては推し筋肉！

暇なの？　とか言ってる場合じゃないわ。

「朝食を抜くなんてだめ！　ちゃんと食べないと、筋トレには朝食が大事なんだから！　寝ている間にエネルギーが消費されちゃうの！　だから、朝食を食べずに筋トレしたら必要なエネルギーを得るために、体は……筋肉を分解してエネルギーに変えちゃうんだよっ！　むしろ、筋トレすればするほど、筋肉がやせ細るという最悪の悪循環なんだから、絶対朝食は抜いちゃダメ。しっかりタンパク質とかエネルギーになるものを食べてから筋トレするの大事！　それから、エネルギーになるだけじゃないのよ？　朝食をとることで体温が上がり、体がスムーズに動くの。筋や関節を傷めにくくなるんだから。絶対抜いちゃダメ！　しっかりカロリー取って、でも糖質は控えたほうが……」

ギルド長が両手を万歳のような格好をした。

「分かった、分かった。朝食は抜かない。……というか、筋トレってなんだ？　訓練のことか？　タンパク質っていうのは？　カロリーとはどんな食べ物なんだ？　糖質？」

しまったぁ！

現代知識が口からだだ漏れになってた。そうだよね。五大栄養素とか、全然ない時代だよね。そもそも、バランスよく食事をしましょうなんて言ったって、日々食べるものに必死な世界だもん……。そのうえ、ここは作物が育ちにくくて、冬は雪に覆われる。貧乏だから隣国から買って補うことすら難しいんだよね。ううう。

自分の浅はかさにひどく落ち込む。

だから、この領地の人たちは、冬を越すために鶏を飼育するんだよね。工夫だ。卵で栄養を取っているんだ。

ってか、卵よ、卵！

「すまない……俺はろくに教育を受けてこなかったから無知で呆れたよな……」

落ち込んで下を向いたら、レッドが沈んだ声を出した。

「え？　ううん、全然そんなことないよ！　教育とか関係なくて、えーっと、筋肉が好きな私の持論だから……ね？」

「は？」

「そう、私はとにかく筋肉のためになることには詳しいの！」

えっへんと胸を張る。

「俺のこと、馬鹿な男だと呆れたんじゃないのか？　それで、青い顔して下を向いたんじゃ……」

「あ、いえ、その、持論をペラペラとしゃべったことが恥ずかしくなって……と、いうか……」

レッドが私の頭をぽんぽんと叩く。

頭ぽんぽんってなんでこんなに気持ちいいのか。

「俺は好きだ。恥ずかしがることない。いろいろ考えることができるのも、その知識を皆のために役立てたいと思うところも、全部。俺は……そんなアリスが俺は好きだ」

え？

「僕も！　アリスお姉ちゃん大好き！」

「私もだよ！」

レッドの言葉に続いて、子供たちが僕も私もの大合唱。うんうん、そうだね。そういう意味の好きだよね。

あは。私にモテ期到来。

いやー、しかしだ。好きこそものの上手なれとはよく言ったものだ。自分が鍛えるわけではないけど、推しキャラと同じ世界が見たいと……同じ食事を作って食べたり、聖地巡礼したりしたなぁ。うん、うん。プロテインの味の違いも分かる女になったよ。……前世の私、何してる！

「と、とにかく、朝食……というか食事を抜いた訓練はだめ。空腹で訓練すると筋肉が衰えるし、怪我もしやすくなるから。そうだ、忙しくてご飯を食べる暇がなくても、茹で卵でもいいから食べたほうがいいわ！　そうね、茹で卵をギルドで売ったらどう？」

一個銅貨一枚？　百円じゃ高いのかな。カイは銅貨一枚でパンが一個買えるみたいなこと言ってたけど。日本だと、卵は物価の優等生だとか言われてる。この世界だと卵っていくらくらいだろう。

「は？　ギルドで茹で卵を売るのか？　……よくそんな発想が出るな」

いやぁ、ギルドって食堂併設されてて飲み食いできるというのが現代の物語の中では割と定番で……。

「確かに腹が減っては力も出ないし体も動かないが……茹で卵か……」

レッドがちょっと考えてる。

子供たちを見ると、すっかり食事を終えていた。まだたくさん残っているけれど、手を止めているから持って帰る分なのだろう。

いい子たちだな。

「じゃあ、今日も張り切って実験のお手伝いをしてね！」

すくっと立ち上がると、レッドが私の腕を掴んだ。

「待て、そのことで話があるんだ」

は？

「聞いたところによると、昨日は廊下で五時間近く立っているだけだったらしいな」

はっ！

廊下に立っていなさい！　という往年の学校での罰を思い出した。体罰が厳しく禁じられ、伝説になったあれだと思われた？

体罰じゃないよぉ。私も一緒に廊下にいたし……。

「本当に実験していたのか？　もしかして……」

あ、そっちか。同情して施すつもりで実験すると嘘ついた依頼だと思われた？

「あのね、昨日はね、皆がどれくらい魔力があるのか調べてたの！」

「そう、そのおかげで俺は実は日光を四時間も使えるってことが分かったんだ」

子供たちがニコニコして昨日のことを報告してくれる。

「今日から本格的に実験を始めるけれど、その前に各自の能力を把握しないと詳細なデータが取れないでしょう？」

まぁ、データが詳細かどうかは微妙だけども。こう、ステータスをオープンしてＭＰとか数値で見ることができたら楽なんだけどね。

「ああ、なるほど。実力もないのにいきなり実戦に出すわけにはいかないからな……。そうか。確かに……ギルドでは冒険者にどの程度の魔法が使えるかとか武器はどの程度扱えるかと簡単な試験を行うが……」

え？　試験なんてなかったよ？

「光属性魔法の試験は行っていなかったな……」

役立たずの試験なんてしても仕方がないと、そんな理由が頭に浮かんだ。

レッドが立ち上がって深く頭を下げた。

「すまない。ギルド長である俺の手落ちだ。どれくらいの魔法が使えるのか知らないで依頼を受けさせて不便をさせてしまった」

……きっとずっと慣習的に行われていたのだろう。初めは光属性魔法を差別していたからかもしれない。でも、単にレッドは気がつかなかっただけだとすぐに分かった。

「しょうがないわよ」

ぽんっとレッドの肩を叩いた。

「基準がないのだもの。測りようがないでしょう？　でも、これからは大丈夫よ。ここにいる子たちみんなが知ってる。どれくらいの明るさの日光を出して測定すればいいか。新しく入ってきた子がいたらこの子たちの誰かに頼めばいいわ」

レッドの顔を見てにこりと笑う。

レッドがそうだなと短くつぶやいて、私の両手を取った。

「アリス……お前が俺には……必要だ。頼む……ずっとそばにいてほしい……」

は、い？

「だから、私じゃなくても、この子たちがいれば検査できるわよ？　そうだ、基準は作っておいたの」

紙を取り出す。

「同じ明るさで全部の魔力をつぎ込んで日光魔法を使った時の継続時間で、魔力を、小、中、大、特大と、とりあえず分けてみたわ。ここにいる子たちはこんな感じ。成長していくうえで魔力が増えていくこともあるみたいだから、数年に一度は測定しなおしたほうがいいかもしれないわ」

レッドが紙を受け取って見た。

「そういう意味じゃなくて……さ。その……何ていうか……」

そういう意味じゃない？

「あ！　もしかして、離婚した後にギルドで働かないかっていう勧誘？」

「り、離婚？」

しまった。もし、私の正体がばれたら、公爵夫人は公爵と離婚するための偽装結婚してるというのまでばれちゃうじゃん。

「あ、いやぁ、その……。り、離婚したら考えるわ。今は、その、夫と仲良くやってるし？」

「は？　夫と仲良く？」

レッドが顔を真っ赤にした。

何を想像したんだ。下ネタか？　ごめん。誤解させるような言い方して。本当は、顔も知らない関係なんだ。

「……離婚して実家に戻りたいわけじゃないのか？　離婚した後、ギルドで働くことを考えるってことは……どういうことなんだ？」

「と、とにかく、この話はおしまい。人の結婚生活についていろいろ聞くもんじゃないわよ」

ぽんぽんと、レッドの腕を叩いて立ち上がる。

ふふ。いい筋肉だわ。どさくさに紛れて触っちゃった。


「皆、食事は終わったわね。じゃあ、今日は、えーっと」

四人新しい子が増えたんだ。魔力属性が光だと分かっているんだから八歳以上で、ギルドに登録できない年齢の子が四人。

「えーっと、じゃあ、この子たちはまず魔力を……」

計算が得意だった十二歳くらいの女の子が手を挙げた。紙を見て名前を確認する。マルティナちゃん。五時間以上の魔力大の子だ。

「あの、昨日帰ってから測りました」

マルティナちゃんの言葉に別の子がうんと頷いた。

「この二人が一時間と二時間の間くらい。こっちの子が二時間で、この子が三時間だった」

なんと！　すでに昨日のうちに魔力の大きさを測っていてくれたのか。

「ありがとう、じゃあ、皆そろって次の実験ができるね！」

なんて気が利くんだろうか。マルティナちゃん、優秀すぎない？

レッドの手から紙を取り戻して、名前を聞いて書き加えていく。

「待て待て、で、昨日はなんで廊下に出ていたのかの理由を聞いてない」

さっそく実験開始だ！　と思ったら、レッドから待ったがかかった。っていうか、まだいたの？

暇なの？

「あ、まぶしかったから」

「え？」

「昨日は、えーっと十二人で一斉に日光を部屋の中で出したら、まぶしくて部屋の中にいられなかったのよ」

あと、暑かった。真夏な世界になったわ。部屋の中。猛暑よ猛暑。部屋の中が局地的猛暑！

レッドが口をぱかっと開けて頭を押さえた。

「……だったら、地下室を使わないか？　部屋を日光で照らすだけ照らしてそれを眺めていただけなんてもったいない……」

「地下室?」

「ああ、この部屋よりも広い。普段は倉庫として使っている。せっかく実験で光を出すなら、倉庫を照らしてくれないか?　そろそろ倉庫の在庫のチェックもしたいし……その、別途ギルドからの依頼ということで、一人銅貨一枚上乗せさせてもらう」

「本当?　ありがとう!」

銅貨一枚でも、ちゃんと依頼としてお金を出してくれるなんていい人だ。場所代を取られるわけでもないし。

「【LED】」

地下に下りる階段はギルドの受付カウンターの奥にあった。大きなものを運び込んだりするのだろうか。出入り口は二畳ほどと広い。階段も梯子のようなものではなく、しっかりと石で作られていた。

暗いのでまずは明かりをともす。

階段を下りると、六畳くらいのスペース。その先に棚があり、棚と棚の隙間に進んでいくと、石の床にいろいろなものが置かれている。さらに進むと体育館くらいの広さで、がらんとして何もない場所がある。石が積みあがった壁には扉があって、もしかしてまだ奥にも地下室が続いているのか、それとも地上に出る通路なのかは分からない。随分頑丈そうな鉄の扉だ。もしかしたら金庫室だったりして？

「思ったより広い【ＬＥＤ】」

いろいろ置いてあった場所が学校の教室三つ分くらいの広さだったかな？

棚のほうもいろいろ陰になって暗い場所もあったから明るくしておこう。倉庫の整頓がしたいとか言ってたもんね。

「【ＬＥＤ】【ＬＥＤ】【ＬＥＤ】【ＬＥＤ】」

さて。これくらい明るければとりあえず大丈夫だよね？

「実験を始めましょうか」

と、視線を子供たちに向けると、キラキラした目をして私を見ている。

「すごい、アリスお姉ちゃんあんなに日光が出せるなんて……」

「いち、にい、さん……七個も……！」

あ、そうだった。ＬＥＤの説明してないもんね。

「えっとね、あれは日光じゃないの」

「え？　じゃあ、月光？　でもこんな明るい月光なんて……」

サラにした説明を一から始めようとしたところで、そのサラがやってきた。

「リ……アリス様、終わりました」

サラがリリアリスと言おうとしてアリスに修正してくれたけど、様を付けちゃったよ。

「み、皆に紹介するわね、この子はサラ。私の一番弟子よ！」

そう、弟子なら師匠のことを様付けて呼んでもおかしくないはず。

焦った……背中に冷や汗がたれる。

「さぁ、サラ、みんなに……そうね、まずは火光のことを教えてあげてくれる？」

いきなりＬＥＤでは理解が追い付かないかもしれない。サラも火光よりもＬＥＤのほうが少し手間取っていたものね。

「わ、私が一番弟子……？　は、はい！　頑張ります！」

サラがうれしそうに笑った、

「兄さん、ちょっと火を出してくれる？」

サラに言われてカイが手の平から火球を出した。

カイは火属性なのか。アルフレッド様と同じだよね。……まさか実はカイがアルフレッド様で、マーサの息子のふりをして私を監視してるとか？

ぷっ。ないない。そんなわけないわ。三年後離婚する妻に興味があるとは思えない。

カイの出した火球に、ふと手を伸ばす。

「危ない！」

カイが慌てて火球を消した。

「熱っ」

一拍置いてから熱が指先に伝わる。

しまった。光魔法が触れないから、火属性魔法もなんとなく見えてはいるけど形がないものだと思ってしまった。

違う。水属性魔法は水だ。火属性魔法は火だ。

何かを燃やすことができるんだった。熱いに決まってる。

「大丈夫ですか！　すぐに治療をっ」

カイが顔を真っ青にしている。

「大丈夫。ちょっと水で冷やしてくるから、サラ、カイ、二人でお願い」

心配してついてこようとするサラに頷いてみせる。

階段を上がっていき、水を少しもらって指を浸す。

触ったわけじゃなくて近づけただけだから、やけどはしてなさそうだ。

すぐに痛みもなく元通り。まぁ、念のためコップの水に指を突っ込み続ける。……本当は流水のほうがいいのだろうけども。水くださいと言ったらコップに入った水を渡された。飲むと思ったのかな？

ギルドの片隅で椅子を借りて座る。

昼ご飯が終わった後の時間は人が少ないみたいだ。

「おー、話は聞いたぞ。倉庫の整理に人がいるんだろう？」

こ、この声は！

筋肉神様っ！　私の最推し筋肉を持つ、ガルダ様の声！

振り返ると。

あ、ヤバイ。あまりの神々しさに、失神しそうだ。だって、ほとばしる汗！　シャツに汗がしみ込んで筋肉がぁぁ！　あああああ！

「お前なぁ、俺以外の筋肉にときめいてるんじゃねぇよ」

目隠しされた。

「ちょっと、レッド、暇なの？　ねぇ、もうっ、暇なの？」

手を振りほどいてレッドをにらみつける。

「あははは、楽しい嫁をもらったなレッド。で、手が必要なんだろ？　今日は訓練はここまでにして倉庫整理の手伝いだ。行くぞ」

タオルで汗を拭きながら、ガルダ様が冒険者たち五人を引き連れて階段を下りて行った。うん。訓練が必要そうなしょぼ筋肉。あ、一人、上半身立派筋肉の……前に下半身の鍛え方が足りないと指摘した人が交じっている。下半身鍛えてるのかな。

「うわー！　なんだ！」

すぐに悲鳴が上がる。

え？　悲鳴？　何があったの？

慌てて階段を駆け下りると、奥のほうにオレンジ色の光が見える。

「おお、もう成功したんだ」

まるで大きな焚火をしているかのように天井が真っ赤だ。

火光が成功したのね。

すごい、みんな優秀じゃない？　サラの教え方も上手なのかな？

「水属性魔法を連れてこい！　火だ！　燃えてる！」

慌ててガルダ様が入り口に向かって叫んだ。

「何だって？」

レッドが奥を見て顔色を変える。

って、誤解、誤解を解かなくちゃ。

天井がオレンジ色に染まっているのを見て、火事だと思われたんだっ！

「ま、待って、大丈夫、あれは火じゃないから！」

「火じゃないなら、何だって言うんだ？」

「【火光】」

ぽんっと、火の光の玉を出す。

「ほら、これ」

「火球か？」

ガルダ様が私の手元を見た。

「いえ、これは光魔法で光の玉です。月光や日光だけが光じゃないですよね？　火をともした時も明るいでしょう。その光を再現したものです」

ガルダ様が私の手に手を伸ばした。

って、違った。私の手の平の上の火光球に手を伸ばした。

「熱くない」

「はい。光だけなので、燃えません。だから、攻撃にも使えません」

ガルダ様が、ぎゅっと私の手の平でこぶしを作った。火光球を握りつぶすようなしぐさだけれど、
光は握りつぶすことはできない。

光が、ガルダ様の手を照らす。

ガルダ様がはじけたようにぱっと振り返ると、奥へと進んでいく。

天井は真っ赤になっているのに、熱く感じない。もし、これだけ天井を赤く染めるだけの火が燃
えていれば熱くて近づくことはできないだろう。

「はっ、はは……何だこれは……」

ガルダ様が立ち止まる。その横にレッドが立つ。

ちょっと二人とも足が速いよぅ。もう、レディーファーストどこ行った。筋肉親子め！

何とか追いつき、二人の間に割り込む、

「うわー、すごい！　綺麗ね！　あれみたい。えーっと、何て言ったかな、ランタンを飛ばす祭り
……なんか、そういうの」

無数の火光球が浮かんでいた。

「すごい、綺麗ね」

「あ、リ……アリス様！　おかえりなさい！　アルフレッド様もいらしたんですか？」

え？

アルフレッド様？

どこに？

どんな顔してるの？　くるりと振り向きあたりをきょろきょろ。

ガルダ様が連れてきた冒険者五人が立っている。このうちの誰かが私の旦那様？

首を傾げる。

「あ、見間違いだろ？　な、サラ。ほら、よく見てみろ。ギルド長のレッド様と前ギルド長のガルダ様だぞ？」

カイが慌ててサラの肩を叩く。

「はぁうっ、そ、そうでした。見間違いで……あ、あの、そのぉ、見てくださいアリス様！　もう皆火光球を出すことができるようになったんですよ！」

「全員が？　すごいわね」

サラのところまで歩いて行き子供たちを見る。

「本当、皆すごいですよね」

サラがうれしそうにうんうんと頷いている。

「この子たちもすごいけれど、サラもすごいわよ。サラの教え方が上手だったのでしょう」

だって、子供って十五人もいるんだよ！　この短時間で全員ができるように説明するのって大変じゃない？

うん。明日からもサラにはギルドに同行してもらおうかな。

「サラがいてくれて助かるわ。これからも助けてね」

にこりと笑いかけると、サラがプルプルと小さく震える。

くっ。兎属性だったわ。サラかわいい！

「アリス様……」

ガルダ様がサラと子供たちを見た。

「君がこの子たちに魔法を教えたというのか？　それは今か？　すぐにできるようになったのか？」

ものすごい勢いでガルダ様がサラに尋ねる。

「はい。師匠であるアリス様に、この子たちの指導を一番弟子である私が任されましたので！」

どや顔を見せるサラ。サラの言葉にガルダ様が私を振り返り、レッドの頭を大きな手でポンっと撫でた。

なんで、私の頭じゃなくてレッドを撫でるの？　私もガルダ様に撫でられたい！

「アリスが教えたというのか……お前の嫁は規格外だな」

レッドの頭を乱暴に撫でくり回すガルダ様。推しに頭を撫でられるなんて、羨ましすぎてむしろ憎い！　レッドめ！

ぎっとレッドをにらみつける。っていうか、嫁じゃないしっ！

でも、レッドの嫁と言われるポジションでガルダ様に話しかけてもらえるって可能性を考えると……いや、でも否定しなきゃ！

だめだめ！　欲望にまみれて正しき道を失うところだった！　危ない！

「なぁアリス、いくつか聞きたいことがあるんだが」

「は、はいっ！　なんでもお答えいたします！　スリーサイズですか？」

半分裏返った声で答えると、レッドが私の手を取った。

「答えたくないことは答えなくていい。っていうかスリーサイズってなんだ？　どうもろくでもないことのように思うのだが……？」

ちっ。代わりに腕回りが何センチで胸筋肉の厚みが何センチなのか聞き出そうと思っていたのになぜばれた。

「この火光はどれくらいの時間継続できる？　月光や日光と比べてどうだ？」

「え？　分かんない……日光より魔力はいらないのは確実だけど……えーっと、ちょっと待ってください【火光】」

蠟燭をイメージした大きさの光球を出す。蠟燭一つ分の明るさが確か一ルクスだったはず。

「これを一とすると……【火光】【火光】」

次に松明《たいまつ》をイメージした光球と暖炉をイメージした光球を出す。松明は二〇ルクスくらい。暖炉はどうだったかな。

ぶっちゃけ、明るさで火光は調整できない。もちろん、火の温度が高くなると青くなるとか白くなるとかいう知識はあるけど。「明かりとしての光」というイメージがしにくいからかな。

つまり、蠟燭と松明と暖炉、それぞれをイメージした火光の魔法は、サイズの違いがあるだけだ。

指の先サイズ、手の平サイズ、一抱えサイズと。

で、太陽も燃えてる光なんだよね？　なんと十万ルクスなんだって。ろうそくの十万倍。エネルギー量でどう違うのか分からないけれど……。松明の二十ルクスが、明るさ的に太陽光の五千分の一なら、五千倍の松明サイズの火光魔法が使えるはずってことになる。うーん。

「実験したことがないので、確かなことは言えませんが、この中くらいの松明サイズが、仮定通りであれば日光の五千分の一の魔力で使えます」

ガルダ様が驚いた顔をしている。

「ご、五千倍？　それは日光魔法一時間と同じだけの魔力で五千時間ということか？」

「えーっと、実験してみないとなんとも……」

前に消費魔力の体感百五十倍くらいかなと思ったけど魔力量の違いイコール継続時間っていう単純な感じでもない。もっといろいろ実験してみないことには分からないことが多くて、仮説ばかりだ。

ＬＥＤよりも暗い月光は太陽の反射光なので可視光線……明るさ以外にも魔力が消費されてるってのもあるんだろうし。全然よく分からない。一番分かりやすい説明は「魔法はイメージ」これに尽きる……。

火光は火の光だけど明るさだけを意識したからなのか熱エネルギーはなくて熱くないし。

逆に、日光は日差しの熱はあるんだよね。あれって可視光線以外も含んでるからなのかな？　部屋を明るくする程度の日光では熱くはないけど、実験でみんなで出した時は熱かったんだよね。

「大きさによって必要な魔力も違ってきますし……？　私もこの間初めて出したばかりで」

サラに日光と月光以外に光があると教えるためにね。

あの時サラが簡単に比較はしてたけど。

「特に役に立つ場面もないので、実験もしてないですし……」

正直、蠟燭や松明の明かりは前時代的すぎて光としては底辺なのよ。現代日本ではキャンドルの明かりに癒やし効果が、なんて言うけど、だったら光魔法じゃなくて素直に火をともしたほうがいいだろうし。だって、光魔法の火光には「ゆらぎ」がない。じーちちちみたいな音も、ぱちぱちっていう音もない。あんまり癒やされないと思う。暗くて不便だけだと思う。

「役に立つ場面がない？　そんなはずないだろう……月光より明るくて日光よりもずっと長く持つ光……。それに、火魔法にそっくりな……」

ＬＥＤがあるので……。いや、フィラメント光らせた電球ですら蠟燭より明るくて便利ですし。蛍光灯も……。

ガルダ様の筋肉からまるで湯気が立ち上っているかのように見える。いや、これは気？

何、興奮してる？　え？　いや、何が何だか……。火を見ると興奮する人っているけど、そっち？　落ち着くタイプと興奮するタイプがいる。キャンプの焚火をじーっと見つめて癒やされるタイプもあれば、火祭りって火を浴びるようにして大興奮するタイプも……。

「おい、すぐに覚えろ。できるか？」

ガルダ様が振り返って倉庫の整頓に連れてきた男たちに声をかけた。

男たちの中から一人の男が……上半身筋肉が一歩前に出た。

「月の光でもなく日の光でもない……火の光……」

ああ、この人、光属性魔法使いだったのか。攻撃魔法が使えないから役立たずと過去に言われたんだろうか。役立たずから脱するために、必死に体を鍛えて……。これだけの上半身の筋肉を手に入れたのだとしたら。

私、ちょっと失礼なこと言っちゃったかもね。人よりも立派な見せるための筋肉。これが、彼の自尊心を保つための手段だったのかもしれない。……やばい。いろいろ物語を脳内に展開して泣けてきた。

頑張って光属性魔法が無能だとか役立たずだとか言われないようになる世の中にするから。もう、そんな無駄な筋肉に頼らなくてもいいような世の中にするから。

実用的でめちゃくちゃ素敵な筋肉でいられるような世の中にきっとしてみせる！

「【火光】」

集中していた上半身筋肉が火光の玉を出した。

「よし、次はもっと大きなサイズだ。複数出せるか？」

ガルダ様の指示に、すぐに上半身筋肉が対応した。

「【火光】【火光】【火光】【火光】【火光】」

焚火サイズを続けて五つ出す。

「魔力は？　まだ問題なさそうか？」

頷く上半身筋肉を見てガルダ様が口元に笑みを浮かべた。イケオジの意味ありげな口元の笑みぃぃぃ！　興奮して上気してる筋肉ぅ。やばい。眼福。

「予定変更だ。実験に付き合ってもらおう。来い！」

顎をくいっと動かして上半身筋肉に指示を出す。

すたすたと大股で歩いていくガルダ様のあとに、思わず私もついていこうとして、首根っこを掴まれる。

「お前はここで実験するんだろ？」

レッド、放してくれ！　ここは一番弟子のサラに任せて、私はガルダ様の実験のお手伝いをしなければならないのだ！

じたばたじたばた。

くっそ、一歩も前に進めない。

ガルダ様が振り返った。

「おい、レッド」

流石ガルダ様。アリスを放してやれと言ってくださるのですね！

「夫婦でいちゃついてないでお前も来い！」

ぬっ！　夫婦じゃないし、いちゃついてないし！

っていうか、レッド、お前だけ呼ばれるとか……羨ましさを通り越して憎いっ（二回目）。

■元ギルド長ガルダ視点■

クソガキが結婚すると言い出した。

いや、結婚なんて言葉が出るくらい、いつの間にか大人だったんだな。

そりゃそうか。ギルド長の座を譲って何年経ったか。

「結婚か。祝いに何かやらないとな」

レッドは硬い表情のまま頭を横に振った。

「いや。祝われるようなことじゃない」

「なんでだ？　まさか、まだ独身の俺に気を遣ってるわけじゃないよな？　俺はこれでも女に不自由するようなことはねぇぞ。結婚できねぇんじゃねぇ。結婚しないんだ」

ギルド長として、何かあれば最前線に出て戦わなければならない。いや、すでに俺はギルド長の座をレッドに譲ったんだが……。

だからこそ、こいつを守るためにも俺は一番危険な役割を受け持つつもりだ。

いつ死ぬかも分からない身だ。結婚するつもりはない。嫁や子供……不幸にする者を増やすようなことはしたくない。

もちろん死ぬつもりなんてないがな。

それに、血のつながった子供なんていなくたって俺にはこいつがいる。

ワシっと、乱暴にレッドの頭を撫でる。

初めてこいつがギルドに来たのはいつのことだったか。こいつが十三歳……。今の半分くらいの身長しかないガキンチョだった。まだ守られる年齢だというのにこいつは……守ろうとしていた。

王族の流刑地と呼ばれる、このろくでもない土地に送り込まれる公爵だ。

ろくでもないことをしでかした人間が領主になるこの土地はいつまで経っても厳しい生活を強いられる。

それでも、俺たち領民はここで生きていくしかない。公爵位が空位になることもある。理由はさまざまだ。結婚せず子を残さずに亡くなる公爵、また、子を残してもその子がこの環境に耐えられずに公爵家を捨てて出ていく。

そんな土地に捨てられたというのに、こいつの目は死んでなかった。それどころか少しでも領地をよくしようと小さな体で懸命に戦った。

「こんなとこに嫁ぎたい貴族令嬢がいると思うか？」

レッドの言葉に、んーと頭を抱える。

「どうせ、王都で手に余るろくでもない女を押し付けられるだけだ。すぐに追い出すさ。いや、勝手に逃げ出すかな」

そうか。確かにレッドは……名ばかりとはいえ公爵だし、結婚するとなれば貴族の娘か。

となると……。

魔物を倒した時の返り血が染みついたズボンを見下ろす。

「まぁ、場合によっちゃ、俺が何とかしてやる」

確かにひどい土地ではある。が、そんなところに送り込まれるなど、追い出すにしても逃げ出すにしても、帰る場所も行く当てもあるとは思えないんだがな。レッド……お前と同じようにな。

それなら居場所は作ってやらないといけないだろう。流石に野垂れ死にされたら寝覚めが悪い。


それから、数日が経った。

「結婚した……」

「早いな？　そろそろ令嬢が到着するとは聞いていたが。婚約期間を経ずに結婚か？　もしかして、もういい仲になったのか？」

からかうように口を開くと、レッドが顔を赤くした。

「違う、そうじゃないっ。……ここに来る道中、魔物に襲われて崖下に転落して死にそうになっていた」

「は？」

崖下に転落？

「魔の森か。昼間だったから助かったのか？　だが、昼間ならそもそも襲われるような場所じゃないだろう？」

レッドが首を横に振った。

「いや、運がよかったんだろう。発見したのはすでに日が落ちた後だ。馬も御者の姿もなかった」

そりゃまた、運がいいどころじゃないだろう。

「護衛が頑張ったってことか？」

レッドがまた首を横に振る。

「いや……護衛の姿もなかった。あまり多くの護衛を連れていなかったんじゃないかな。近くで魔物と戦った形跡もなかったから、もしかすると護衛が魔物の囮になって遠ざけてくれたのかもしれない」

「ふぅん。王都にも骨のあるやつらが多少はいるってことか……」

もしくは、腑抜けすぎて魔物を見てすぐに逃げ出したか……だな。

馬も御者の姿もなかったと言うが……護衛をかねた御者が馬に乗って逃げたなんてことはないだろうな？　流石にそこまで腐ったやつらじゃないか？

待てよ……流刑地と呼ばれ、貴族には嫌われた土地に嫁いでくるというのはどういう人物なんだ？

王都で厄介者扱いされていた令嬢であれば、道中魔物に襲われて死んだって構やしないとろくに護衛がつけられなかった可能性もあるな。

……まさか、「魔物に襲われて亡くなったのは公爵のせいだ！　責任をとってもらう！」などと言いがかりをつけるためにわざと……。

いや、流石に考えすぎか。

「で？　どんな女だ？」

鼻持ちならないはねっ返りか、傲慢で自分の置かれた立場も理解していないか、それとも病弱で子も望めそうにないか……。

「やつれてはいたけれど、美しい女性だ……こんな土地には不釣り合いな……」

「美しいねぇ、お前が女性を褒めるなんて初めてじゃないか？　惚れたか？」

ニヤニヤとからかうように言葉をかけると、レッドが真っ赤になった。

おい、マジかよ。本当に一目惚れでもしたってのか？

「ほ、惚れるわけないじゃないか。彼女は王都で育った貴族令嬢なんだからっ！」

大きく顔を横に振ると、レッドは手で額を押さえた。

「俺は、子供のころに王都にいたことがあるから知っている……ここと王都は全然違う。耐えられるわけがないんだ……」

王都には俺もギルド長会議で二度行ったことがある。

確かに、ここととは全く違った。そうだな、色で表せば、公爵領がグレーだとすれば王都は真っ赤だ。熟しきって実が落ちそうな果実の色。

毒があると分かっていても、甘い臭いとその赤く熟れた色に、思わずかぶりついてしまいそうな……。

レッドの嫁はもしやそんな感じの女性なのか？

男を魅了してやまない女性。……もしかすると、男性トラブルがもとでここに嫁がされたのかもしれないな。

だとしたら、その色香に、女性に免疫のないレッドならコロッとやられても仕方がないか？

せいぜい、我儘に振り回されないように注意して見ておかないとダメだな。浪費家の公爵夫人がいては、せっかく立ち直ってきた公爵領がまた地獄に戻ってしまう。

「きっと、すぐに王都に戻りたいと言う……。魔獣におびえて精神を壊してしまうかもしれない。だから、好きになったりしない。俺は、離縁する。貴族の法では三年の白い結婚が証明できれば離縁できるんだ」

あー。

好きになったりしないなんて、自分にくぎを刺すようなことを口にするなんてな。もう好きになってるってことだぞ？

「なぁ、レッド、お前はここにいて不幸なのか？」

俺とさほど変わらない身長に成長した〝息子〟の頭に手を置く。すでに戦闘力では抜かされたが、精神のほうは、まだまだ子供のままだな。

レッドが俺の顔を見た。

「お前は、今、不幸だと思ってるのか？」

レッドが俺の言いたいことが伝わったのか、ちょっと怒った顔をした。

「いや。俺は幸せだ。屋敷の皆もギルドの皆もよくしてくれる。俺は王都にいた時よりもずっと幸せだ。だからこそ、皆のためにもっと頑張りたいと思っている。だが……俺とは違う……彼女は、俺とは……」

「まぁ、お前は特殊だからなぁ。そりゃ違うだろうよ。公爵が自ら先頭に立って魔物を狩るのも珍しいが、荒くれ者の冒険者を束ねるギルド長を兼任してるなんてな。それも、屋敷にいるよりギルドにいるほうが長いんだから。そんな公爵……いや、貴族など他にいるわけない」

なんて、思ってたこともあるんだよな。

「俺の嫁だ」

やけに小ぎれいな冒険者風の格好をした少女をレッドが俺に紹介した。

は？

いやいや、結婚したとは聞いてるが、冒険者と？　それともこの少女が侯爵令嬢だったと？

もしかして、レッドがギルド長をしていると聞いて、自分も夫のためにとギルドに足を運んだというのか？

アリスと名乗っている少女は確かにレッドの嫁なのだろう。しかし、レッドが夫の公爵だと知らない？　俺がレッドのお父様？　誤解を解くべきかと思ったが、面白そうなのでこのままにしておこうか？

いやいや、楽しんでるわけじゃないぞ？　レッドの考えも分からないからな。勝手にばらすわけにもいくまい。

しかし。ぶはははっ。

「規格外の嫁だなぁ……」

冒険者として登録したかと思えば、鍛え方が足りないと冒険者を叱咤する。

いやいや、規格外すぎるだろう。

さらには、光属性持ちの子供たちを集めて実験をするという。実験など、何をするつもりだと思っていたら……。

「こ、これは……」

目の前の光景が信じられなかった。

日光と月光しか光魔法にはないと思っていたのに。

火光。

まるで火属性魔法を使ったような光があるだと？

実験……。

なるほど、これは確かに実験が必要だ！

すぐに光属性の冒険者、腕回りは人一倍太いが下半身が甘いとアリス嬢に指摘されたジョンに火光を覚えさせる。

そして、レッドも連れてすぐに魔物が出る森へと足を運んだ。

火を怖がる魔物が出る場所へ。

「レッド、いたぞ、倒すなよ、脅かせ」

レッドが言われるままに、小さなファイアーボールを三十体ほどの小型の魔物の群れに打ち込む。

すると、魔物は火球を避けるように距離を取った。

「次は、光魔法、さっき覚えたやつ飛ばせるか？」

光属性魔法使いのジョンが、先ほど覚えたばかりの魔法を使う。【火光】と呪文を唱えると、ファイアーボールのような見た目の魔法が魔物の群れに向かって放たれた。

火を恐れる魔物は、火光の玉を恐れてさらに距離を取る。

「あっ、ははは っ！　魔物のやつ、騙されてるぞ！　見たか、レッド、なぁ？　どう思う？」

うんと、レッドが大きく頷いた。

「熱に反応しているのではなく目で判断してるのか」

「ああ。蛇なんかは温度で獲物を見つけるらしいが、あいつらは目のようだ。だから、火魔法と光魔法の区別がつかないんだろう」

「ってことは……ジョン、退路をふさいでくれ！」

レッドが火属性魔法持ちにいつもやらせていることを、指示した。

いつもの戦い方を見て知っているジョンはすぐに【火光】魔法を連打し、ファイアーボールのような球を群れの後ろに並べる。

「こいっ！」

逃げ場を失った魔物を挑発すると、一体飛び出してきた。それを皮切りに、一斉に魔物が動く。

「ばらばらに逃げられると倒しにくいがな、逃げなきゃ楽に倒せるんだよな！」

剣を振って次々に倒していく。

それを見て、火を恐れる魔物がなんとか火球の囲いを突破しようと突っ込んでいく。実際は火球ではなく火光へと。

「まずい、レッド！」

火光は熱くない。偽物の火だとばれて学習されては困る。

「分かってる」

レッドが火光にめがけて駆けていく魔物にファイアーボールをぶち当てた。

火光が危険だと思わせるためだ。

群れの掃討はあっという間に終わる。

「どうだ、レッド」

「ああ、これは随分戦い方が楽になるな。火属性魔法持ちの魔力が大幅に節約できる。それに、これなら森を燃やす心配をせずに囲めるということだろう？」

うんと頷く。思わず笑いがこみ上げる。

レッドもうれしそうだ。

「ジョン、光属性魔法の冒険者を集めて、火光を教えてやってくれ。それから火属性魔法使いとの連携訓練を行う」

レッドがジョンに声をかける。

「それから、実験も必要だぞ？　魔物によっては、蛇のように熱で感知するやつもいるだろうからな。どの魔物に有効な手段なのか見極めが必要だ。それから、どれくらいの継続時間のある火光をいくつ出せるのかも知る必要があるな」

「ああ、それならアリスが昨日子供たちとそれぞれの魔力量を測る実験をしていたそうだ。基準を作ったとかなんとか。それで、魔力の多さが分かれば、あとは魔力の少ない者がいくつ出せるのかをもとに大体分かるだろう」

　ああまったく。

　レッドの頭を乱暴に撫でる。

「規格外だなぁ」

　レッドも規格外なら、嫁も規格外。

　これも、似たもの夫婦ってやつか。

　実に似合いの二人じゃないか。

　まぁ、アリスの嬢ちゃんの方は、公爵の時のレッドと顔を合わせてはいないようだが。さっさと正体を明かしてよろしくやればいいのに。

「ジョン、忙しくなるが頼んだぞ！」

　ジョンに声をかけると、涙ぐんでいるのが見えた。

「それから、下半身の強化も怠るなよ」

　光属性の冒険者たちが、攻撃魔法が使えないことにコンプレックスを大なり小なり感じていることは知っている。そのため人一倍努力をして体を鍛えていることも。ジョンもそうだ。

「お前の剣の腕に期待している」

今までの努力は無駄じゃない。今までのお前たちの生き方を俺は認めている。

攻撃魔法が使えようと使えまいと、光魔法が役立とうが立ちまいが、関係ない。光魔法が役に立つことになったからといって、評価を変えるような真似はしない。

だが、努力を怠らない彼らを光属性だからというだけで馬鹿にしていた者たちがどんな顔をするのか見るのは楽しみだ。

■地下室～リリアアリス～■

「えーっと、俺たちは……どうしたら……」

倉庫の整理にと置いて行かれた四人の冒険者が首を傾げた。

「アリス様！　次はどうしましょう？」

サラが師匠である私に指示を仰ぐ。

「なぁ、実験って何をすればいいんだ？」

「他にも何か私たちできるようになるの？」

子供たちが期待に胸を膨らませている。

えーい！　一度に話されても私は聖徳太子じゃないっ！　そうなんでもかんでも聞けないしでき

ないっ！

ああ、けど、三年の時限付き領主夫人だからね！　領民のためにはできることは全部するさ！　聖徳太子に負けるもんかっ！　ふぬっ。

「みんな、まだ魔力は大丈夫？　できれば、月光一時間と比べてどれくらいの魔力を使っているか意識しながら魔法を使うようにしてね。今日の実験は、みんなが月光と日光以外の魔法も使えるようになるのかっていうことだから、長時間ともす必要はないからね？」

子供たちが頷いた。

「サラ、次はＬＥＤを教えてあげてくれる？」

サラがうんと頷いた。

「カイ、倉庫の整理について分かる者がいないかギルド職員に聞いてきて」

カイが倉庫を出ていく。

「まぁとりあえず倉庫の整理始めますか。何があるのか場所と数の確認は必要でしょう。じゃ、入り口に近いところから確認していきましょう」

倉庫の整理に詳しい人をカイが連れてくるまでにできることはやっておく。

数の確認や仕分けなんてのは基本中の基本。あると思っていたものがなかったではいざという時に困る。

ギルド側でも帳簿なりなんなりあるんだろうけど。棚卸したら数が合わないことなんて現代日本でもよくある話。

四人の冒険者を従え入り口付近の樽を数える。樽の数は二十。樽に、無造作に剣が刺してあるのだ。

「一つの樽に、何本ずつ剣が刺さっているのかしら？　何らかの基準で樽ごとに分けてあるのかしら？」

一つの樽に少なくとも二十本、多い樽にはその三倍ほどの剣が刺さっているように見える。なんていうか……。詰め放題の人参を頑張って袋から飛び出す状態でも無理やり詰め込んであるような感じ……。

「この入り口付近の剣は、汎用品です。だからどれも品質に差はないはず。価値がある剣は別の場所に置いてあるはずです」

冒険者の一人が説明してくれた。

「へぇ、詳しいの？」

「いえ。前にも倉庫整理を手伝ったことがあっただけで」

「じゃあ、頼りになるわね。あなたがリーダーで。」

「え？　お、おいらが？　リ、リーダー？　おいらなんか頭も悪いし、戦闘でも役に立たないような人間が……リーダーなんて……」

ぽんっと肩を叩く。

「倉庫整理のこの場においては、あなたが一番知識があるのだから。自信を持ちなさい。頭がいいだけで何も知らない人間より、現場のことをよく知っている人のほうが何百倍も役に立つわ」

「でも、おいら……」

　他の三人の冒険者の顔色をうかがっているようだ。

「時に、強さよりも知識や情報が戦況をひっくり返すことなんてよくあることよ。知っているというのは〝強み〟よ。さて、じゃあ教えて頂戴。樽ごとに何か理由があって分けてあるの？」

「いえ。入り口に近いほど刺しやすいから刺しているだけだと……」

　あー、なるほどね。言われてみれば奥のほうはすかすかだ。

「全く、普段からきちんと管理したほうが、こうして整理する時の手間も減るというのに……。雑すぎ。一つの樽に二十五本ずつにしましょう。そうすれば四樽で百本と数を数えやすくもなるわ」

　しゅたっと軽く手を挙げて別の冒険者が言葉を挟んだ。

「雑というより、その……普段は、入り口付近は見えるけど、奥のほうはよく見えないから」

　ん？

　ぱっと上を見上げる。

　ここは地下になっている。入り口付近は上からの明かりが漏れていて明るい。奥は暗い。

　なるほど。普段倉庫は明かりがないから、外から入ってくる明かりを頼りにしているのか。だからおのずと明るい場所に物を溜めていく。時折明かりを点けるものの、月光だとするとそれほど手が回らない。

「ごめんなさい。雑だとかずぼらだとか冒険者はこういう細かいことに気が回らないとか、いい加減でだらしがない人たちの集まりだとか思って……」

冒険者が顔を見合わせ苦笑いしている。

謝ったのに？

「じゃ、この際徹底的にやっちゃいましょ【ＬＥＤ】」

陰になっているところがないように追加でＬＥＤの光魔法を出す。魔力は少しだけ多め。……明るさじゃなくて、継続時間を長くするように込めた。

……って、まてよ？　初めに出したＬＥＤって、夜中も消えなかったよね。それよりも魔力込めちゃったけど、何日持つんだろう？

これもあとで実験したほうがいいよね。日光一時間の子が全力でＬＥＤに魔力を込めたら何時間持つのか……な？　蛍光灯と違って、ＬＥＤの場合は明るさと消費電力は正比例のグラフになったんだよね。明るさが半分なら消費電力も半分。十％なら十％と分かりやすい。

だから、ＬＥＤの明るさ十で実験すれば明るさ一の時の継続時間も大体分かるよね。どれくらいなんだろう。一回で何日も持つなら毎日毎日足を運ばなくてもいいから楽だよね。あとは依頼料。

うーん。半日で銅貨三枚とか？　今まで日光一時間で銅貨一枚だったのだから、八時間で銅貨三枚なら安いよね。

でも、まてよ。一月が三十日、毎日銅貨三枚だと九十枚。日本円換算で九千円……。

うっ。

電気代……それも照明だけと考えると、高いかもしれない。日本の電気代って、冷蔵庫に洗濯機にいろいろ使ったうえでの値段だもんね。光魔法だけで月九千円は無理か。……商売で儲けている人ばかりなら問題ないのかもしれないけれど。

回った街の店は活気があるとは言えず儲かっているようには見えなかったんだよね……。

流刑地って言われる公爵領だし、飢えずに生きていければ十分ってとこなのかもなぁ。それこそ別に暗くたって死にはしない……。

一般家庭ならなおのこと。必要がある時以外は光魔法は必要ないかも。

あー、あー！

光魔法は役立たずだという言葉が頭の中をぐるぐると回りだした。

トラウマはそう簡単には払拭できないんだ。思い出すな。

バンバンバンバン。足を強く叩く。

SNSで見たライフハック。思い出したくないことを思い出しそうになった時に太もも五回叩くと脳は思い出すことをやめて叩かれている足に意識を向けると。

ふぅ。助かった。

まぁ、とにかく、領地が豊かにならないと、光魔法の活躍の場が広がらないってことだよね。

うーん、領地を豊かにするには……。いや、それより、照明以外の使い道をもっと考えないと。あるはずだよ。照明弾だとか閃光弾だとか特殊な使い方じゃない、もっと一般的な何か。

「えっと、ど、どうしたんですか？」

冒険者が驚いて声を上げた。

「え？」

「突然足を叩いたのですが、小型の魔物でも出ましたか？」

いつの間にか冒険者四人が剣を構えて警戒していた。

「あ、いや、その、気合い？　整頓するために気合いを入れようかと……？」

気合いだ！　と頬を叩くレスラーとかいたよね。いや、違う、あれは闘魂注入だっけ？　気合いのほうはレスリングの……。

「あ……す、すみませんっ。俺……こんなの冒険者の仕事じゃねぇと思っていました」

「私もです。申し訳ありません。気合いが足りませんでしたっ」

「お、おいらも……。この倉庫の中には、スタンピードが起きた時のための物もあるというのに……」

え？

スタンピードが起きた時？

「えっと、もしかして、この武器って……売り買い用というわけではなく？」

たくさんの剣を見る。

「汎用品の剣は、訓練に使ったり、まだ自分の武器を手に入れられない初心者に貸し出したりしているものです。あとは武器を持たない者たちがいざという時に使うための」

ごくりと喉が鳴る。

腑抜けていたのは私だ。

魔物の脅威というのがいまいちピンときていない。

私も、孤児院の子供も、魔物が攻めてきたら守られるだけの人間ではいられないのだろう。剣を取って戦わなければ生き残れない。

「おい、見てみろ。この剣さび付いているぞ」

「こっちは欠けている。少しの衝撃で折れてしまうかもしれない」

「これは柄との接続部分が甘くなってるようだな」

なんだか張り切りだした冒険者四人が奥の樽の中の剣をさやから抜いて確認を始めた。

「……明るくなければ気が付かなかったかもしれないな……」

「そうですね。暗い中ではさびも欠けも見逃していたでしょうね」

「せっかくこれだけ明るくしてもらっているのだから、徹底的に整頓しよう」

やる気に満ちた冒険者たち。

「問題ない剣はこちらに入れておこう」

「さび付いたものはこっちだ。手入れすれば使えそうなものと、どうにもならないものも分けておこう」

「手入れが必要なものはギルドの職員に伝えればいいか」

それからは、剣以外の武器や防具も数を数えたり、取り出しやすいように並べたりといったこと以外に、一つずつ状態をチェックしていきながら整頓した。

「明るいのは大事だな……」

「ああ。見えるだけじゃ足りないことがあるんだ。よく見える必要があることが……」

冒険者たちが頷いている。

と、冒険者たちと倉庫の整頓を続けていくうちに、どんどん倉庫の中が明るくなってきた。

「あ……」

奥でたくさんのLEDがともっている。

もう、使えるようになったんだ。子供たちすごい！　教えてるサラもすごい！

「アリス様！　全員LED使えるようになりました！」

サラがうれしそうに報告に来てくれた。

「うん。みんな頑張ったね！　サラもありがとう！」

整頓の手を止めて子供たちのところへと向かった。

「くっ、まぶしい！」

いったいいくつのLEDがあるのか！　日光とは違って熱くはないけども。

「消してくれる？」

「え？　消せるの？」

ん？　オン、オフはできるよね？　……って、もしかして日光や月光って出したら出しっぱなし？　まぁ、必要な時間分しか出さないならオフにする必要はないか。

それとも、私にはスイッチを押してつけたり消したりするイメージがあるけれど、この世界では消すイメージがない？

「水魔法も、出しっぱなしにならないよね？」

「あ！　そうか！　消えろ！」

男の子がＬＥＤの光球の一つを指さすと、ぱっと消えた。

「おお！　消えた！　出すだけじゃなくて好きなように消せるのか！」

他の子たちもＬＥＤを消していく。

「じゃあ、次はこれを練習してみましょう。【ＬＥＤ二】【ＬＥＤ二】……」

光量の調整だ。一番明るいものが日光レベル。一番暗いものが月光レベル。

子供たちはおもちゃを与えられたように、光魔法の練習を始めた。そして、すぐにできるようになった。

「うふふ、じゃ、こんなこともできちゃう？」

調子にのって、小さなＬＥＤ一をたくさん並べて出して、丸を描いた。その中に顔を光で描き出す。

にこちゃんマークの花火のような……というか、消えないし綺麗に整列させられるからドローンを使った光のお絵かきに近いか。

「わー！　すごい！　顔ができた！」

「おいらも！　おいらもやってみる！」

「私も！　お花描いてみる！」

「ボクは猫！」

みんな、夢中になって小さなＬＥＤを数多く出して並べて光の絵を描きだした。

「……あの、リ……アリス様、実験はいいんですか？」

子供たちがはしゃいで遊びだしたように見えたのか、サラがこそっと私の耳元でささやいた。

「ん？　ええ。これも実験の一つよ。どれだけ自由にＬＥＤが出せるようになるか……そうね、せっかくだから……最後にコンテストでもしましょうか」

「コンテスト？　ですか？」

うんと頷く。

カイがポンっと手を叩いた。

「剣術大会みたいなものってことですか！」

「まぁ、そんな感じ？」

剣術大会があるのか！　もしかして、それって……。

き、き、き、筋肉祭りなのでは？　見たい、見に行かなくちゃ。ひゃほーい！　いいこと聞いた。

おっと、落ち着け私。

「皆、聞いて！　今日の最後にコンテストをします。えーっと、そうね。百、数字を数える間に、光魔法で何か描いてもらいます。光の大きさや数に制限はありません。制限があるのは時間だけです。例えば、大きさを変えた光の玉を出せばこういったものもできます」

大きな丸が一つに、小さな丸を二つ。版権が厳しいネズミのシルエットの出来上がりだ。

「あ！　こういうことですね！」

頭の良いマルティナちゃんがすぐに理解したようだ。小さな丸を並べることで絵を描くだけでなく、大小を使って描く。

大きな一つに少し小さな丸を並べて囲む。

「あ、お花だ！」

「上手よ！　その調子でいろいろ自分なりに考えて百数える間でどれだけ描けるか考えてみてね」

分かったと、皆が練習を続ける。

「ねぇ、カイ、さっきの剣術大会の話なんだけど、大会って、その」

聞きたいことがいっぱいあって、質問が整頓できない。いつあるの、どこであるの、誰が参加するの、何人くらい参加するの、それから、それから……。

「大きなものは国を挙げて王都で行われているそうですが、アルフレッド様は毎回欠場しています」

へ？

王都で？　そんな素敵な催しものがあったの？

「アルフレッド様が欠場？」

「はい。各領地の騎士団で予選会を行い優勝者が王都での大会に臨むのですが……」

「領地で予選？　……もしかして、アルフレッド様って、剣が得意なの？」

強いというのは聞いたけれど、火魔法が得意だからだよね？　もしかして剣術も得意？

っていうか騎士団の予選会？　騎士団に入ってる？

ってことは……、体、鍛えてる？

「その大会は騎士しか参加できないの？　冒険者は参加できないの？　もしギルド長が参加したら、アルフレッド様とどっちが強い？」

もし、アルフレッド様のほうが強いのなら……私の会ったこともない旦那様、立派な筋肉の持ち主の可能性が！

期待に満ちた目でカイを見ると、ふいっと目をそらした。

え？　なぜ、目をそらす？

「ねぇ、どっちが強いと思う？」

そらした視線の先に顔を移動してカイにもう一度尋ねる。

「あー、いえ、その、ギルド長とアルフレッド様がもし……戦ったらって……そんなこと、か、考えたこともなくて……」

しどろもどろになるカイ。

額には汗が浮かんでるよ。

あ、そういうこと。レッドのほうが確実に強いわね。これは。

でも、公爵……雇い主のほうが弱いとは言えない顔だ。うん。そうに違いない。

っていうかさ、もしかして……。

騎士団の訓練を思い出す。騎士団長とか。そこそこ強そうだったよ。

本当にアルフレッド様が優勝したのかな？　接待優勝だったりして。公爵様に花を持たせるための。……あり得る。

それか、誰も王都に行きたくなくて手を抜いていたか。

もしくは大会当日に魔物が現れ、大会参加者が他にいなくて不戦勝とかね……。

そうか。了解！

「もう聞かないわ。それより、その大会で優勝したら賞金とか何か出るの？」

私の旦那様が、推せるような筋肉の持ち主ではなさそうなことにがっかりしたけど。

どうせ一生を共にする相手じゃないんだから。三年で離婚決定なんだから。むしろ推しと引き離されるよりは、初めから推せないタイプのほうが幸せなのかも？　と気持ちを切り替える。

「えーっと、王都での大会は知りませんが、賞金はないですが、メダルが授与されます」

メダル？　服にジャラジャラとぶら下げるやつかな？

練習している子供たちを見る。

コンテストで優勝してメダルをもらったって……売ってお金になるものならいいけど、日本だって、トロフィーなんて飾っておくものであって、売ったって二束三文。価値があるわけじゃないしなぁ。それに売りにくいしな。

この子たちにとって価値のあるものは何だろう？　やっぱり食べ物？　……賞金はなんか違う気がするし……。

サラが手持ち無沙汰で立っている。

「サラもコンテストに参加してもいいのよ？」

「はひっ、わ、私……その……。絵心がないので……」

サラがわたわたとしている。

「別に絵じゃなくてもいいのよ。えーっと、ギルドのマークとか公爵家の家紋とか……そうねぇ文字でメッセージを書いてもいいわよ【LED】【LED……」

いくつか小さな光の玉を出して「サラ」と名前を書いた。

「百数える間にどれだけの言葉を伝えられるかチャレンジしてもいいかも」

私の言葉を聞いて、サラがうんと頷いた。

「やってみます！」

サラが私の名前をLEDの光の玉を並べて書いていく。って、まってまって、リリアリスはだめぇ！　って、誰も見てない、見てないよね！　っていうか、変に反応しなければ公爵夫人の名前を書いただけって分かるか。うん、私がリリアリスだなんて誰も思わないよね。

心臓に悪い。

「カイ、ちょっと買い物に行こうと思うから、ついてきてもらえる？　皆は練習してね。あと二時間したらコンテストを始めましょう！」


カイを連れて、コンテストの賞品を買いに街に出る。何を買おうかな……。あまり高価なものは買えないけど、何かもらってうれしいもの……なんだろうか。

そういえば、街をゆっくり見て回るのって初めてなんじゃない？

この間はギルドの依頼を急いでこなして回るだけで精一杯だったから。

「お、ねーちゃんはこの間、日光魔法点けてくれた子だろ？　一時間で頼んだのに夜まで明るかったよ。今日来た子のこれも、一時間以上経つがまだ明るくて助かるよ。いつもねーちゃんに頼めたらいいんだが」

食堂の前で声をかけられた。

「申し訳ありません。私も今日の子も新人で不慣れなもので、うまく時間調整ができなくてご迷惑をおかけしております」

ぺこりと頭を下げる。

「いや、迷惑じゃないよ、ありがたいと思って……」

「いいえ、日光一時間の依頼と二時間の依頼では料金が異なります。二時間分の依頼料を払ったお店からすれば、お前のところは金も払っていないのにとにらまれてしまうでしょう。ご迷惑をおかけして本当に申し訳ありません。今、皆で訓練に励んでおります。ちゃんと時間調整をできるようにしておりますので……」

お店のおじさんが頭をかいた。

「あははー、そうだよな。そりゃそうだ……悪かった」

すぐにおじさんに私の言わんとすることが伝わったようだ。

安い値段で得しようって魂胆を持つ者もいるだろうから牽制しておかないと。

「それに、昨日と今日は『日光』の明るさがありますが、実は『日光』ではなく『ＬＥＤ』という明かりなのです。それで明るいのに長持ちするという。ギルドに『ＬＥＤ』の明かりの基本料金が出るはずですのでそちらで依頼を出していただけば、いつもの子供たちも今練習しておりますので」

「ほう、そうなのか？　そりゃありがたいな。あまり金額が上がるようなら難しいが……」

店をゆっくり見て回ろうと思っていたのが、依頼のあった店に説明して回る時間になってしまった。

今日、サラが明かりの調整をできずに月光の依頼の店に日光の明るさのＬＥＤの光の玉を出したところはこぞって「ＬＥＤ」に期待をしていた。

「やっぱり明るいのはいいよ～。だけど日光を長時間出せる子がほとんどいないだろう？　だから仕方なく月光にしていたんだけど」

「これだけ明るくなるなら、冬場も寒い思いして外に出なくてもよさそうだよ。冬は窓を閉めて部屋の中にいると暗くて針仕事もできやしないから」

「毎日頼みたいよ、随分仕事がはかどったよ。びっくりするくらい」

ナイス！　サラ、月光組に、いい宣伝になったよ！　明るさ調整できなかったのが、逆に宣伝効果に！

うん。良さげな感触。

あとは値段設定を間違えちゃだめだよね。高すぎても頼めないだろうし、安すぎては光属性の子たちの収入が増えない。……やっぱりサブスク形式がいいなぁ。月五千円とか定額で好きなだけ明かりを点けるよって。一部屋と言わず家中。そのほうが収入も安定するだろう。毎日依頼の取り合い……いえ、あの子たちは譲り合いかな。しなくても……。

今までは魔力の強い弱いで出せる光魔法の量によって依頼数を制限されてただろうけどLEDなら大丈夫だろう。

むしろ、LEDはサブスクオンリーっていうのはどうだろう。一部屋だけなら月三千円。家中なら月五千円とかか。部屋数が十以上ある宿屋や豪邸は一部屋増えるごとにプラスいくらみたいな感じ。

で、百か所の契約を光属性の子で平等に分けていく。サブスク制度が便利だと思えば増えていくようになるはずだし。一回銅貨一枚で毎日頼んでも毎日頼めば月に三千円。月光と日光でしか頼めないから暗いか短いかになっちゃう。それくらいならサブスクで月額料金払って明るくて長時間のLED使い放題のほうがいいよね？

うん、そうしよう。もしかして、買い物や飲食した人たちが店で話を聞いて家庭でもサブスク使ってみようっていう人が増えるかもしれない。……月三千円が家庭にとってどれほどの負担になるか分からないけれど……。

うーん。うーん……。

やっぱり、明かりをともすだけの仕事じゃ、十分な収入増加にはつながらないなぁ。っていうか、貧しい公爵領で経済回そうっていったって、回る経済も貧しいんだよね。

外貨、外貨を稼がないと！　領地の外の金って意味ね。

何を売る？　売れるもの……。

何が売れるのだ！

ううっ。考えすぎて疲れちゃった。なんか甘いもの……食べたい。

砂糖は高級品って言ってたなぁ。砂糖を作れば売れる！　領地が富む！　んだろうけど……。

サトウキビって南国の食べ物だしなぁ。公爵領は冬が厳しいんだよね。沖縄じゃなく北海道みたいな感じかな？

そうだ、北のほうといえばカナダ。カナダといえばメープルシロップ！　サトウカエデの木が生えてれば、メープルシュガーで領地が富むのでは？　サトウカエデ生えてるかな？

って、まってよ！　そもそも魔物がわんさと出る森にサトウカエデが生えていても危険すぎて無理じゃない？

ああ、そうか。冬は雪に閉ざされるとか、作物が育ちにくいとか、それだけが領地が貧しい原因じゃないんだ。

せっかく森があっても、山の幸というわけにはいかないんだ。山菜、木の実、鹿や熊などの肉、川魚、きのこ……森の恵みを魔物が出るために活用できないんだ。

こりゃ、もう根深いね。流刑地なんて言われるのも仕方がないのかな。八方ふさがり。

鉱山とかないのかな。いや、魔物の脅威があるから、鉱山を探すことすら困難なのか。もしくは過去に探したけれど見つからなかったか。

領地が豊かになれば、騎士や冒険者を増やして魔物が退治できる。魔物が退治できれば安全な土地が増えて新しい産業を生むこともできる。新しい産業が生まれれば領地が豊かになる。領地が豊かになれば……っていうループができなくて詰んでるんだよね。

街の中では、ボロボロの服でやせた人の姿が目に映る。

いや、珍しいわけじゃない。そもそも太っている人がいない。

細いかやせてるかガリガリか……。

生まれた時からここにいる人はこれが普通なのだろう。けれど、王都にいた私からすると……。

侯爵家で不遇な扱いを受けやせている私でさえ、この中では普通だ。

光魔法は役立たずだ。

何もしてあげられない。

ほらね、やっぱり役立たずって言われるのは当たり前なんだよ……。ああ、もうっ！　そんな風に、思ったりしないってば！　リリアリスにかけられた呪いのような言葉が心を侵食しそうになる。

悔しい。悔しい。

公爵夫人なのに。この領地の母なのに。何もしてあげられないなんて！

夫のアルフレッド様は戦闘に立ち魔物と戦い領民を守っているというのに。立派な旦那様なのに。

そりゃ、使用人たちががっかりするよね……。

「はぁー」

バンバンバンバンと、太ももを強めに五回叩く。

いやな考えが頭をもたげたら脳を麻痺させる。……そういえばさ、よく漫画とかでほっぺたを挟みこむように自分でバチンって叩くシーンあるけど、あれも、気持ちを切り替えるというより、脳に考えることをやめさせる役割があったのかな？

「ど、どうしたんですか、リリアリス様っ！」

カイがびっくりして私を見た。

「あ、えっと、なかなかコンテストの優勝賞品が決まらないから、困ったなぁって？」

公爵領詰んだとか、光魔法役立たずとか考えていたなんて言えない！

「んー、子供が喜びそうなものですか？　あ、そうだ」

カイが何か思いついたみたいで、私をある店に連れて行ってくれた。

「うおっ！　推しグッズショップ！」

「はい？」

「あ、ううん。何でもないの……」

店には手の上に載るサイズの木彫り人形がわんさと並んでいる。

「いらっしゃい」

店の前に椅子を出して、女性が縫物をしていた。

「かわいいですね」

とても出来がいい。一つずつが丁寧に彫り込まれている。

「買い物してくれた人のおまけにしてるのさ」

「へ？　おまけ？」

王都で買ったら銀貨数枚はしそうなのに……？

「ああ。旦那が冬の間、家の中ですることがないからと彫ってるんだが売れないからねぇ」

売れない？

「こんなによくできてるのに？」

「あー、よくできてても何にも使えないだろう？　だから、コップや皿を彫れって言ってるんだけどねぇ。コップや皿も、たくさん作っても売れる数には限りがあるからねぇ……」

冬の間……雪に閉ざされた間の内職？

なんとなく、この土地は北海道に近いイメージだけど、そういえば北海道のお土産の定番って木彫りの熊だよね。冬の間の男の内職だったんだろうか？

いや、木彫りの熊よりも繊細でまさに職人芸なんだけど。こんなに技術があっても売れない……。

いや、まぁ、確かに木彫りの熊が欲しいかといえば……。買ってどうするのかといえば……。

お土産でなければ買わないというか……。お土産でもらっても微妙だけども……。

手の平に載る木彫りの人形。そうか。確かに子供が人形遊びに使うくらいしか使い道がない？

推しのフィギュアを部屋一面に並べる文化のある日本。ガチャガチャで小さい人形を集めて並べる文化のある日本。木彫りの熊みたいに大きくないから、集めて並べて楽しいと思うんだけどなぁ
……。って、それも……お金があればこそか。

もったいないなぁ。これだけすごい物が作れるのに……。

王都なら銀貨数枚。人気の騎士様モチーフとか……そう、ブリキの兵隊じゃないけど、木彫りの騎士団なんて貴族の子供に人気があったはず。この技術で作れば人気商品になるはず。

ん？　王都なら……？

って、ここで売れないなら、売りに行けばいいんじゃない？

だって、笠地蔵だって、お爺さんは作った笠を町に売りに行ったんだよね？　……あ、だめだ、あれは売れなかった話だ。

この人形は売れる。何も、領地の作物だけが売り物になるわけじゃない。日持ちする作物とか考えたけど……食べ物じゃなきゃ日持ちなんて考えなくたってよかったんだよ！

鉱山ないかなぁと思ったけど、鉱物以外だって売れる物はどれだけでも探せばあるはずだ。

「刺繍、素敵ですね」

縫物をしている店主の手元を見れば、これまたとてつもない技術で刺繍がされてる。色とりどりの花。

「これは、えっと、何ですか？」

こんな立派な刺繍を施して、果たして売れるのだろうか？　と少し疑問が湧く。ハンカチにしては大きな布。ベッドカバー？

「ああ、これは花嫁のベールになるんだよ」

そうか！　一生に一度の贅沢品か！　普段使いじゃなきゃ頑張ってお金を貯めて買う人もいるということか。

「作るのにどれくらいかかるんですか？」

「何だい？　嬢ちゃん結婚する予定でもあるのかい？　そこの青年とかい？」

店主のおばちゃんがニヤニヤして私の顔を見た。

「と、とんでもない！　絶対ありえませんよ、そんな、噂だけでも身が縮むようなこと言わないでくださいっ！　相手は別にいますっ」

カイがぶるるっと震えた。

ぬ。絶対ありえないのは真実かもしれないけど。だって、私人妻だし。しかも相手は公爵だから。略奪婚なんかしたら命に関わるし。

でも、そこまで青ざめなくてもいいじゃない？

「おやおや、そうかい？　もしかして嬢ちゃんの相手は嫉妬深い人なのかね？　愛されて結婚するならいいことだね」

ニコニコとおばちゃんが笑った。

嫉妬どころか、顔も見たことない相手と、三年間の白い結婚です。愛することはないって手紙もらってまぁーす！　……と、言えるわけもなく、あいまいに笑う。

「で、いつ結婚するんだい？　今作っているのはあと一か月くらいで終わるけれどね、生憎と、もう一つ予約が入っていてね。一つ作るのに三か月はかかるから……早くて来年の夏ごろにしか予約を受けられないんだよ」

え？

今が夏でしょう？　一年後？　だって、早ければ三か月で一つできるなら、七か月先には最短で手に入るんじゃ？　私の計算がおかしい？

首を傾げながら、指を折って数えるのを見て、おばちゃんがアハハと笑った。

「よほど早くに結婚したいんだねぇ。……でもごめんよ。冬場は刺繡ができないからね」

「え？　なんでですか？」

「旦那の人形彫りと違って、部屋の中じゃ暗すぎてねぇ。刺繡の糸の色がよく見えないんだ。赤も青も同じように見えちゃうから……。暖炉の明かりじゃ無理なんだよ。外では寒くて手がかじかんで動かないしね」

あ！　その発想はなかった。王都の屋敷では昼間は窓からの光が冬場でも十分入るけど、ここの建物は窓が小さいうえに冬場は寒いから、その小さな窓すら閉めちゃうんだ……。

「えっと、もしハンカチにこれくらいの刺繡をするならどれくらいでできますか？」

「ああ、ハンカチにこれくらいの花なら一日もあれば刺繡できるよ。こんな縁取りをするなら二日。ハンカチ一面に刺繡をするなら、一週間ってところかねぇ」

「たった、一日で？　こんなに立派な刺繡が？」

驚いた。

貴族令嬢や夫人のたしなみとして妹は刺繡を学んでいた。妹の腕前は決してうまいとは言えず。それに速度も非常に遅かった。ハンカチに花を一つ刺繡するだけでも一週間はかかっていたんじゃないかな。

結局、王太子殿下に贈るハンカチはこっそり購入したり、人に縫わせていたはずだ。私も何度かハンカチに刺繡をさせられたっけ。

「でも、刺繍したハンカチなんて使い道ないだろう？　おすすめはリボンだよ。髪を飾るのにどうだい？」

いやいや、売れるよ。ハンカチ、売れる。貴族に売れる。

店主が店の中からリボンが並んだ籠を持ってきた。

「日に焼けちゃうからここに並べておけないけど、店の中じゃ色がよく分かんないだろう？」

色とりどりのリボン。かわいい刺繍。

「うわー、これいいなぁ、これも好きかも。どうしよう……って、違った、今日は贈り物を買いに来たんだった。えーっと、うーんと」

コンテストの賞品、リボンじゃ女の子は喜ぶかもしれないけど……。男の子が優勝したらリボンもらってもね？

「あ、これ……。そうだ！」

って、せっかくだから何か買っていきたいなぁ。

ぴかーんとひらめいたのだ。


ギルドに戻ると、ちょうど入り口でレッドと鉢合わせになった。

「ん？　もう実験は終わったのか？」

レッドはガルダ様に連れていかれたはず。ということは……。

「ガルダ様は？」

きょろきょろ。私の最推し筋肉神ガルダ様の尊きお姿を崇めなければ！

むにっとほっぺたを摑まれた。

「捜しても帰ってないぞ」

がっかり。

「俺じゃ満足できないっていうのか？」

「うん」

素直に頷いたらレッドが爆弾発言をした。

レッドの手から逃れ、ずさささっと、後ずさる。

「キスしていいか？」

「な、な、何を、突然！　意味が分かんないんですけど！　いいわけないでしょう！　な、な、何を言ってるのか分かってるの？」

レッドが視線をそらして額に手を当てた。

「すまん……だよな。つい……。ガルダに嫉妬した」

嫉妬。

「あ！　そういうことね！　私があんまりガルダ様のことを褒めたたえるから、口をふさごうと思ったのね？　そういうことか。うん。分かった。そうか。でも、できれば口をふさぐのはキスじゃなくて手でして頂戴。あ、いや、黙れと言ってくれれば口を閉じるからね？　ごめんごめん。そ、それから、レッドの筋肉も好きだからね？」

危ない。

私に女性としての魅力を感じてキスしたくなったんじゃないかと勘違いするところだった。

「……はぁ……。で、どこへ行ってたんだ？」

すごく疲れたようなため息をついて、レッドが私を見た。

「ああ、実は剣術大会みたいに光魔法大会……コンテストをすることにしたから。優勝賞品を準備しに行ったの。ほら、素敵でしょう？」

雑貨屋で買った勲章を見せる。

ご主人が木彫りで作ったコースターのようなものに、奥さんがリボンを作る時に出た端切れを組み合わせて即席で作ってもらったものだ。

「勲章のおもちゃか？」

「本物の勲章に比べたらおもちゃみたいなものかもしれないけど」

馬鹿にされたと思ってカッとなったけれど、レッドは興味深そうに私の手から勲章もどきを手に取って見た。

「ピンも付いていないから服にも付けられないんだな」

うっ。痛いところを突かれた。本当は胸に付けてあげられるようにしたかったんだけど、ピンは高いし、そのピンを木にくっつけるすべがなかったんだよ。瞬間接着剤みたいな便利なものがないの！　本物のメダルなら金属を溶接すれば作れるんだろうけどさ。即席だから流石に、ピンが付けられるようにと木を加工して金具を取り付けるというのは無理で……。

っていうか、首から下げる金メダルや銀メダルみたいなものが作れたらよかったのかもしれないけど、リボンはそこそこの値段するんだよね。

「飾っておくしかできないのか」

確かに、私も初めトロフィーなんて飾っておくしかできないものあげても仕方がないって思ってた。けど……。

「そうよっ！　飾っておくしかできないわ！　だけど、食べ物やお金のように食べちゃったらなくなるわけでもないし、金銭的価値なんてないから、誰かに奪われることもない。一生、手元に残って飾っておける名誉だわ！」

日本でも、副賞なんてどっか行っちゃっても、賞状やトロフィーや盾はずっと残してたりするし。

まぁ、リサイクルショップで売られるトロフィーもあるけど……。

……褒められること、褒められた証があること……きっと、そのほうが辛い時に励みになるんじゃないかって思い直したんだ。

なくなっちゃうものより手元に残るもの。腹の足しにならなくても、心の栄養にはなるんじゃないかって……。

「確かに、これはいいな。優勝賞金なんて渡したって、祝勝会だって酒飲んですぐになくなっちまうもんなぁ。手元に残る名誉……か」

口元に笑みを浮かべて、レッドが私の頭をポンポンと叩く。

ドキリ。

やめい！　頭ポンポンはときめくからやめい！

「よし！　俺が直々に手渡してやろう！」

「は？　なんでそうなるのよっ！」

レッドがにぃっと笑う。

「ギルド長自ら手渡すんだ、名誉だろ？」

「あ、ギルド長だったっけ……。忘れてたわ」

……でもさ、実は私は公爵夫人なんだよね。正体がばれたら、公爵夫人にいただいたものだって自慢できるようになるんじゃない？

いや、冒険者は貴族とかどうでもいいのかな？　ギルド長からもらったってほうが自慢になる？

「俺の嫁ってことも忘れてるだろ？」

どさくさに紛れて何言ってんだ。

「いや、それは違うから」


地下室に下りていくと、ぶっちゃけギルドの建物の中よりも明るい。

「あ、ギルド長。倉庫の整理なんですが、明るい中で作業していろいろと発見したことがあります。これです」

下りたとたんに、レッドは倉庫整理をしていた冒険者につかまった。

「剣の状態を確認したら、この通りで」

「盾も、暗い中では分からなかった損傷が見つかり」

次々と話しかけている。

「確かに、これは問題だな。いざという時に使い物にならないんじゃ……そうか。明るいからこそ見つかったということだな。早急に全部点検して修理できるものは修理、難しそうなら破棄して新しい物と入れ替えなければな。それから、今度からは月に一度は明るくして総チェックしたほうがいいだろう。アリス、日光魔法を長時間使える者は何時間いける？」

日光？　布団を天日干しするわけじゃあるまいし。

って、レッドは知らないか。

「これくらい明るくするだけなら、まるっと一日はいけるんじゃない？　魔力の多い子なら、一週間……いや、一か月……んー、実験しないと分からないけど……あ、そうそう、サブスクを導入したいって話もあとで聞いてくれる？」

「いや、まて、まて、サブスクってなんだ？　日光が一日ってそんなの無理だろう。一週間ってなんだ？」

「あー、だから、これ、日光じゃないから。ＬＥＤっていうの。長持ちする明るい光。消費電力……消費魔力が少ない明かり」

レッドの顔から表情が抜け落ちた。

「……火光以外の第三の……いや、第四の光か……？　このＬＥＤというのは、火光よりも明るくて、火光よりも長持ちすると……？」

レッドが見上げている。

「あ、アリス様！　おかえりなさい。もう皆準備万全ですよ！」

話し声で気が付いたのか、サラが奥から出てきた。

「そう、じゃあ、大会を始めましょう」

サラと一緒に倉庫の奥に向かうと、レッドが後ろからついてきた。

「あっ」っと、倉庫整理の冒険者がまだギルド長に話が終わってないとばかりに小さく声を上げる。

「あなたたち、長時間倉庫の整理お疲れ様。少し休憩がてらあの子たちの光魔法を見てあげてくれない？」

何を言ってもレッドは見に来るのだろう。そうすれば冒険者たちが報告したいことを報告できない。

勝手なことを言ったかなとレッドの顔を見ると、レッドはハッとして倉庫整理の冒険者を振り返った。

「そうだな、休憩をしてくれ。観客がいたほうが、これを渡す時もうれしいだろう」

レッドが勲章もどきを見せる。

「ありがとう」

小さくお礼を言うと、レッドも小さな声でお礼を口にした。

「いや、俺こそありがとう。いろいろ教えられてばかりだ。こういうことはガルダも気が回らない」

こういうこととはどういうことだろう？　まぁいいか。

「じゃあ、コンテスト……大会を始めましょう！　私が数を数えるから。一から百まで数える間に完成させてね！　じゃあ、よーい、スタート！　いーち、にーい、さーん……」

「は？　完成？　小さな光をたくさん出してどうする気だ？　ＬＥＤって聞こえるな……っていうことはあれがＬＥＤ……第四の光か。部屋を照らすわけではなく何をしているんだ？　……思った場所に出す練習か？　並べて出すのは大変だろう。ファイアーボールも思った場所に出したり飛ばしたりするにはそれなりの訓練が……いや、どれだけたくさんの数を出せるかの競争か？　それとも大きさをそろえて出す訓練なのか？　いずれも繊細なコントロールが必要で……」

うるさいなぁ。黙って見てられないのかな。

……でもそうか。大きさも位置も数も訓練が必要なんだ。ってことはだ、このお絵かきコンテストは案外いい訓練になるってことかな？　一石二鳥？

子供たちとサラは真剣な顔して呪文を繰り返している。指をさしながら思った位置に魔法を出す子もいれば、気に入った場所に配置できずに出したり消したりしながら進めている子も。

「きゅーじゅきゅー、ひゃーくっ！　はい、終了！」

十五人の子供たちとサラの絵が出来上がった。

「うわー、みんなすごいよくできてるわね！」

パチパチパチと拍手をすると、私の拍手につられて倉庫整理の冒険者も手を叩いた。

「すごいなぁ」

「綺麗だ、光魔法ってこんなこともできるんだな！」

「宝石みたいだな」

「すごいぞお前ら！」

そして、手放しに子供たちを褒めてくれる。

うう、この冒険者さんたちいい人だ。

「ほら、レッド」

レッドも褒めてよと、横にいるレッドを肘でつつく。

「ったく……どうやったらこんなこと思いつくんだ……」

ため息をついてる。

光で絵を描いても役立たずですしね。この世界の人は思いつきもしないんでしょうね。綺麗だからいいじゃん。

っていうか、花火に、イルミネーションに、ネオンに、百万ドルの夜景に、光の美しさって、楽しいし心癒やされるんだよ。

と、心の中でぶーたれると、レッドが私の頭を再びポンポンする。

なんだ、やめろ！　ときめくだろ！

「よくやった！」

私を見てレッドが満面の笑みを見せる。

「コンテストだったな。俺の好みでいいのか？」

レッドが笑顔のまま子供たちを褒めた。

なんだ、ちゃんと認めてくれるんだ。よかった。光で絵を描いて何になるなんて言われなくて……。

レッドに頷いてみせてから、子供たちに声をかけた。

「じゃあ、ギルド長賞を発表してもらいます！」

「みんな素晴らしくて甲乙つけがたいが……そうだな、この剣が素晴らしい。どんな魔物も倒せそうだ！」

レッドが男の子が光で描いた剣を選んだ。

「ギルド長賞、おめでとう！」

パチパチと拍手をして男の子を手招きする。

レッドが分かったと頷いて、勲章もどきを手渡した。

「わー、すごい！　勲章だ！」

「いいなぁ！」

「見せて見せて」

子供たちは大騒ぎだ。

「はい、では次に、アリス賞を発表します！」

私の言葉に皆がきょとんとする。

誰が、賞は一つだけだと言いました？

「アリス賞は、かわいい兎に！　おめでとう！」

女の子がわっと両手を上げて喜んだ。

勲章もどきを手渡す。

「次の賞は、彼が選んでくれます！」

は？　っと驚いた顔をする冒険者倉庫整理リーダー。

勲章もどきを手渡し、選んでもらう。

「えーっと、じゃあ、うまそうな肉の絵！　あれがいい！」

他の冒険者にも次々選んでもらう。

レッドが私の耳元でささやいた。

「もしかして、全員分あるのか？」

「当たり前でしょう。今日一日でこれだけできるようになったんだもん。みんなすごいのよ！」

「はっ。違いないっ！　確かにな！　だが、賞の数が足りないだろう。ちょっと上に行って人を呼んでこよう」

あら、気が利くじゃない？

レッドがギルド職員を呼んできた。説明をして連れてきたのか、すぐに職員の一人が勲章もどきを手に、一つを指さした。

プルンと大きなお胸が揺れる美人職員さんだ。

「私は南の空に浮かぶ星座を再現したこれが好きだわ！」

あ、星座だったのか。分からなかった。計算が速いマルティナちゃんだ。絵心がないかと思ったらそうじゃなかった。

「光の文字で告白なんてロマンチックだ」

そして、サラの「好き」と書いた文字も選ばれる。

最後に残った子をカイが選んだ。

「他の人に選ばれなくてよかった。僕は一番これが好きだ。よく百秒でこれだけたくさんの光の玉を綺麗に並べられたね！」

絵にはなっていない。ただ、四角く光の玉を隙間なく並べただけのもの。

「えへへ。これはね、紙の絵なんだよ！」

紙の絵？

ああ、なるほど。紙に絵を描くことが普通だから、紙を描くなんて思いつかなかった。子供って発想が自由だなぁ。

冒険者に登録できない八歳の子がうれしそうにカイに説明している。

「お兄ちゃん、見てて」

そう言って、男の子が「消えろ」とＬＥＤの光の玉を消していく。一つ、二つ、三つ……。

「お、おお！　すごい！　なるほど！　紙に絵を描く絵か！」

光の玉を消した場所が逆に浮かび上がり、紙に絵を描いているように見える。

「この発想は……なかった……天才か……！」

白黒反転というか、いや逆に反転を反転？　あれだ。電光掲示板みたいな。電球がびっちり並んでいて、点いているところ点いてないところで文字や絵を表現する。

あれ？　これって……。テレビみたいな？　もっと小さくして、光の三原色で……って、そんな器用なことはできない！

人力には限界があるよね。でも、将来的には一人ではなく複数人で巨大モニターみたいな感じで、夜空に光の絵画を映し出すことができたりして？

そうだなぁ、例えば、異世界っぽくドラゴンとか。ふふっ。面白そうだわ。

「ギルド長っ！　これが見せたかったのですね！」

職員の一人が興奮気味にレッドに話しかけた。あの美人職員さんが、頬を紅潮させ、うるんだ目でレッドを見ている。

「お時間ください！　二人でお話ししたいです」

手を握られてレッドが頷いた。

そして二人はそのまま倉庫を出て行った。

な、何よっ！　いくら幻想的な景色にロマンティックな気分になったからって。

レッド……！　私のこと嫁とか言いながら、ちゃっかり美人でグラマーな職員さんといい仲なんじゃないのっ！

ふ、ふんっ。べ、別にいいけどね。わ、私はあくまでも、筋肉を推してるんだから。推しに恋人がいるとかいないとかで推すのやめるようなにわかじゃないんだから！

「はい。じゃあ、今日はおしまい！　依頼達成です。実験に付き合ってくれてありがとう。本当に助かったわ。明日もよろしくね！」

子供たちを見送り、依頼達成報告をしようと倉庫の階段を上がる。

……レッドと美人の受付のお姉さんが仲睦まじく話をしている様子を想像して……。

うーんっ！　私は嫁じゃないんだから、別にレッドが誰と仲良くしてたって関係ないんだから！　っていうか、もしかして……もしかしなくても、ずっとそばにいて欲しいとか、まるでくどき文句に聞こえるようなこと、他の人にも言ってるんだ。

ずっとギルドの職員として働いて欲しいとかを、ずっとそばにいて欲しいみたいな、勘違いするような言葉で伝えてるとかもありそう。

うん、誰にでも同じような態度に違いない。

いやいや、受付のお姉さんは「二人でお話ししたいです」って言ってた。

もやっとしながら受付を見ると、お姉さんが笑顔で私の手を摑んだ。

あれ？　レッドは？

きょろきょろしてみたけど姿がない。

「アリスさん、どうか私にもさっきの子供たちの使っていた魔法を教えてください！　日光ではないですよね？」

「あ、そうなんです、よく分かりましたね？」

完成してから見たんじゃなかった？　LEDって言ってる時にはいなかったよね？

「……私も、光属性なんです。だから、日光ではないのを不思議に思って。子供たちの魔力じゃ日光があんなにたくさん使えるわけもないですし……」

ああ、お姉さんも光属性なのか。

もし、レッドがお姉さんと親しいのなら……特別な関係とかなら……。レッドは魔法の属性で人を差別するような人じゃないってことだ。

それに、私に気をかけてくれるのは、恋人のお姉さんと同じ光属性だから、なのかもしれない。

いや、まてまて、恋人はカイでは？　ん？　あれ？　どゆこと？

私、何か勘違いしてる？

してる。何か勘違いしてる！　あわわわ！　妄想と想像と予想と真実がごちゃ混ぜ？

混乱しながらも、お姉さんにLEDを教えてから、カイとサラと三人で屋敷に戻った。

「あちこち本当にきれいになったわねぇ」

光魔法で屋敷を明るくして出かけたけれど、戻ってきたら、まぁなんということでしょうと思わず脳内でつぶやくくらい屋敷がきれいになっている。使用人たちが掃除したんだなというのがすぐに分かるビフォーアフター具合だ。まぁ、目に見えてピカピカになっていくのってアドレナリン出てくるよね。

「サラ、今日はありがとう。朝から依頼で回ってくれて」

「依頼に書かれていた月光日光指定などを無視して全部同じ調子にしかできなかったんですけど……」

「ああ、そうだったわね。逆にそれでなんか可能性が広がるかも。結果オーライよ。明かりのサブスク計画の宣伝になってるわ！」

サラが首を傾げた。

「明かりのサブスク？　新しい明かりですか？」

「えーっと、何て言えばいいのかな。とりあえず、まだこれはギルド長にも相談しようと思ってるの……」

そうなるとサブスクの宣伝もかねて、明日は依頼を出してるところも出してないところもいろいろ回って試供品ならぬお試し体験としてＬＥＤを点けて歩こうかな？　依頼料は受け取らずに。

もちろん　宣伝にもなるけど子供たちのＬＥＤ実践にもなるだろうし。あんなに早くみんないろいろできるようになると思ってなかったしなぁ。正直驚いた。

あっ！　明日たくさんサンドイッチ作って持っていく約束してたんだ。

子供たちと一緒に街を回る時間がないぞ？

「サラ、明日も手伝ってもらえる？　今日と同じように依頼をこなしてほしいの」

サラがどんっと胸を叩いた。

「任せてくださいっ！」

■ギルド長レッド視点■

どっぷりと日が落ちたころ、ガルダがギルド長室に現れた。

「今日は随分部屋が明るいなぁ」

「ああ。光属性魔法の子供たちが帰り際に勲章のお礼だってギルド中に光をともして帰っていったからな」

見上げれば天井近くに、日光魔法のように明るい光の玉が浮かんでいる。

ＬＥＤというらしい。

「なんだ？　暗くなってから随分経つが、そんなに遅くまでやってたのか？」

確かに、そろそろ夜の九時を過ぎるところか。六時には暗くなり始めるから、三時間は経っている。

日光魔法といえば、三時間使える者も希少なはずだ。

「いや。暗くなる前には終わって帰っている……ガルダみたいに暗くなってからも実験を続けるような戦闘馬鹿と、アリスを一緒にするなよ」

ガルダがあははと笑った。

「まぁ、あれだ。暗くなってからしか出てこない魔物もいるからな？　別に楽しくなってついつい時間を忘れたわけじゃないぞ？」

楽しかったんだな。

「で、まぁ、とりあえずだ。火光魔法はすごかったぞ。魔物のほとんどが騙されて、逃げ出していくか近寄ってこねぇ。もともと火を怖がらない魔物には効果はないがな。大当たりだ。火属性魔法の魔力の温存にかなり役立つこと間違いないぞ。お前の嫁はすごいな」

　ガルダがしきりにアリスのことを褒める。

「あ、ああ……俺には過ぎた嫁だ」

　ガルダに頭をがりがりと乱暴に撫でられた。

「そう謙遜するな。お前もすごいぞ？　この俺から数年でギルド長の座を奪っちまえるんだからな」

　奪ったんじゃなくって、押し付けたんだろう？

「何言ってるんだ。魔法抜きじゃいまだに俺よりもずっと強いくせに……」

「ははは、そりゃぁな。まだまだ若いもんには負けんってセリフは年寄りの憧れの言葉の一つだろうが。それを言うのが人生の目標だ」

　ガルダがあははと笑う。

「いやな目標だな……。もっと、こう、結婚して子供を育ててとかないのかよっ！」

　ガルダがふっと笑う。

「そうだな、孫の顔が見られたらうれしいな」

「は？　孫よりまずは子供だろ？」

　ガルダが俺の背中をバンバンと叩いた。

「冷たいことを言うな！　俺は、お前のことを息子のように思ってるんだ！」

え？

「だから、孫だ、孫！　お前とアリスの子を早く俺に見せてくれ！」

ニヤニヤするガルダの脛を軽く蹴る。

「痛っ、何するんだ」

「アリスとは離婚する予定だ。前にも言っただろう？　貴族は三年白い結婚であると証明できれば離婚できる」

はぁーと、ガルダが大きなため息をついた。

「貴族のいろいろは知らないが……リリアリスとアルフレッドが離婚したあと、アリスとレッドが結婚すればいいんじゃないのか？」

「何を言ってるんだ、そんなこと……」

できるわけがない。

「ここは流刑地だぞ。アリスに苦労させたくはない」

頭を強くつかまれた。

「おまえなぁ、何を見てるんだ。アリスが苦労してますって顔してるか？　ギルドに通ってる姿を見てる限り、生き生きと目を輝かせてるじゃないか」

確かに、キラキラどころか、ドキドキギラギラしてる。特に、ガルダを見る時の目は……。

「まだ来たばかりだから張り切ってるだけだろう。宝石もドレスも、華やかな舞踏会も、それからきらびやかな未来もここにはない」

「なんだ、幸せにしてやれないって言いたいのか？　馬鹿だなぁ」

幸せにしてやりたいと思うのの何が馬鹿なんだ。

「アリスが、いつ宝石が欲しいと言った？　ドレスを着たいと言った？　舞踏会が好きだと聞いたか？　未来がきらびやかである必要がどこにある？　幸せってのは、そういうことじゃないだろう？」

確かに、アリスは何も言わない。

だけど、それは、ギルドで正体を隠しているからじゃないのか？

屋敷では……リリアリスでいる時は違うかもしれないじゃないか。

彼女は優しいから、光属性の子たちを救いたいという思いで頑張っているだけで……。

「だが……生まれてくる子供に渡せるものも何もない。むしろ、与えられるのは負債ばかりだ。家族を作ることが幸せだと思っているなら……」

はぁーと、ガルダが大きなため息をつく。

「失敗したなぁ。こんなとこまで俺のまねなんてしなくていいんだ。……ああ、俺が嫁をもらって見本を見せておくべきだったんだな……」

ガルダが頭を抱えてしまった。

ガルダのせいじゃない……と、言う前にガルダが顔を上げた。

「三年だろ？　三年の間に、もっと領地は良くなるさ。お前がここまで頑張ってきて街への魔物の侵入は抑えられるようになり少し余裕も出てきたんだ。火光魔法の可能性も高いだろう。領都の外に、火光魔法を設置して魔物避けのバリケードが作れれば耕作地を広げることもできるだろうし。街道の行き来も今までより安全になるはずだ」

ガルダの言葉に素直に頷く。

「ああ、耕作地を広げることはすぐに領主として会議にかけるつもりだ。街道の行き来も、ギルドが請け負う護衛依頼に光属性魔法が使える者も付けるように声をかけていく。アリスが教えていた子たちはすでに全員火光は使えるそうだから、すぐにでも依頼できるだろう」

ガルダが首を横に振った。

「だめだ。まずは最低限自分の身を守れるように鍛えてからだ」

「それは分かるが、皆がジョンのように剣が扱えるようにならないだろう」

「いや、ジョンのようになれとは言わないが、領都の、街の外へと出るのだ。覚悟がいる仕事になる。とっさに魔法が使えないでは困るからな……いや、まてよ……？　火光魔法の継続時間は随分と長いよな？　魔物避けのためというなら出発の時にかけてもらえば、何もついていく必要はないのか？」

「移動できるのか？　水と違って光は触れないんだろう？　入れ物に入れて持ち運ぶようなことはできないいんじゃないのか？」

「あー、そうだった！　魔物が出てからしか魔物避けとして使えないのか！　やはり連れていくならある程度戦えるように鍛えないとだめだな」

鍛えるかぁ。騎士にも光属性の人間が何人かいたよな。

火光を覚えてもらおう。……あ、そういえば騎士団長が今度光属性の騎士を見てほしいと言っていたが、屋敷に帰るタイミングを見失って見れてないんだよな。

……アリスは明日もここに来て光魔法の実験をするんだろう。

ってことは、屋敷で鉢合わせすることもないよな？　明日の午後にでも屋敷に行くか。

ノックの音が響いた。

「入れ」

ギルドの職員の女性が一人入って来た。

「どうした？　まだ残っていたのか？　何か事件か？」

女性職員の勤務時間は夕方までとなっていたはずだ。夜は男性職員が数人残って緊急時に備えるだけで、通常業務は終わっている。

「アリスさんに、光魔法を教えてもらいました」

ああ、そういえば受付業務をしているが光属性だったな。

弓の使い手で、中級の魔物までなら難なく倒せたものの、それ以上となると攻撃魔法には劣るし、近距離戦もできないということで限界を感じてギルドの職員として働くようになったと記憶している。

ってことは……。

「火光魔法を教えてもらったのか？　そりゃいい。君ならすぐに壁の外に出られるだろ？」

ガルダが満足げに頷く。

「他にも、元冒険者として活動していた戦える光属性魔法の者たちがいたはずだな。真面目な人間ほど、努力で実力をつけていくが、逆に真面目すぎるがゆえに、限界を感じた時無謀な選択をせずに冒険者としての道をあきらめていく。そんなやつらが……。声をかけてみるか。それで……そうだ、そういった者たちに火光魔法を教えてくれないか？」

女性職員が首を傾げた。

「あの、火光魔法ってなんですか？」

「「え？」」

ガルダと俺の言葉が重なった。

「知らないのか？　いや、そうか、見たのは倉庫整理をしていた人間だけか……じゃあ、何を教えてもらったんだ？」

ガルダの疑問に、女性職員の代わりに答える。

「もしかして、あの絵を描く光魔法か？　絵を描けるようになったという報告なら……」

わざわざする必要もないと思う。

「いや、まてよ、サラは絵の代わりに光で文字を書いていたな。あれを応用すれば……できるようになったのか？」

女性職員が頷いた。

「ええ、例えば……数字の五なら……【ＬＥＤ】【ＬＥＤ】……」

小さな光の丸を次々に出して並べ、空中に数字の五が現れた。

「ほー、こりゃ、遠方に情報を伝える手段として使えるな。狼煙よりも多くの情報が伝えられるってことか」

ガルダが感心したように、宙に浮かんだ五の数字を見た。

「想定外の大物に遭遇した時の救援要請なんかに使えるのか。出現した魔物の名前まで伝えられるといいが、文字数が多くなると難しいか」

ガルダがいろいろと実用化について考え始めた。

「これを、見てください」

俺とガルダの前に女性職員が紙を一枚出した。

横に八、縦に八と区切られ、全部のマスに文字が書いてある。数字が並び、魔物の名前が並び、その下に魔法の属性が書いてあり、さらに負傷者だとか犠牲者だとか書かれている。ガルダが顎をさすりながら尋ねた。

「これはあれだな。救援を要する冒険者に必ず聞き出す内容だな。この文字を使えるようにすればいいっていうことか?」

いいえと、首を振ると、女性職員が今度は光魔法を空中に横に八、縦に八個並べた。

「ああ、カイが選んだ最後のこの紙の絵……って、まさか!」

女性職員がうんと頷いた。

そして、いくつかの光を消す。

「ゴブリン、三十、負傷者あり、犠牲者なし……」

消えた光の場所と同じ場所が書かれた紙の部分を読み上げる。

「おい、こりゃ……」

ガルダが興奮気味に俺の顔を見た。

「犠牲者が減らせるな……」

今まではどうしても救援要請を誰かがギルドまで急いで伝えに来てそれから救援に向かうしかなかった。

時には、誰も救援に向かえる者がギルドにいなくて、戻るのを待ってから向かったため手遅れになってしまうこともあった。

それが、森の中にいる冒険者が救援要請をした者たちの場所に直接向かえるようになるならば、助けられることが増えるだろう。

助けてくれというだけではなく、魔物の種類や数も伝えることができるならば、どれくらいのレベルの人間が何人救援に向かえばいいかも分かる。しかも、光の位置で場所が分かる。

ということは。

「救援要請用の他に救援に向かう人間側の暗号もあったほうがいいな。街道を行く人間が使えるものもあるといいだろう」

「となれば、火光で魔物避けだけではなく、ＬＥＤというのか？　光の狼煙とでもいうのか、両方の意味で、光属性の者が護衛任務に同行することに意味が出てくるな。森での魔物討伐にも必要だろう。耕作地を広げるにも、……そうだな見張り台の任務は今まで遠距離魔法で魔物を討伐できる者を二人組にしていたが、それも考え直す必要がありそうだ」

俺とガルダが興奮気味に話をしていると、女性職員も会話に加わった。

「光属性魔法の冒険者をリストアップします」

「ああ、すでに仕事をしていない者たちにも声をかけたいからそれも頼む」

「はい。それから、講習会の計画もしなければなりません」

「そうだな、暗号文はもう少し必要な用語を練ろう。救援物資に関しても必要な場合があるだろう。食料が尽きているとか」

「では職員に各自案を出してもらい、会議を行いましょう。準備します」

「頼む」

女性職員がお辞儀をして部屋を出ようとしたところにガルダが声をかけた。

「だが、仕事は明日にしろ。もう遅い。残業はほどほどに帰って休むように」

女性職員はバツが悪そうな顔をして小さく返事をして部屋を出て行った。あれは確実に夜を徹して仕事をしようとしていた顔だな。

「お前もだぞ」

ガルダが俺の頭に手を置いた。

「ちゃんと休め。それから、もっと大事なことが一つある」

ん？

今まで、休むこと以上に大切なことなんてガルダは言ったためしがなかったのに、いったいなんだ？

しっかり食べて休む。疲れていては力が出せない。がむしゃらに突き進むだけじゃだめだと、いくら訓練を続けたって休む時間を取らなければ身に付かないと。疲れた頭ではよい考えが浮かばない、犠牲者を減らすためにも休むことは大事だと。

「もっと大事ってなんだ？　まさか、酒だとかボケたこと言わないよな」

冒険者の中には酒が癒やしてくれるんだ、これをやめたら生きていく意味がないと言う者もいる。

「違う、孫だ！　俺に孫を見せることだ！　休むよりもずっと大事なことだぞ！」

「は？」

孫の顔を見せるって……、それはつまり、アリスと……。

「ばっ、馬鹿なことを言うなっ！」

休むといえば、ベッドに入って寝ることだ。それよりもベッドで優先する……ことを、想像して顔がほてる。

「俺は、子供を作るつもりはないと言った」

「まぁ、子供はアリスが欲しいと言えば作ればいいとは思うが、だがな、あんなできた嫁は逃す手はない。なんとしてもつなぎとめたほうがいいぞ。本人がここにいたいと思うように、誠心誠意尽くせ」

ガルダが俺に肩を回して逃がすなと繰り返す。

ここにいたいと思うように……。

「いや、無理だ」

流刑地だ。アリスが素晴らしければ素晴らしいほど、しばりつけちゃだめだ。

「なんだ？　お前が自信ないなら、俺が子供を作ってもいいんだぞ？　まだまだ俺も、ギルド長は退いたが、男としては現役……ぶほっ」

思い切りガルダの腹にこぶしを入れる。

「がはっ、ったく、素直じゃない子を持つのも大変だ。随分ギルドでは口説いてるくせに、手放すってておかしいだろ」

うっ。

「あ、あれは、く、口説いてるんじゃなくて……その……」

つい、話しかけたくなるし、いろいろな顔が見たくなって、からかいたくなるし。

もしかしたら好きになってくれるかもと……。何度もはっきりと断られているのに。

いや、もし好きになってもらったとしても……。

馬鹿だな。アリスは三年経ったら領地を出ていく。でも、ずっといて欲しい。その思いも本当で。

断られることが分かっていても、口にしてしまう。

違う。断られたいのだ。そうすれば、あきらめられる。あきらめたいのだ。

そ、それに……。

「牽制してるんだ。冒険者がアリスを襲ったらどっちもやばいだろう！　アリスはあれでも貴族だぞ！」

「ああ、まぁ、公爵夫人がギルドをうろうろしてるなんて思わねぇわな。庶民が貴族に手を出したらただでは済まないからなぁ……」

ガルダが小さいため息をつき、俺を見た。

「っていうか、お前がタダで済まさないだろう」

なんだ？　最後が聞こえなかったが。公爵がギルド長やってるほうがよっぽどおかしいとでも言ったのか？

それを言っちゃぁ、公爵にギルド長の座を譲ったガルダだってよっぽどだと思うがな。

第五章　ひき肉と雷光

どうも。リリアリスです。

公爵夫人ですが、今日も朝食を食べてから調理室に向かいます。

って、明るいな。もしかしたらサラ？　気が利く子だ。

「リリアリス様、どうなさいましたか？」

「今日も朝食ありがとう。丁寧に作ってくださっておいしかったわ」

実家で八歳まで食べてた料理と比べたら、おいしかった。けど日本の記憶からすれば全然満足できるレベルではないのが正直な話だ。

「ありがとうございます。あ、あの、リリアリス様が昨日お作りになったサンドイッチに比べたらまだまだです」

「そう、そのサンドイッチなんだけど、ギルド長も気に入ったみたいなの！　今日も差し入れをしたいと思うのだけど……」

料理長がぱぁっと顔を輝かせた。

「アルフレッド様も気に入ったのは当然です。あれほどおいしいのですから！　作り方は覚えております。早速お作りいたします！」

ん？

なんでアルフレッド……夫が気に入ったって？　あ、もしかして妻が作った謎料理をギルドに持って行ったけど大丈夫か？　と伺いでも立ててたのかな？

こっそり残しておいて味見させた？

で、マヨネーズを気に入ったということか。うん。株が上がったのでは？

これは、三年後に離婚した後、公爵家で料理人として雇ってもらえるフラグなのでは？

そうか、こういういわゆる日本人だった時の前世の知識チートの使い方もあるのか。もっと、おいしい料理知ってますぜ！　旦那！

……なんて思ったこともありました。

そうよね。うん、異世界転移転生の定番……「調味料が足りない！」

そういえば砂糖は貴重なのでとかも言ってたし、定番ばかりが詰め込まれた世界。ちぇっ。

猛烈にマヨネーズを作り始めた料理人。ちゃんと卵は殺菌のため熱湯に入れてから、黄身だけを取り出して作っている。

「そうだ、他の人たちへの差し入れもしたいから、たくさん作ってもらえる？　ギルドに通っている子供たちなんだけど……えーっと」

もしかしたら今日は昨日より人数が増えている可能性があるよね。サラとカイと私とギルド長の四人と子供たち……二十人前じゃちょっと不安だなぁ。二十五？　……いっそ三十人前とか？　食べきれなかった余ったものは、倉庫の整理に来てる人たちに分けてもいいし。昨日の審査員のお礼で職員さんに配ってもいいし。

数を伝えると、料理人が大量のマヨネーズを作るためにさらに卵を割り始める。

そういえば、油は比較的豊富にあるみたいだけど、何油なんだろう？

温泉卵のようにプルンと固まりかけた白身が別の器に集められてる。

「あれはどうするの？」

「白身ですか？　焼いて食べる予定です」

まぁ、そうよね。それくらいしか使い道……あ！　そうだ！

「鶏胸肉のひき肉はある？」

私の問いに、料理長が料理人たちの顔を見る。

「誰か、知ってるか？」

首を振る料理人。ちなみに、料理長と料理人八人の合計九人がシフトを組んで働いているらしい。ちゃんと休みを取りながらってホワイトだ！

思えば、私は侯爵家で給料も休みもなく働かされてたっけ。……とはいえ、家の仕事って考えたら家事なのか？　休みなく家事する世の中のお母さんたち偉いなぁ！

「あの、特別な肉じゃなくて、鶏の……もも肉とか胸肉とかレバーとか皮とか……はらみとかささみとか……部位の名前ってついてないの？」

「いえ、あの、胸肉は分かりますが、ひき肉が……どういったものなのか見たことがありませんで」

料理長が困った顔をする。

へ？

ひき肉文化がない？

……いや、まぁ、確かにだ。異世界物の小説でもそんな感じのあったよね。肉が嚙み切れなくなったらそれが人の寿命だ……みたいなの。だったら和牛だ！　霜降りだ！　嚙まなくても飲み込める肉だ！　……みたいなのはなかったな。ハンバーグにしてたよね。

「えーっと、肉をみじん切りにして細かくしたものをひき肉というのだけど……肉を小さなたくさんの穴が開いた物に押し付けて細かくする機械……はないわよね？　包丁でミンチ、ひき肉にするのは……大変かな？」

ふんっと、重たそうな普通の包丁の三倍くらい大きさのありそうな包丁を一人の料理人が持ち上げた。

あれ、重さで切る系の包丁だ。

料理人はそれは立派な筋肉をしている。……ただし、包丁をいつも振っているであろう右腕だけが。くっ、惜しい逸材だ。

「任せてください。すぐにひき肉を用意します！」

胸肉をどんっと、丸太を十センチほどの厚みに切っただけのまな板の上に載せると、ダダダダダンッと重たい包丁を素早い動きで振り下ろして鶏の胸肉をミンチにしていく。

「ありがとう。それから、料理長、昨日チキンを焼いた時のハーブをもらえる？」

味付けはそれでよい。

「あと、少し小麦粉を。あとは油をフライパンに二センチくらい入れて熱してもらえる？」

はい。作ります。筋肉料理といえば、良質なタンパク質！

鶏の胸肉と卵白！　なんて素敵な組み合わせ！　まぁ、あれよ。油とか使っちゃって脂肪も接種しちゃうのは、体を動かすために必要だからあまり体脂肪ばかりは気にしない。これ、大事。私が好きなのはあくまでも実用的な筋肉！

「この、ちょっぴり固まりかけた卵白と、胸肉のミンチとをよく混ぜて！　それから小麦粉とハーブも入れてよく混ぜて！」

大体の分量をボウルに入れる。小麦粉とハーブも小皿に目分量で準備する。

「はい！　任せてください！」

現在料理人一は、マヨネーズを。料理人二はひき肉作りをしている。料理人三がボウルで種を混ぜ混ぜ係になった。

「うん、混ざったわね？　そうしたら、手でがっしり握り取って、握りつぶすようにして力を入れると、親指と人差し指の間からむにゅっと出てくるでしょ？　それを小麦粉の上に載せて少し平たくしてフライパンへ！

料理人三に私が言ったことがうまく伝わらない。

ああ、使用人には使用人の領分があるんだから、私が料理を直接するわけには……。むずむず。

「こうするのよ！」

油の温度もどんどん上がっちゃうし、なかなか料理人三は要領を摑めないし、私もうまく説明できないし、やって見せたほうがどう考えたって早いんだもの！　仕方がない。こ、これは仕事を取るわけじゃなくて、そう、えーっと、指導よ。使用人の指導は公爵夫人の仕事、間違ってない。大丈夫。

混ぜた鶏肉の種をつかみ取り、ぎゅっと握って親指と人差し指の間から団子を絞り出す。肉団子ならこのまま丸いほうがいいけど、今日作っているのは肉団子ではないのでちょっと手でつぶして平らにしてから小麦粉をまぶす。

油に投入、すかさずどんどん投入。

二センチほどの油でも十分揚がる。途中で裏返してもらうのは料理人四に任せる。

両面こんがり出来上がり！　まずは味見してから、いいようなら追加でどんどん作っていくし、味が薄ければハーブを足さないと。

「あああ！　何を、何をなさっているのですか！　リリアリス様！」

ギクッ。

料理をしているのをマーサに見つかった！

また、泣かれる！

「あ、あの、その、えっと、ほ、ほら、これ、今できたところ。味見をお願いしてもいい？　マーサ、お願い！」

私の手は鶏肉の種でべちゃべちゃだ。料理なんてしてないですよなんて誤魔化すこともできず、話をそらすことにした。

「揚げたてで熱いから、気を付けてね！」

料理人たちが手を止めてマーサが食べるのに注目している。

サクッと外側がいい感じに揚がっている音が聞こえた。

マーサが驚いた顔をする。

「これ、鶏肉……ですか？　とても柔らかくて、柔らかいけれど脂っこくなく……ふわっとしていて食べやすいです。とても……おいしい」

マーサが絶賛するのを聞いて、ほっとする。

「よかった。あ、あのね、これはここにない料理だから、作り方を教えていただけで、もう覚えたわよね？　じゃあ、あとは任せるわ」

マーサがそうでしたかと納得した顔をする。

よっしゃ！　誤魔化せた。慌てて手を洗ってから、私も試食する。

うん、上手に揚がっているぞ表面カリっと。中はふわふわ。

ハーブがいい味付けになってはいるけど、やっぱり、ケチャップとかマスタードが欲しくなる味だ。バーベキューソースがあれば最高なのに！

「あ、皆も味見してね」

私が食べるのをじっと見ていた料理長に声をかける。

「はい、いただきます。……こ、これは……本当に胸肉ですか……ぱさぱさもしていなければ、歯に引っかかる感じもない」

「うまっ、いえ、おいしいです。食べたことがない食感。肉でありながら、肉の重さがなく、食事以外にも食べやすそうです」

「いくらでも食べられそうです。カトラリーを使わずとも食べられるところも魅力ですね」

私はフォークを使って食べたけどね。公爵夫人だからというより、マーサに怒られそうだから。

でもこれ、手で食べるのも普通なんだよなぁ。

「で、これはいったいなんという名前の料理なのですか？」

「うん、チキンナゲットっていうの。作り方はいろいろな種類があるんだけどね」

十八世紀か十九世紀になって発明されたという説のある、細かくした鶏肉を固めて揚げる料理を指すらしい。

卵白を入れるとふわふわっとした食感になる。だから、できたら鶏肉は小さく切ったものよりミンチでしっかり細かくしたもののほうがなじみがよいのだ。

「チキン……ナゲット……」

料理長がしげしげとチキンナゲットを見ている。

「あ、ほら、焦げちゃうわ！」

フライパンの中のチキンナゲットを引き揚げる。

「あ、も、も、申し訳ありませんっ！　リリアリス様の手を煩わせるなど！」

やっちまった。

口だけで言えばいいのに、うっかり手が出ちゃった。

「ほ、ほほ。サンドイッチは今日はマヨネーズのものだけでいいわ。代わりにチキンナゲットを持って行くことにするから。そうね、一人分五つで三十人分お願いできるかしら？」

にこりと笑ってお願いすると、料理長が首を横に振った。

「それは駄目です」

え？　何が、なんで？　どうして？

「一人五個なんて少なすぎるでしょう。最低でも十」

「いや、料理長、十五はいるんじゃないですか？」

「おいらは三十は食べられるっ！」

えっと。……。

「か、数はお任せするわ」

料理長たちが白熱して議論を交わしている。

数が多くなれば作るのが大変になるのに。間に合えばいいか。分業だと案外、大量に作るのはそう手間じゃないのかな？

子供たちは例によって、食べられなかったものは持ち帰ってもらえばいいから、多くても大丈夫かな。

「あ、あんまりたくさん持って行くと公爵家の食費……大丈夫かしら？」

そこが心配になり、こそっとマーサに尋ねる。

「大丈夫ですよ。卵と鶏肉であれば売るほど屋敷にありますから。使っているハーブも料理長が自ら栽培しているものですし。あとは塩だけですかね。買っているものといえば。小麦粉と油も領地で賄えていますので」

そうだった。卵と鶏肉はたくさんあるんだったっけ。

っていうか、ハーブは料理長が栽培してるの？ それを乾燥させ粉末にしてオリジナルブレンドで作ってるんだよね？ マジックな塩とかあるよね。

……あれ？ 売れるんじゃない？

オリジナルブレンドのハーブ。乾燥して粉にして混ぜたものであれば「レシピ」は分からないし、軽量だよね。運搬もできる。

でも、ハーブの種類を少し変えても似たようなものが作れるだろうし、黄金の舌みたいなのを持っている人がいたらレシピもばれるよね。

遠くからの運送費が上乗せされてるものより、近くで作られた安いものが売れるか。

んー、だめだなぁ。なかなか領地活性化はしない。

「ねぇ、料理長、このハーブって、特別なものとか使ってる？」

料理長が私に近づいてきて声を潜める。

お、もしかして企業秘密とかだった？ 他の料理人に聞かれたら困る話？ それは失礼なことをしてしまった。

「今からでは増やすことができないんです、申し訳ありません」

と、思ったら頭を下げられた。

「あの、頭を上げてください。たくさん用意してという話ではないのよ？」

料理長が頭を上げてほっとした顔を見せる。

「そうでしたか。実は、雪の下からのぞく芽を使っております。雪が積もって春になりかけた短い時期にしか取れないもので……。もし、たくさん必要というのであれば、来年はもっと作ります」

う、うお？

そういえば、ユキワリソウだとかユキノシタだとか、雪が名前に付いている植物が世の中にはあった。雪深く植物が育ちにくいといっても、逆に雪国だからこそっていうのもあるわけだ。それを特産品にすれば……！

いやまてまて、ハーブってそもそも庶民は使うの？

侯爵家で虐げられていた時には味気ないものしか食べさせてもらえなかった。調理場の手伝いをしていた時も、使用人の料理には香辛料やハーブや砂糖などほとんど使われてなかった気がする。いや、侯爵家……両親はケチだから使用人に高いものなんか食べさせなくていい！　ってだけかもしれないけど。

カイに買ってきてもらった肉串も、塩だけのシンプルな味付けじゃなかったっけ？

うん。売れないな……売れても領地が潤うほどの量は売れないだろうし、胡椒が金と同じ価値があるというくらいの価値がハーブに出るとも思えない。おいしいけどね。ハーブの組み合わせを工夫すれば似たような味なら再現できちゃうわけだし。

味よりもまずはお腹いっぱい食べられるもの。少し贅沢しようかなって金額のものが一番売りやすい。果物とかがそうだろう。

しかしなぁ。近隣の栄えている街、領都まででも馬車で二日はかかるんだよね。王都までだともっと。それも魔物がいつ出てくるか分からないような危険な道を進まないとだめだし、道はでこぼこで馬車は揺れるし。果物痛むよね。いっそクルミやココナッツみたいな固い殻に覆われたものがあればいいのに。って、ないもんはない。

うーん。大量にあるのは雪なんだろう。氷も張るのかな？　スケート場でも作るか？　イルミネーション輝く氷の張った湖の上で恋人同士が手をつないでアイススケートを……。

無理だわ！　いろいろ無理がある！　交通の便が！　雪と魔物でダブルで無理だって！　飛行による移動手段があればワンチャンスだけど。

本当、飛行竜とかで移動できないのかな。この世界ないよねー。

「どうかなさいましたか？」

料理長の声にハッと意識を戻す。

とりあえず魔法があり魔物がいる世界の可能性は、私一人で考えても仕方がないので、後で人に聞いてみよう。誰に聞けばいいのかな？

「いいえ。来年はたくさん作ってくださいね。とてもおいしいので。そうですね、もっと領地で広く食べてもらえるといいと思うんです」

料理長が驚いた顔をする。

「それは、売るということですか？　流石にそれほどの量は……ハーブも足りなくなりますし……」

そういえば、料理長がハーブを育てていると言っていた。

「いえ、売るのではなく、今日のように、ギルドに差し入れで持って行ったり……そうですね、孤児院の慰問に持って行くとか、使わせていただけるとうれしいの」

料理長の顔がぱぁっと明るくなった。

「そうですか、孤児院に……ええ、ええ。それでしたら、たくさん作らせていただきます。奥様がお優しい方でよかった」

料理長が涙ぐむと、料理人が声を上げた。

「料理長、おいらもハーブ一緒に育てます！」

「僕は採取を手伝いますよ！」

やばい。

「皆、ありがとう。皆さんがとても素敵な方々で……よかった」

侯爵家の使用人たちを思い出す。

人の足の引っ張り合いが大好きな人たちだった。

仕事をさぼって人に押し付ける、自分の失敗は人のせいにする……。

そのほとんどは私に回ってきたのだけれど。私がいなくなって、あの人たちはどうしてるのかな？

差し入れ作りは皆に任せることにした。

調理場で皆が働く姿を見る。

見守る……いや、これ、やりにくいでしょ料理人たち！　監視だよ、これじゃあ。

調理場を後にする。

部屋に戻ると、マーサがベッドメイクや掃除などしている。

見守る。

いや、だから、自由に何かするっての苦手なの！　掃除も料理も私にもさせて！　みんなが働いてる横で好きなことなんてできないっ！

だ、だめだ。地味にストレス。差し入れの料理が出来上がるまで、何をしていよう。

あ、そうだ。騎士団の訓練所へ行ってみよう。この間の光属性魔法の騎士はどうなっただろう。

私のせいでよりひどいいじめにあってるといけない。

もし、やばそうなら「この私を誰だと思っているの？」をやってでも助けないと。

……いや、それって三年後に私がいなくなった後「お前を守るやつはいなくなったぞ、よくも今までいい気になってたな！」とか言われちゃう？

と、どうしようかいろいろ考えながら騎士団の訓練所へと向かう途中、笑い声が聞こえてきた。

ぬ？　また、建物の裏でいじめ事件発生か？

「すごいな、団長に勝った時は驚いたよ」

「ずいぶん練習して、そろそろ実戦に使えそうなんだろう？」

ベテランの騎士たち四人に肩を叩かれながら、光属性のいじめられていた騎士が恥ずかしそうに頭をかいている。

「いえ、まだ魔力量の調整が不十分で、実戦となると難しいです。三回がやっとで、剣を振りながらでは魔法を発動することが難しくて」

口ひげの、優しそうなまなざしの騎士がぽんっと背中を叩いた。

「剣を振りながら発動する必要なんてないだろう、俺たちがいる」

「そうだ。何のための仲間だ。信用してくれ」

「ってことは、連携訓練をしたほうがいいってことだな」

「魔法発動時の合図だけじゃダメってことだな。発動の準備に入る時の合図がいるか」

「とにかく、新しい技なんだから、身に付くまでは繰り返し練習するしかない。連携パターンだって一つじゃなくいくつも試してみよう！」

うんと、光属性の騎士が表情を引き締めて頷いた。

「えーっと……」

首を傾げる。

何があったんだろう？

私がいじめてたやつらの膝をつかせたことで、彼が騎士団に受け入れられた……なんて話じゃないよね？

会話を思い出す。

団長に勝った……と言ってたよね？

新しい技を身に付けると言ったよね？

なるほど！

「なぞはすべてとけた！」

うんうんと頷く。

剣の練習をしてもっともっと強くなって必殺技とか編み出して、団長に勝ったから一目置かれるようになったって感じ？

なんだ。そっか。

光属性だからって馬鹿にされてたけど、結局は実力社会なんだね。魔法は関係ないんだ。

「ってことは、私があの時手を出さなくても、彼は認められていじめられなくなるってことだったんだよね……」

余計なことしちゃったかなぁ。

余計なお世話する女……。恥ずかしい。正義感振り回して……。

見つからないように静かに距離を取る。

私が去ったあとに、騎士たちがしていた話が私の耳に届くことはなかった。

「しかし、誰が光魔法は役に立たないなんて言ったんだろうな」

「ああ。今は奥様が空に打ち上げた魔法も練習しているんだろう？」

「高く上げることはできるようになったけれど月光は暗すぎるし日光は魔力の消費が激しいので、奥様のようにはいきません」

「奥様は魔力が大きいって聞いたからなぁ」

「そういやぁ、屋敷が最近どこも明るいって聞いたからなぁ」

「まさか、奥様が屋敷を明るくしているのか？　そんなにたくさんの日光は流石にいくら魔力が大きくても無理だろう？　それとも、それが可能なほどの魔力を持っている？」

「そういやぁ、お前にあの魔法……目つぶし……じゃない、閃光弾だっけか？　教えてくれた女がいたんだろ？」

「はい。お礼が言いたいのですが、名前も聞いていなくて……」

「お仕着せとは違うけれど、使用人みたいな服装をしていたんだろ？　ってことはさ、新しく雇われた子かもしれないぞ？」

「屋敷を明るくしているのもその子なんじゃないか？」

「そうかもしれないなぁ。王都の建物を見たことがあるけど、ここと違って大きな窓が付いてるんだ。部屋の中もかなり明るいはずだ」

「じゃあ、屋敷の中の暗さに奥様が慣れないから、新しく人を雇って明るくしてるってことか？」

「分からん。侍女たちは奥様の噂はするが、何処まで本当のことか分からないんだ」

「そう、全然分からない。だいたいマーサ以外誰も世話をしたがらなかったんだろ？」

「そうそう、姿を見ないと言ってたな」

「おいおい、お前ら。侍女と逢い引きもほどほどにしておけ。訓練に戻るぞ」

さてと。

訓練所の建物の裏から移動。訓練所の横に生えてる大木の裏に身を潜める。

また「奥様！」とかいって整列されても恥ずかしいし、訓練を止めてしまっても申し訳ない。

木の葉で顔が隠れる場所から、そっと訓練を覗き見する。

「うっほー！　筋肉祭り！」

騎士団長様もなかなかの筋肉の持ち主。

偉そうに腕を組んで立ってるのは、騎士団長よりも下っ端だけどそれなりに立場のある人間だろうか。いかにも脳みそには筋肉が詰まってますっていうデカい筋肉の男だ。奥のほうではこの間いじめてた男たちが腕立て伏せをしている。罰？　それとも単に鍛え方が足りないから鍛えてるだけ？

訓練中の騎士は三十名ほどだろうか。騎士団は五十名ほどだと聞いたことがある。その下の組織に兵団があり、兵団には常時兵と臨時兵がいるそうだ。専業兵と副業兵ってことだね。魔物討伐が必要な時に召集されるらしい。ちなみに、訓練が月に二回あるそうな。元騎士だとか元兵だとか元冒険者だとかの基礎ができている者と、剣が扱えなくても攻撃魔法が得意な者だそう。

……それから、月二回の訓練には、臨時兵以外の一般市民も参加できるらしい。それを聞いた時は将来兵や騎士になりたい子にも指導してあげてるのかなんて思ったけど。

ギルドの倉庫の樽に刺さっていた剣を見て、そうじゃないと気が付いた。

いざという時に少しでも戦えるようにだ。

消火器の使い方やＡＥＤの使い方を習うようなことに近いのかもしれない。もしかしたら、魔物が街に出たらどうするのかって、ここに住む人は日本人が「地震の時は机の下に」と同じくらい普通に当たり前に皆が知っているのかも。

私も……訓練に参加したほうがいいのかな。

いざという時に剣を……いやいや。私にできることはそっちじゃない。

避難した人たちの対処とかそっちじゃないかな。

街に魔物が出た時はどうしているんだろう。家にこもって戸締まりをしてやり過ごす？

それともどこかへ逃げてそこで皆が身を寄せ合ってやり過ごす？

ギルドの地下は近所の人が逃げ込む場所なんだよね？　他にも避難所みたいな場所があるのかな？　少なくとも領主館であるここも避難所の一つだろう。

……うーん、知らないことだらけだ。勉強しなくちゃなぁ……。いざという時、私だけ逃げ遅れちゃうとかないわ、ないない。

っていうか、まあ、街に行く時はカイもいるし。逃げ遅れるなんてことはないか。

「団長！　ゴブリンの巣が見つかりました！」

ゴブリン？

私が知ってる小説の中のゴブリンといえば……。初級モンスターだ。二足歩行の緑色の魔物。人よりも小さいけれど、素手で戦えば普通の人……レベルの低い初心者は敵わない。剣などの武器を持てば、なんとか倒せるとか、そんな位置づけだよね。

　鍛えた騎士団なら問題なく倒せるっていう、言うなれば雑魚のはず。

「規模は」

「それが……発見が遅かったためかなりの数ではないかとの報告です」

　あ。そうそう。巣を作って群れで生活する。あまり強くない魔物だけど、数が増えると厄介って、物語のゴブリンもそんな感じだったな。

「分かった。訓練は終了だ。ゴブリン退治に向かう。各自五分で準備を整え城門前に整列するように」

　騎士団長の言葉に、騎士たちはビシっと敬礼し、すぐに行動を開始する。

「お前は他の地区の討伐に当たっている者たちにも、応援が必要になるかもしれないと伝令を。それからお前はギルドへ行け。ギルド長に指示を仰げ。冒険者から何か情報があれば共有のためすぐに知らせてくれ。それからお前は……」

　と、騎士団長は次々と指示を飛ばしていく。

　その間に、部下が持ってきた鎧を身に着けている。

　うわー、かっこいい！　筋肉が見えなくなっちゃう鎧は私にとっては敵だけど。

　でも、鎧姿は鎧姿で騎士って感じがしてかっこいいよねぇ。しかも、ビシビシ指示を飛ばすのも素敵。

……って、また私は！　そうじゃない。

ぎゅっとスカートを握りしめる。

平和ボケって言われても仕方がない。きっと、何度となく同じようなことがあって、的確かつ迅速に行動できるのは、訓練で身に付いたものじゃないのだろう。指示された部下たちも、動きに迷いがない。

騎士団長が身に着けている鎧だって、言われなくても部下が運んできたし。

今までも幾度となくゴブリンの巣もつぶしてきたんだろう。

魔物が……日常な土地。

ダンジョンがあって、魔物がダンジョンの中にいるだけなら、あふれ出ないようにするだけですむのに。

この世界は、魔物はダンジョンじゃなく森に山に、もしかすると海にも……。生活しているだけで、いつ魔物に襲われるか分からないってことだ。ダンジョンに出るだけなら、ダンジョンに行かなければいい。

流刑地と呼ばれる公爵領。魔物が多いというのは話には聞いていた。知識として知っているのと、本当に肌に感じて分かっているのとでは全く別物なんだ。

屋敷の中……街の中は守られているから。すぐに忘れかけてしまう。

小さく、鉄格子のはまった窓の建物。

ギルドの倉庫に用意された大量の剣。

王都にいた顔だけ騎士とは違い、鍛えられた筋肉を持つ騎士たち。

あの筋肉は魔物を倒すために鍛えられたものだ。光属性の騎士を馬鹿にしていた騎士たちですら、王都の騎士に比べれば筋肉がついていた。攻撃魔法が使える者たちも、剣を振る必要もあるのだろう。王都とは違う。いや、王都の騎士は小さいころにパレードで見たくらいだし、前世の記憶が戻る前だからそれほどはっきり覚えていないけど。推せるような筋肉はしてなかったと思う。服の上からも分かる厚い胸板とは対極の、服の上からも分かる折れそうな体だった気がする。

訓練所からは本当に数分で誰もいなくなった。討伐の準備が整ったようだ。

城門前に集合と言っていた。整列した姿も見たいと思ったけれど、邪魔するわけにはいかない。

「魔物……」

私には魔物を倒すのは無理だ。でも、何かできないだろうか。

妹ユメリアの姿が思い浮かぶ。

妹なら……。戦えないけれど、負傷した人たちを癒やすことができるのに。聖属性だったら……回復魔法が使えたら。

「あおーんっ！」

奇声を上げ、ビシビシと太ももを強めに叩く。

時々押し寄せる、どうせ私なんかって気持ちは邪魔だ。考えたって、属性が変わるわけじゃない。

でも。でもよ……。

マーサも、サラも、カイもいい人だし。

料理人以外姿をほぼ見ないけど、屋敷の使用人も侯爵家の人たちのように私に辛く当たるわけじゃない。

ギルドの人たちもいい人たちばかりだ。子供たちも本当にいい子で。

だからこそ、何かしてあげたい、何かしてあげられたら……何もできない自分がもどかしい……

そんな気持ちが湧いてくる。

「できることを、全力でするっ！　落ち込んでたって何も変わらない！　今は、今私がすることは……」

まずは邪魔しないこと。邪魔にならないこと。

公爵様……アルフレッド様や騎士団がいるんだ。大丈夫。

んー、あ、そうだ！


「料理長っ！　チキンナゲット増量で！」

調理室に戻ると、大きなバスケットに大量のチキンナゲットが詰められていた。

「え？　一人二十個ありますが、やはり一人三十個に増やすということですか？」

料理長が、なぜか、そうでしょうそうでしょうと頷く。

「足りないと悲しいですから、早速作りましょう」

ちっがーう！

流石にチキンナゲット二十個もあれば……いや、まてよ？　子供だからそんなに食べられないと思ったけど、むしろ成長期の子供は大人以上に食べる生き物じゃなかろうか？

二キロの唐揚げがパンと共に姿を消すという怪異が起きたとSNSで見た気がする。

残ったものは持って帰ってもらう予定だし、もう一つバスケットが増えてもいいくらいなのでは？

料理長の作ったハーブ塩を混ぜこんだチキンナゲットすごくおいしいし！

って、そうじゃない。

「持っていく分の追加は好きにして。そうじゃなくて、騎士たちがゴブリンの巣の討伐に向かったみたいなの。体を動かして戻ってきたらお腹がすいているでしょうから。肉と違って、ミンチにしてから作るチキンナゲットは冷めても柔らかく食べやすいのよ。だから戻ってきてすぐ小腹を満たせるように作り置きをしてあげてもらえない？」

筋肉にもよいタンパク質だからね！　これ、大事！

油で揚げるけど、そこは討伐で体を動かしてエネルギー消費してるはずだから気にしない。

「お、おお、なんという気遣い！」

「騎士団へ公爵夫人からの差し入れですね！」

「チキンナゲットは喜ばれるでしょう！」

公爵夫人からの差し入れ？　そういうことになるの？

気遣いっていうか。何もできない自分がいやだっていう、私の自己満足。

「いいえ、皆さまが作ってくださるんです。大変だと思いますがよろしくお願いします」

軽く頭を下げてから逃げるようにして調理場を後にする。

仕事を増やしている。屋敷の料理人は給料制だろう。食堂なら売り上げが上がると喜べるかもしれないが、屋敷の人は仕事が増えるだけだ。申し訳ない……。そういえばマーサが、サラが屋敷中を照らしたから仕事が増えたと使用人に言われたって冗談ながらに言っていたけど。中には本当に仕事を増やされたと不満に思っていた人もいるかもしれない……。

……困ったな。給料を増やすとかボーナスを出すとかできたらいいんだけど、何かするたびにそんなことしてたら公爵家の財政を圧迫しかねないし。もし財政が圧迫されて、給料を下げなくちゃいけないとか、今まで出ていたボーナスが突然出なくなったらさらに困るだろうし……。

「あー、金ぇ！　金儲けをしたいざますっ！」

異世界知識チートであれやこれを作って店を作って売る！　っていうのは、王都とか、買う人がいる街限定の夢物語なのだぁ！

貧しい街の人たちに何を売れというのだ！　何を買わせるのだ！　貧しい領地の中では経済回そうにも限界がある。やっぱり外貨……外国ではないけど、他の領地、王都、富めるところからお金を引っ張ってこなきゃ豊かにならないよっ！

交通の便が悪くともなんとかなる特産品を考えないと。交通の便が悪いんだから、軽くて小さくて高価なものを運んで売るのが一番理想的だ。

宝石が代表的なものだよね！

海沿いなら真珠養殖って手もあっただろうけど！　真珠の作り方は知ってるよ。貝に真珠のもとになる丸くカットした核を埋め込むんだよ。淡水パールは貝紐みたいなの埋め込むらしいんだよね。だから丸く核を加工する必要もないし、一つの貝から二十個とか三十個とか真珠が取れるらしい。

……って、むしろ海がないなら淡水パールを作ればいいんじゃない？

……うん。湖もないわ。いや、あったとしても魔物が……って話なんだよね？

ああ！　もう！　魔物を何とかできないの？　いや、今も街は襲われないようになったんだよね。それだけでも何とかしてるうちなんだよ。これ以上なんとかしたかったら、魔物を倒す人を増やす。増やすにはお金で雇う……。

「ああ、金！　金ぇ！」

宝石も真珠もあきらめよう。他に何があるかな。貴族が好みそうなもので何かなかっただろうか？

そうそう、異世界ものの定番リバーシ！　……特許とかあるのかな？

いや、もしあったとしても、裏表で白黒になってなくても、赤と青の石を使って、赤い石で挟まれた青い石を赤い石と置き換えるみたいな形だって同じように遊べるわけだし。地面にマス目描いて誰でも遊べるだろう。

むしろ、娯楽が少ない地域だ。

「孤児院から来てる子に遊び方教えてみようかな……」

うん。そうしよう。何マスだったかな。とりあえず紙でいいか。子供たちは地面にでも書いて遊べば。あ、冬は家の中にずっといるんだっけ？　外は雪が積もってるのに、外でリバーシやってる場合じゃないよな。ってことはマス目を書いた紙でも板でも布でもなんでもいいけど用意しないと。

あ？

あれ？

マス目を描いた……布？

何かひらめいた……というか、もう一押しで何かいい案が出そうな……布、布にマス目を描く？

いえ、格子模様の布を織ってもらう？　ううん、もっと簡単に……。

「リリアリス様、準備が整いました！」

サラの言葉にハッとする。

うん、考えるのは今じゃなくていいよ。

なんと、今日はギルドの依頼は、子供たちが二人一組になって一人が説明、一人がＬＥＤで、訓練をかねて回ってくれてます。だから、サラは屋敷にいてもいいんだけど、私の助手……いえ、弟子？　なので、護衛のカイと弟子のサラと私という三人体制でギルドに向かうのです。


「いそげ！　こっちだ！」

「あいつらにも伝えてある、すぐに来るはずだ」

「念のため領都の北側に待機する三十名の人選は？」

「火属性魔法の人間が足りない」

「魔物避け目的なら攻撃力がなくてもいい。街の中にも何人かいたはずだ」

「雑貨屋のじいちゃんが使えたはずだ。膝を傷めて冒険者を引退したが、塔から魔法を放つだけなら頼める」

ひっきりなしに大きな声がギルド内で飛び交っている。

いつも昼近くは閑散としていて、暇そうなギルド長が出てくるというのに。

「ああ、アリスさん、子供たちは地下室にいますよ」

ん？　食事をしてから地下室へ移動の流れではなく？

首を傾げたらそれが伝わったのか、受付のお姉さんが申し訳なさそうな顔をした。

「今日は上は緊急対策会議で使う可能性もあるので」

「もしかして、ゴブリンの巣が見つかったからですか？」

「ああ、もう知ってるの？」

お姉さんが驚いた顔をする。

しまった！　ヌスミギキしましたなんて言えない。

「それが、ゴブリンとオークが共生してる巣だったの」

「えっと、それって問題なんですか？」

オークといえば、豚肉に近い味の肉が……っていう前世の小説記憶。

ゴブリンよりは強いけど、まだまだザコなレベルじゃなかったですかね？

でも、それはドラゴンやフェンリルに比べてって話？　この世界の常識が分からない……。本を読んで勉強しようと思っていたのに、結局まだ読んでないわ！

「普通、魔物は種族ごとに生息地も違うし、縄張りもある。捕食関係がある魔物もいるから共生するようなことはないのよ。例外を除いては……」

「例外？」

お姉さんの陰のある表情からいやな予感がする。

「魔物の数が増えすぎて縄張りが保てない場合、捕食関係がなければ共生することがあるの」

魔物の数が増えすぎる？

まさか、それって……。

前世の小説や漫画であった。ダンジョンのモンスターが増えすぎて、暴走しないようにするって。

「スタンピード……」

私のつぶやきに、お姉さんが頷いた。

「そう、共生はスタンピードの前兆であることがあるの。だから迅速に対処しなければならないわ」

街が一つスタンピードで壊滅した……なんて表現が小説で出てきたのを思い出す。

前世では、フィクションの世界だったからまるで実感がなかった。

公爵領は魔物が多いっていう話を聞いても、魔物は街に出ないから大丈夫だと言われて安心してしまっていた。

それはもちろんアルフレッド様や騎士や冒険者や多くの人のおかげなのに。いつまでも安心できるとは限らないし、街の安全のために怪我をしたり、もしかして命を落とす人だって……。

「大丈夫よ。街からは距離がある場所だし、領都の南側の塀は二重になっているから。それに、もしもの時も、ギルドの倉庫の中は安全だから」

私が顔を青くしたのを見て、お姉さんは優しく声をかけてくれた。

サラが私の耳元に声をかける。

「大丈夫ですよ。まだゴブリンとオークが共生していただけなら。四種類のモンスターの共生が確認されたらまずいって話です」

なるほど。そういう判断基準があるのか。少し安心して息を吐き出す。だから、まだパニックになってはいないってことなのかな？

「皆お腹をすかせてますよ。行きましょうアリス様」

サラに言われてハッとする。

「そうだよね、皆を待たせてたんだ！」

大量になったチキンナゲットとサンドイッチは、バスケット三個分。カイが先に倉庫へ行って、バスケットを二個置いて出てきた。

「もう少し情報収集してきます」

カイの言葉に頷いてみせる。

「お待たせ！　今日はチキンナゲットだよ！　一人……えーっと、一人結局何個なんだっけ？」

サラを振り返る。

「あの、アリス様……今日は食べる分以外はギルドに差し入れで回してはいかがでしょうか？」

サラの言葉に、子供たちに聞こえないように声を潜めてサラに伝える。

「あ！　そうよね！　サラ、申し訳ないけれど屋敷に帰って追加で料理長に作ってもらって？　他のメニューでも構わないけれど、手でつまんでぱっと食べられるもののほうがいいでしょう。そうね、ついでにジャガイモもぺらっぺらに薄く切ったのと、ペンのように細長く切ったのを油で揚げてもらって。塩を振りかけて。あ、ジャガイモはハーブ塩じゃなくて普通の塩でいいから」

サラははいと返事をして小走りで出て行った。

マヨネーズに続いて、異世界転生の定番、ポテトチップスとポテトフライうめぇー！　を、どさくさ紛れで実行。

いや、だから、片手で食べられて、エネルギーになるもの。あと、好き嫌いが少なそうなもの。あとは大量に簡単に作れるだろうものということで。最適解じゃない？

「今日は、家へのお土産はサンドイッチね。このチキンナゲットはお腹がいっぱいになったら残りはギルドの人たちに食べてもらうの。ごめんね」

子供たちが首を横に振った。

「謝ることないよ！」

「魔物に街が襲われないようにギルドの人たちは働いてくれてるんだもんね！」

やっぱりこの子たち優しいわ。

と、食事を開始したところで、後ろから声がする。

「さぁ、大丈夫だから」

受付のお姉さんが、二人の子供を連れてきた。

子供二人は、もじもじと居心地悪そうな様子だ。

「この子たちもいいかしら？」

「ええ！　もちろん！　まだ冒険者登録してない子もいるのよ！　光属性なら誰でも歓迎よ！」

と、笑顔を向けると、さらに二人が申し訳なさそうな顔をする。中学生くらいの男の子だ。

「あやしいって疑ってごめんなさいっ」

「俺たちも、ＬＥＤとか火光とか使えるようになりたいですっ」

うん？

ああ、もしかして、最初に光属性の依頼を受けてる子が十二人いるって聞いてたけど、二人は参加しなかった。その二人か！

「ジョンさんが……体を鍛えるだけじゃだめだ、これからは光魔法ももっと使えるようにならないとって言うようになったんだ」

「お前たちはまだ魔力を増やすことができるだろうから俺よりすごい冒険者になれるぞって、ジョンさんが」

ジョンさんって誰だっけ？　光魔法を使う人ってことは確かよね？

はっ！

「あなたたち、ちょっと腕を見せてちょうだい！」

むきっと。中学生くらいなのに、腕の筋肉が、かなり鍛えられている。その割に下半身が心もとないため……。

チキンレッグ……。

上半身だけ鍛えてあって、下半身が鍛えられていない人のことをそう言うことを思い出した。

もしかしたら、ジョンさんって、あの上半身がすごいあの人のことなのでは？　光属性だったはずだし。

それはそうとして……。

「上半身ばかり鍛えてもだめよ？　むしろ、下半身を鍛えれば剣だけでなくどんな武器を使うにも有効なはずだからね？」

二人が目を輝かせて私を見た。

「はいっ、ジョンさんもそう言っていました。足りなかったのは下半身の鍛え方だったと」

「光魔法を自在に使いこなし、下半身を鍛えればもっと上のランクに上がれそうだって」

「俺たちも、頑張れば高ランクの冒険者になれるぞって」

目がキラキラだ。

光属性だからと、いろいろなことをあきらめているような顔には見えない。

これは、もう、私の出番なんじゃない？

うん。

「さぁ、しっかり食べなさい！　立派な筋肉をつけるには、タンパク質が必要なのよ！　鶏の胸肉と卵の白身を使ってあるからね！　これを食べて訓練すれば、いい筋肉が付くわよ！」

素直に頷く二人の少年。

頑張って、よい筋肉付けてもらうわよ！

「みんなもどんどん食べてね！」

倉庫に置いてあった箱を机代わりにして、バスケットから出したサンドイッチとチキンナゲットを広げる。

「この、茶色い丸っこいの何？」

チキンナゲットだよ。

って、そうか！　料理長は作ってる段階見てるから「何」とは思わないんだ。

この世界に揚げ物はないし、肉をミンチにして加工する料理法もないし、見た目じゃ「何？」ってなるか。

「鶏肉で作った食べ物よ」

「肉か！　パンを焼くのに失敗したのかと思った」

茶色い感じがまぁ、パンに似てるといえば似てる？　いや、似てないよね。

「う、うま……」

「本当に鶏肉なの？　全然私が知っているお肉と違うわ」

「うん。ふわふわ柔らかい。ぱさぱさしてないし中にもしっかり味がある」

「外がパリッとしてて噛むのが楽しい」

「それに、それに、とにかくおいしいっ！」

グルメレポーターになりそこないの子供まで皆かわいいな！

おいしそうに食べている皆を見ながら、私はこっそりとつぶやく。

「チキンナゲットを食べるチキンレッグ」

ぷふっ。ぷふふっ。

なんて、馬鹿なことを考えている間に、事態はとんでもないことになっていた。

◆

サラが屋敷から戻ってきてすぐのことだ。

「なぁ、火光が使えるやつはいるか？」

倉庫に駆け込むなり、冒険者の男が口を開いた。

中堅冒険者といったところか。

「僕使えるよ！」

「私も！」

元気に子供が手を挙げた。

「全員使えま……」

全員使えると言おうとしたが、今日新しく二人の子が合流したんだった。

「頼む。子供に頼むことではないかもしれないが、安全は確保する、協力してくれ」

真剣な顔で頭を下げる冒険者。

ただごとではない。

「何を手伝えばいいの？」

声を上げた子供を手で制する。

「この子たちは私の依頼を遂行中です。私が代表で話を聞きます」

子供に頼むことではない？

安全は確保する？

それは、本来は大人がすることで、しかも何らかの危険があるっていうことだよね？

まさか、光属性だからって、使い捨てのような扱いをするつもりじゃないよね？

侯爵家での出来事を思い出す。「お前のような役立たずも、少しは役に立つんだ。ありがたく思え！」と、突き飛ばされたこと。

死ぬことはなかった。少し痛い思いをしただけ。

子供たちが不安そうな顔を見せる。

「サラ、あの二人に火光を教えてあげて。それから、皆はちゃんと覚えて使えるか練習してみて。魔力を使いすぎないようにね」

私の言葉に、皆が頷いたのを確認して、冒険者と一緒に上に行く。

「火光魔法が使える子供たちに何をさせたいのですか？」

まずいことが起きている。

上に上がってすぐに肌で感じた。

スタンピードの予兆がと言っていたけれど、スタンピードが起きた？

「あなた、何を勝手に！」

冒険者と私が話をしているのを見て、受付のお姉さんが慌てて近づいてきた。

「俺たちだけではもう無理だ！　魔力が尽きる。火光魔法が火魔法の代わりになるってジョンが言っていたのを聞いた」

火魔法の代わり？

「あの、明かりが必要なんですか？　火魔法よりももっと明るくすることはできますよ？」

「いや、必要なのは火光だ。すべてではないが魔物は火を怖がる。だから、火魔法で魔物を牽制しているが……」

え？

「もしかして、魔物除けになるってこと？」

確かに、獣は火を怖がるんだっけ。森の中で焚火をして、火を絶やさないようにするのは危険な獣を近づけさせないためっていう描写を本で読んだことがある。

まさかの魔物も火を怖がるとは！

まぁ、確かにスライムとか火に飛び込んだら蒸発して死んじゃいそうだけど……。

「だからと言って……」

転がり落ちるような勢いで別の冒険者が階段を下りてきた。

「応援を頼む！　西側に魔物が押し寄せてきた」

駆け込んできた冒険者の言葉に、受付のお姉さんが青ざめる。

「数は？」

「ワーウルフが二十ほどだ。だが、様子がおかしい。まだ増えるかもしれない」

駆け込んできた冒険者の言葉に、火光魔法が必要だと言った男が受付嬢に訴えた。

「ワーウルフなら火には近づかない。火球で追い払うか、火球で警戒させ動きを鈍らせればC級冒険者二人いれば対処できる」

受付嬢がうなる。

「ああ、どうしたら。ギルド長も元ギルド長も北のゴブリンの巣に向かってしまったというのにっ！　……騎士団と冒険者もほとんどがあちらに向かってしまっているし……」

そうか。指示を仰ごうにも、上の者がいない状況なのか。

……ならば。

ごくりと唾を飲み込む。

「光魔法に関しては私が指揮を執ります」

私は公爵夫人だ。もし、何を勝手なことをしたと言われてもクビになるようなこともないだろう。

まぁ、どうせ三年後に公爵夫人はクビ予定なのだから。ちょっと早まるだけの話だ。

「でもっ」

「私は、こ……」

公爵夫人というのは言わないほうがいいんだっけ？

「光魔法研究者です。専門家です。責任は、私が取ります」

「ですが……」

受付のお姉さんがちょっと考えてから、頷いた。

「分かりました。指示をお願いします」

「火が魔物除けになるのであれば、街の中では火を準備させてください。それから、街にいる光属性の人たちに声掛けをしてください。子供たちに火光魔法を教えさせましょう」

私の言葉に、呼びに来た冒険者が口を開く。

「まってくれ、今から教えてたら時間が。一刻も早く西に向かってほしいんだ」

「分かっています。子供たちは万が一魔物が街に入り込んだ時のための防衛に。様子がおかしいのでしょう？　もしかしたら……」

私が何を言おうとしたのか伝わったようだ。

一瞬皆が黙り込んだ。

スタンピード……。街に向かって無数の魔物が押し寄せてくるかもしれない。備えないと。備える方法がほかにもあるならすべきだろう。

「西へは私が行きます」

私の言葉に、驚きの声が上がった。

振り返ると、いつの間にかカイとサラが私の後ろに立っていた。

「私も行きます！」

サラの言葉に、どうするべきか一瞬悩む。

「どれくらいの数の火光が必要？」

「三十。できればもっとだ。その間にほかのやつが火光を使えるようになれば……」

「あら、たったの三十でいいの？　だったら私一人で問題ないわね。サラ、あなたは子供たちと一緒に街の光属性魔法の大人に火光を教えてあげて」

サラが首を横に振った。

「いいえ、私が西に向かいます」

そう言うと思った。そりゃそうよね。

でも……。

「いいえ。サラ、あなたには屋敷との連絡係もかねてギルドにいてちょうだい。それからもし、西だけではなくほかの場所で必要になった時にはお願い。子供たちのことも」

サラが渋々といった様子で頷いた。

ほっとする。

屋敷との連絡係は私には無理だから。

だって、ギルドで公爵夫人だってばれたくないし。

そもそも、騎士団の人たちの話からすると、使用人の何割かは私の顔知らないみたいだし。あ、騎士団の人も知らない人多そうだったよね。

だったら、冒険者の服着てる私が公爵夫人だなんて分かんないよね？

お仕着せ着てて、いろんな仕事を屋敷でしてたサラなら私より顔が知られているだろう。

街の人たちに対しても「公爵夫人の指示」だってその姿なら分かってもらえるでしょう。

いわゆる、この紋どころが目に入らぬかへへー作戦第二弾。

それから、子供たちに笑顔を向ける。

「皆で、街を守りましょう。光属性魔法で……守るの」

子供たちが表情を引き締めた。中には泣いてる子もいる。

そりゃそうだろう。

私の中のリリアリスも泣いてる。

役立たずだと言われ続けた光属性魔法を持つ私たち。

役立たずなんかじゃないと、言い聞かせたって、やっぱり役立たずだという思いと揺れ動く。

私が教えたＬＥＤだって結局は「明るくするだけ」の延長上でしかない。今まで暗くたって生活が成り立っていたのだから。必要がない。

それが、私たちにもできることが……役に立てることがあると知ったら。そりゃ……。

「いい、サラ、これだけは絶対に守って頂戴！」

ひときわ大きな声を出す。

「皆も、これだけは約束して。守れないのなら、やはり私たちは役立たずのままになるから」

びくりと皆が身を縮める。

「無理しちゃだめ。絶対に無理をしてはだめだからね」

私の言葉にサラがハッとする。

「役に立てると、張り切りすぎて周りが見えずに迷惑をかけてしまうかもしれない。無理をして危険な目にあい、誰かを傷つける結果になってしまうかもしれない」

子供たちの顔も真剣だ。

「……調子に乗ってはだめ。少しできるようになったころが一番危ない」

例えば車の運転とかね。よく言われるよね。慣れたころに事故るとか。

仕事も覚えたころ凡ミスをする。油断大敵だ。

「サラ、子供たちを頼みます」

サラがうんと頷いた。

もう一度子供たちの顔を見て笑う。

「みんなはサラや大人たちが無理しないようにちゃんと見ててね」

子供たちが任せてと頷いた。

「行きましょう」

流石にカイをおいていくわけにはいかないと声をかけると、いつの間にかカイは、いつもは身に着けていない防具を身に着けていた。

「アリス様」

カイが私に胸当てを差し出す。おとなしく身に着けてから出発。

って、ちょっとまてー！

急いでるからって、のろまな私を、呼びに来た冒険者が、荷物のように担いで走るのはさ、ないんじゃないですか？　お姫様抱っこしてとは言わない。せめて、おんぶを……。

無だ。この恥ずかしい運び方をされている現実から逃避しよう。

くそっ！

「あ！」

空に、子供たちがＬＥＤの〝紙〟を打ち上げてる。

なんで？　まだ教えるべき大人が到着してないから、目印代わりなのかしら？

ギルドの場所を知らない人もいるし。「あの空のあれを目印に行け」とか。

あとは「光魔法であんなこともできるんだ、それを教えてもらえ」というためとか？

倉庫で作ったものより大きな大きな紙。

随分遠くから見えるだろうな。……これ、巨大モニターにドラゴンを映し出す計画の第一歩なのでは？

いやいや、流石に三原色でテレビをは無理だから……。

あ、あれだ、あれ！　色を教えれば、あれができる！

甲子園の観客席で、色のついたボードを手に持った人が次々と色を替えていき文字や色を表現するあれ。なんとか学園の伝統的な応援の方法のあれ。マスゲームみたいなあれ。

子供たちで担当場所を決めて、タイミング合わせて色を替えていく。楽しそうだ。

娯楽の少ない世界だ。冬場のイルミネーションは無理でも、これ、夏のお祭りの出し物にならないかな？

夏なら雪で街道がふさがることもないだろうし。本当に火が魔物除けになるのであれば、街道の要所要所に火光魔法を設置するというのはどうだろう？　うーん。でも観光客呼び込める自信はないなぁ。流刑地のイメージが強いだろうから。あんな場所に行ってどうするって……。

はぁ。まずはやっぱり観光地化よりも、産業……輸出……って、国内だから輸出とは言わないけど。とにかく、売れるものか。


「着きました」

空に輝く紙の所々が消されていくのをぼんやり眺めながら、現実逃避している間に、街をぐるりと囲む塀の西側の部分の上まで連れてこられた。

高さが五メートルはあろうかという高い壁の上。

怖っ。

「あそこですっ」

怖いと言ってられない。示されたほうを見下ろすと、冒険者三名が背を合わせて立ち、ワーウルフをひきつけ、街に向かうのを必死に阻止している。

塀までの距離はおよそ二百メートルといったところか。

塀の向こうは更地。その向こうに森がある。冒険者たちの場所から五十メートルくらい先の森から、ワーウルフが一頭、また一頭と姿を現している。

二十ほどと言ったのに、すでにその倍のワーウルフがいそうだ。

名前から狼っぽい魔物を想像していたけれど、想像通り狼のような姿をしている。ただ、色だけがブルーグレーと見慣れない。

「【火光】【火光】【火光】……」

ぶおっと塀の上、今私たちがいる場所を燃やす。

いや、燃やしたわけではないよ？

燃えているように大きな火光を出す。ちまちま小さなものを設置できない。って、よく考えたら五メートルもある塀の上には必要ないか？

「カイ！　下に降りましょう！」

「え？　アリス様、危険です」

「【火光】」

下で囲まれている冒険者の足元に一つ火光で作った玉を飛ばすと、その近くにいたワーウルフが後ずさる。

うん、効果はばっちり。

偽物の火だと見破られては意味がないので、すぐに消す。

「ほら、大丈夫。見たでしょ、カイ」

「ここからでも十分なのでは？」

カイが首を傾げる。

「だめ。流石に距離がありすぎて狙えない」

射的みたいなものだ。今のはあまり正確な場所に打ち出す必要がないから距離があっても問題なかっただけ。

……というか……。

「光魔法なら大丈夫。でも、火魔法は外すわけにはいかないでしょう？」

カイには言いたいことが伝わったようだ。

「そうですね。間違えて人に当たる危険もありますし、狙いを外して無駄打ちしても大丈夫なほど魔力もありません」

うんと頷く。

「どれくらいの距離近づけば問題なさそう？」

「五十メートル」

「そう、じゃあ、行きましょうカイ！　私は火光で魔物除けを。カイは、火球で火光に退かない個体を攻撃して【火光】【火光】……」

冒険者が囲まれている場所から五十メートル程後方、塀からは百五十メートルほどの距離に火光を一列に並べると、ワーウルフが警戒し二、三歩ほど後退する。攻撃が当たる距離じゃないと思ったのか、まだ逃げ出すことはない。

下に降り、私を呼びに来た冒険者とカイとともに塀の外へ。

ワーウルフの群れに向かって走っていく。五十メートルほど手前までくると、カイがワーウルフに向けて火球を放った。

命中したワーウルフが地面に転がり動かなくなる。

すぐさま、ワーウルフの群れの少し手前や、ワーウルフの頭の上をかすめる位置などに火光を放っていく。

実際に当たれば火球と違うとばれちゃうから、絶妙な場所を選ぶ。ワーウルフからすれば「ノーコン」って話になるだろう。

……まぁ、実際飛ばすとすぐに、ワーウルフは軌道を読み着弾場所から距離をとっている。その動きを読んで、カイが火球を当てる。

って、カイすごいな！　五十メートルからの射的。それも、動くものの動きを読んだうえで……。

すでにワーウルフは十ほど倒れている。

「おかしい、まだ退かないのか……」

冒険者が奥歯を噛みしめる。

「まずは彼らと合流しましょう！」

囲まれていた三人の冒険者の退路を確保するために、後方のワーウルフを集中して狙う。

ひるんで及び腰になっているワーウルフを、囲まれていた冒険者たちも剣で薙ぎ倒していき、後方に移動。ワーウルフと十メートルほどの距離ができたところで合流した。

「大丈夫ですか？　怪我は？」

血が見えていた。

「大丈夫だこれくらい。それよりも、殲滅はあきらめたほうがよさそうだ」

なんで？　この調子なら、残り半分いけそうなんだけどな。

四十ほどいたワーウルフは二十ほどに減っている。

「あっちだ」

冒険者が指さした方向に一頭のワーウルフが立ち、こちらを見ていた。ほかのワーウルフよりも一回り、いや二回りほど大きい。

「まさか、あれは……」

カイが青ざめる。

「アリス様、すぐに撤退を！　ワーウルフロードがいるなら火魔法では魔物除けの効果はない」

え？　どういうこと？

ワーウルフロード……。確かゴブリンロードとか、ロードがついていると、上位種だっけ？　強いんだっけ？

「背を向けて走ればすぐに追いかけられてしまう。少しずつ後退して壁の出入り口に近づこう」

冒険者の一人の言葉に、皆が頷く。

「ワーウルフロードがスキルを使ったら、アリス様は一人でも走って出入り口に向かってください」

　カイが緊張を全身に走らせてささやいた。

「スキル？」

　じりじりと後退しながら、牽制のために時々火球をカイは打ち出す。

「スキル、咆哮。ワーウルフたちの本能を奪い、敵に向かわせるスキルです」

「本能を奪う？」

　寝食を忘れるということかな？

「はい。怖がるという本能が失われます」

　カイの言葉にぞっとする。戦闘マシーン化するのか。

　痛みも感じなくなり、恐怖心も飛んでいくとしたら、確かに火を恐れて近づかないなんてことはなくなる。本物の火球であれば、それでも対抗手段の一つとして有効だろうけど……。

　火光……ただ光っているだけの偽物に突っ込まれたら……。

　ごくりと唾を飲み込む。

　いつの間にか、ワーウルフは数を増やし、百近くいる。

　今は五十メートルほどの距離を保っているけれど、狼の足なら人との距離を詰めるのなんてあっという間だろう。

「まだ、襲ってこないな」

　じりじりと後退を続け、二百メートルほどあった壁までの距離が二十メートルほどと近づいた。

「何を狙っている……？」

冒険者の一人が剣を両手で構えたまま出入り口のドアをちらりと見た。

「まさか、俺たちがドアを開けるのを待っているのか？　……くそっ。なら、お前らは中に入れ。俺がひきつけてワーウルフの侵入を押さえる」

三十代前半の、腕に細かな傷痕がたくさんある冒険者が低い声を出した。

それ……。「お前たちは先に行け！　ここは俺が押さえる」っていう死亡フラグなのでは？

そんな！

他の二人の冒険者もカイも黙って何も答えない。

仕方がないと思っているのだろうか。

そりゃ、塀の中へとワーウルフの侵入を許してしまうわけにはいかない。だけど。

じりじりと後退して、ついに壁に背中が付いた。

「さぁ、行け！」

全員助かる方法はないの？

「もう少し時間をちょうだい！」

「何を言ってるんですか、アリス様」

ドアを開けて入って閉めて……ドア一枚を隔てて、冒険者がワーウルフの群れの犠牲になるなんて。

「【信号弾っ】」

まずは救援要請。助けて。私が森で倒れていた時の信号弾を見ていた人がいれば、救援を求めているって伝わるんじゃない？

って、信号弾じゃなくて照明弾で見つけてもらったんだっけ？　日が落ちる前ではどれだけ目立つのか……失敗か……？

と、思ったら、今まで見たことのない魔法に、ワーウルフロードが警戒を強めたように見える。

そうか。賢い。

「くっ、なかなか襲ってこないのは、これを待っていたのか」

冒険者が空を見上げた。

「雨雲か！」

カイの言葉に空を見れば、確かに真っ黒な雨雲がこちらに近づいてきている。

太陽が隠れ、薄暗くなってきた。

「鼻が利くから、雨のにおいを感じていたのだろう……」

冒険者が苦々しい顔をする。

「雨が降れば火魔法の威力が半減してしまう……。早く、壁の中へ行きましょうっ！」

カイにせかされる。

やだ。やだ。

分かってる。逃げなきゃ全滅だし、迷惑をかけちゃうし。でも、何か手はないの？　ねぇ……！

ワーウルフの数がさらに増えている。

「くっ。これは壁の中に入っても、侵入を防ぎきることはむつかしいかもしれないな。ギルドが気が付いて応援を西側にどれだけよこしてくれるか」

冒険者二人が覚悟を決めた表情をする。

「少しでも侵入を遅らせ、数を減らす必要があるな」

それって……。

「お前たちは中に入ったらギルドに伝令を頼む」

私とカイに向けて冒険者の一人が口を開いた。

「伝令？　すでに壁の上で見張っていた人間がギルドに向かっているでしょう」

そうか、確かに。じゃあ、信号弾いらなかったんじゃ……。

「いや、あの位置からでは木々が邪魔をしてワーウルフロードの姿は見えなかっただろう。さぁ、行け。行ってギルドに伝えてくれ！」

その言葉が、私とカイを壁の中に行かせる決心を促すものだというのはすぐに分かった。

もう、三人とも死を覚悟した顔だ。

冒険者の一人が、塀に取り付けられた出入りするためのドアを素早く開き、私の背を押した。そして、カイが開いたドアを閉めた。

「カイっ！」

嘘でしょう？

「カイ！　だめだよ、私の足は遅いんだもの、カイがギルドに走ってよっ！」

太い鉄格子でできた扉だ。向こう側の様子は見える。カイは私の声を無視して背を向けた。

「なんでっ！　なんでよっ！」

幸いにして、ワーウルフロードは雨が降るのを待っているのか、一定の距離を置いていて、ワーウルフはまだ仕掛けてこない。

「いやだ、いやだ、いやだ！」

何もできない役立たずの私がいやだ。

光魔法なんて役立たずの魔法、いやだ！

冒険者たちが十名ほどやってきた。受付の美人のお姉さんもその中にいる。手には弓を持っていた。

それから、剣を構え、エプロンをしているおじさんもいる。

「これは、思ったよりも数が多いわね」

「あと四半刻持ちこたえれば騎士が来るはず」

「足は悪くなったが剣の腕は鈍っておらぬ。壁を背にして戦うくらいはできる」

エプロンをしたおじさんが塀の外へと出ていく。

「街を守るんだ！」

後に続いて十人ほどの冒険者も出ていった。

弓を持ったお姉さんは、心配そうにこちらの様子をうかがっている街の人に声をかけた。

「特別警戒レベル五。避難所へ至急避難。各自情報拡散しつつスタンピードに備えるように！」

お姉さんの言葉に、瞬く間に緊張が広がる。

しかし、誰も恐怖に叫び声を上げたり、泣き出したりするようなことはない。

すぐに行動に移った。

私一人がおろおろとしている。恥ずかしい！　みんな、自分ができることが分かっていて、行動しているというのに。

すぐにお姉さんは塀の上へ続く階段を駆け上がっていった。

「そうだ。お姉さん、ワーウルフロードがいます」

お姉さんを追いかけるように階段を上り、伝えるべき情報があったことを思い出し声を張り上げる。

「なんですって？」

五メートルほどの高さにある壁の上から見ると、確かに森の木々にさえぎられてワーウルフロードの姿が見えない。

「あのあたりです。下からは見えますがここから見えない場所に。冒険者の話によると、雨が降るのを待っているんじゃないかと……」

お姉さんが空を見た。

「それはありそうね。応援が到着するまでもってくれればいいのだけど……」

雲はどんどんと厚みを増し、真っ黒だ。昼間だというのに、月光で照らされた部屋のような暗さ。

応援が来るまでもちそうにない。

ぽつり。

大きな雨粒が無情にも私の鼻先を濡らす。

「一頭でも数を減らす！」

お姉さんが弓を構えてワーウルフに放ちだした。

もう、二百……いや三百はいようかというほど数が増えたワーウルフ。

二頭、三頭と次々に矢に倒れていくけれど、焼け石に水にしか見えない。

カイと冒険者たち、十数人がドアを守るようにして、近づいてきたワーウルフを始末しているけれど……やはり圧倒的な数の差に、焦りが見える。

森の木の下からワーウルフロードが姿を現した。

まるでそれが合図かのように、サーッと激しい雨が降り出した。

来る。

「ウオォォー……」

「スキル、咆哮だわ……！」

お姉さんのつぶやきが終わるか終わらないかのうちに、咆哮に突き動かされるようにして、ワーウルフが一斉に駆け出した。

ピカッと、雷が光った。

あ！

その瞬間、咆哮が止まる。

そして、すぐに再び咆哮が始まった。

ワーウルフたちの動きもそれに見事にリンクして、咆哮が止まった瞬間に動きが鈍くなり、咆哮が再開すると再び勢いを増す。

お姉さんはほぼ真下に向けて矢を放ちだした。

真下には扉を守る冒険者たちと、それに襲い掛かるワーウルフ。雨水に血と泥が混じりぐちゃぐちゃになっているのが見える。

「あああああ！　ああー！」

みっともなく、ワーウルフロードの咆哮のように、叫び声を上げる。

私が、聖属性ならば！

違う、そうじゃない、違う、光属性魔法にだって、できることは……あるっ！

ゴロゴロゴロと大きな雷鳴が鳴り響いた。

まだ、雷は遠い。

雷……。再びピカッと空に稲妻が走る。

ワーウルフロードの咆哮が一瞬止まった。

その瞬間に傷ついた冒険者が一人塀の内側へと別の冒険者によって押し込まれる。

そうか。一瞬でもワーウルフの動きが鈍くなればできることがある。

ならば！

「【雷光！】」

私は光属性だ！

どんなに人を羨んだって変えることはできない。

もし聖属性だったらなんて思ったって変われないんだ。

落ち込んで、嘆いて、羨ましがって、嫉妬したって……変わらない！　無駄だ。負の感情に飲み込まれて立ち止まっている時間は無駄。

ワーウルフロードの咆哮が止まるのは一瞬のこと。

きっと、そうだ。本能で怖がっている。

むしろ反射だろうか。雷に対して何かトラウマでもあったのか。

ほんの一瞬でも、ひるんでワーウルフロードがスキル咆哮を継続できないのであれば……。

「【雷光】」

ガラガラピシャーンと大きな音が響き渡った。

本物の雷の音だ。私が今光らせた光の音ではない。だけど、そんなの他の人……ワーウルフロードにも分からないだろう。

怯えればいい。

咆哮が止まるとワーウルフの動きが鈍る。激しい雨に打たれながら冒険者たちは扉の前に立ちお互いをかばい合うようにワーウルフを倒していく。

「応援が来たわ」

お姉さんが塀の内側を見て歓喜の声を上げた。

振り返ってみると街を突っ切ってこちらに近づいてくる騎士の姿が見える。

「あと少し持ちこたえれば」

お姉さんが矢を番える。

「だめね、雨で滑ってうまく引けない……下に向かうわ」

扉の内側から矢を放ちだした。あの場所なら塀が雨除けになっている。激しい雨で声がかき消されていく。

けれど、カイたちの様子を見ると、お姉さんが、応援がもうすぐ来るということを伝えたのだろう。

ほっとしたような様子に、あと少しだ、耐えるぞ！　と気合いを入れなおす様子が見られる。

「ヴォォォォーー」

気合いを入れなおしたのは冒険者たちだけではなかった。

そんな。

ワーウルフロードがひときわ大きな声で咆哮スキルを使った。

ワーフウルフの　目が薄く赤く光っている。

何？　まるで……怒りの色。

いろいろな創作物を思い出して背中がぞっとする。

森の中からはさらに多くのワーウルフが突進してきた。どこにそんなにいたのか。

もう、千を超えるのではないだろうか。

ワーウルフの大群が目を真っ赤にして同じ方向を向いて突進してくる姿。

「ワーウルフが怒っている……」

違う、興奮しているだけかもしれないし、咆哮スキルで完全に操られただけかもしれない……そんなことはどうでもいい。

あと少し持ちこたえればいいのに。

「ああっ！」

ワーウルフは目が赤くなる前よりも動きが鋭くなったように見える。

もしかして咆哮スキルに身体強化バフが？

何頭もの動きが速くなったワーウルフが、同時に塀の外の冒険者たちを襲う。

「危ないっ！」

って、見てる場合じゃない。

カイの腕にかみついたワーフウルフを別の冒険者が剣で薙ぎ払う。その冒険者の足にワーウルフがかみつき、今度はカイが剣で突く。

二人を別のワーウルフが……！

やめて！　やめて！　やめてー！

「【雷光っ】」

ひるめ！

「【雷光！】」

怖がれ！

「【雷光っ！】」

怯えろ！

「【雷光ぉっ！】」

応援はどこまで来ている？　あと何分？　何秒で到着するの？

私の魔力はどれくらい残ってる？

雷光はどれだけ使える？

一瞬だけ咆哮が止まる。でも、連続して雷光を見たら？　ねぇ、一瞬じゃなくて、一秒、二秒と止まるんじゃない？

そう、雷光だなんてまどろっこしい。

連続して、稲妻を走らせてやるっ。

魔法はイメージだ。

連続雷光。稲妻ブレイク。

「【ピカーッピカピカピカーッ】」

間も置かない連続稲光。どんどん光れ。

ほら、咆哮が止まってる。

あと、魔力は何秒もつかな。応援は間に合う？

今のうちにカイたちは扉に内側に退避して。

「【――チュウ……】」

あれ？　魔力が尽きる？

なんか、気持ちが悪くなってきた。これが魔力切れ？

いや、まだ魔力が切れる感じはない……。

でも、ピカピカ光る魔法を出し続けるとどんどん気持ちが悪くなってくる。

あ……。

もしかして……。

ポリゴンショック？

某アニメで激しく点滅する光の映像を見ていた人たち一万人ほどが体調不良を起こし、何百人と救急搬送されたっていう伝説の……。

それ以来テレビ番組で「テレビは部屋を明るくして離れて見ましょう」だとか、記者会見シーンでは「フラッシュの強い光の点滅にご注意ください」だとか注意書きがされるようになったきっかけの……。

某アニメの電撃攻撃のシーンでぴかぴか激しい光が高速で繰り返され……光過敏性発作を起こさせたとか……。

でも、あれって……赤と青の点滅シーンで、その後の研究で赤い光が問題だったとか言われてなかった？

いや、違う、強い光もだめなんだっけ？

ああ、気持ちが悪い、意識が……。だめ。

応援が来るまでは！

自分の魔法で自分が倒れそうになるとか馬鹿なの！

そうだ、目を覆って光を遮断。

両手で目を覆い、体を丸めてなるべく光の刺激が入らないようにして、魔法を放ち続ける。

咆哮は聞こえない。

雷光の連続攻撃でびびって咆哮できないんだ。ゴロゴロゴロッと、時々本物の雷の音がするのも、いい演出だよね！

ああ、あとどれくらい咆哮を防げば助けが来るだろう。一秒がとても長く感じる。

頭の芯がくらくらっとする。まるで貧血みたい。

きっと、もう少し。もう少し頑張れば……。

ザーッと激しくなる雨。雨に打たれて、寒いのかどうかも分からない。

意識が遠くなる。だめ。

だめ。

壁際でワーウルフと対峙していた冒険者たちの姿が思い浮かぶ。

傷ついてもなお、退かない姿。街の人たちを守ろうと、まさに命がけで戦う冒険者たち。

そして……カイ。

誰一人として死んでほしくない。

私は、この領地の……領主の妻なんだから！　街の人たちを……誰一人として死なせたくないっ！

すっと、今までにない感覚が走る。

警告のような感覚。

まさか……今度こそ魔力切れが近い？

ひゅっと、体の中から熱のすべてを持っていかれたような強烈な冷え。

だめ！　まだ、まだ、だめ！

ガタガタと震える体を両手で抱きしめるようにして、うずくまる。

「【ピカッピカピカ……】」

苦しい。吐きそう。

だめ、まだ、だ……。

「アリスっ！」

名前を呼ばれて頭を上げて目を開く。

「アリスっ！　もう大丈夫だっ！」

レッドの顔がそこにあった。

助けに来てくれたんだ。応援が……間に合った……。

ほっとしたのと、うれしさと……。

ああ、でも私よりも、下にいる人たちを……助けてと、口にする前に意識を失った。

■ギルド長レッド視点■

ゴブリンとオークの共生している群れの討伐に、冒険者だけではなく念のため騎士も向かわせた。

周りに警戒しつつ討伐を開始すると、懸念していたスタンピードの兆候はなかった。

群れをつぶすだけで問題なさそうだ。

「ギルド長、あれを！」

ほっと一息ついたところで冒険者の一人が空を指さした。

「あれは……！」

領都の空に浮かぶ光の紙。

急いでポケットから暗号解読紙を取り出す。

まだ、内容は検討中で仮のものだ。光属性の受付嬢とよりよい形を検討してから運用するはずだった。

見る角度によってはよく見えないという課題が解決していないのと、光の数と伝える内容を精査しようということになっていた。

緊急時にはなるべく少ない数でたくさんの情報を伝えられるようにと。

「まだ、実用化前のはずなのに……」

使用せざるを得ない何があったんだ？

紙が完成すると、光がいくつか消えていく。

ポケットから出した紙に書かれた文字と、消えた光の場所を照らし合わせる。

「街の西側に……ワーウルフの群れ」

群れが街に近づくことなどないはずが、どういうことだ？

そう、わざわざ殺されに来るようなものだ。ワーウルフは街に近づかず、森や草原にいる人間を狙う。

……例外を除き。

「スタンピード……」

スタンピードを疑い、ここに来たが。別の場所から起きるのか？

「冒険者にこの場は任せる。騎士たちは領都に向けて移動。ワーウルフの群れが出た。急げ！」

俺の指示に、すぐに騎士団長のソウが頷き、騎士たちに現在の状況確認をしつつ伝達を飛ばしている。

人数の確認と隊列を作ることを同時に行い、あっという間に移動を開始する。

「ここは俺に任せて行け！　後始末と周りの状況調査、終わってから向かう」

ガルダは元ギルド長だ。俺なんかよりも経験豊富だ。あれこれ言わずともすべて任せておけば大丈夫だろう。

しかし、一瞬言葉を切ると、空を見上げた。

「いや……終わらなくとも、必要なら、すぐに向かう」

ガルダが見たのは空に浮かぶ連絡用の光だ。

紙を取り出し、そこに書かれた文字を示す。

「一番下の段だ。警戒レベルが右から順に一から八まで並んでいる。五を超えたら頼む」

ガルダがパンッと俺の背を叩く。

「ほら、行ってこい」

ガルダがいるから大丈夫。素直にそう思う俺は、まだまだだなと苦笑しながら領都へと急ぐ。

「まずいな……急がないと」

重い雲が空を覆い始めている。

ワーウルフはとても動きが速い。一頭を倒すためには三人以上で回りを囲むのが有効だ。

もしくは、火魔法での攻撃。

群れであれば、一頭ずつ三人で囲んで始末するのが難しくなる。

そして、雨が降れば……。火魔法の威力が下がる。威力が下がるだけならいい。

火魔法に雨粒が当たれば蒸気となる。あたりに蒸気が広がれば視界が悪くなる。

……視界が悪くなれば鼻が利くワーウルフが有利となってしまうのだ。

だから、雨が降れば火魔法は使えない。

スタンピードの可能性を考えて、冒険者のほとんどに加えて騎士をこちらに向けたのは俺の判断ミスだった。

もう少し戦力を領都に残しておかなければならなかったんだ。

俺は……。

先ほどガルダに押された背中に、ガルダの体温が残っているように感じる。

俺は、本当にギルド長にふさわしいのか？　ガルダ……。

頭をぶんぶんと横に振る。ガルダがいてくれる。俺をギルド長に据えたあとも、ガルダは変わらずギルドに。

俺が成長するのを見守ってくれているんだ。

それに、俺の判断が間違っていれば、ガルダなら……いや、騎士団長のソウだってちゃんと教えてくれるはずだ。

俺が来てからはスタンピードを経験したことがない。だから、もしかしたらスタンピードの前兆かもという言葉に、過剰であろうと騎士を動かしたのも間違いじゃないんだろう。

だが……。

「アルフレッド様」

騎士団長の言葉に、意識を戻す。

いつの間にか騎士団長が俺の横を並走していた。

「あれを」

言われて空を見上げると、光の紙による暗号に変化があった。

「警戒レベルが五……だと？」

先ほど警戒レベル三だったはずだ。それが四に上がっていれば街にワーウルフの侵入でも許したのかと思うところだが、いきなり五？

「警戒レベルが五？　アルフレッド様どういうことですか？」

そうか。騎士団長にはまだ伝えていない。

ギルドで使えるか検証したあとに騎士団に伝えるつもりだったからな。ただ、空に浮かんだ光に意味があるのだろうとソウは変化を教えてくれたのだろう。

走りながらポケットから紙を取り出す。

「狼煙のようなものだ。光が消えた場所と照らし合わせて使う」

手渡された紙に視線を落とし、ソウが息をのむ。

「これは、すごい……。狼煙でも煙に色を付けるとか、煙を出す間隔だとかでいくらかは情報を伝えることができますが……」

そう。狼煙でもいくらかの情報を伝えることは可能だ。

だが、そもそも狼煙を上げることが困難な場合もある。雨もそうだ。それから交戦中に火を燃やすことも困難。さらには木々が生い茂った場所では煙が思うように上っていかないこともある。燃やすものを集められないこともあるし、火事の心配も出てくる。

狼煙を上げられたとしても、伝えられる情報はこの光の暗号の半分どころか十分の一あるかどうかだろう。

「光属性魔法に、こんな使い方があったなんて……」

ごくりと今度はソウが唾を飲み込んだ。

街を取り囲む壁が見えた。

「周りに魔物は？」

「確認できません」

「では、壁沿いではなく街を突っ切って西側に向かう！」

ソウがすぐに判断して指示を出す。

「急げ！」

ソウが声を張り上げて騎士たちに活をいれた。

「！」

そして、無情にも雨が降り出す。

さらに、追い打ちをかけるように絶望的な情報が光によって伝えられる。

「ワーウルフロードがいる、ワーウルフの数は増え、二百。まだ増えている」

警戒レベルが五である理由に背筋が冷たくなった。

口に出した瞬間、それを聞いていた者たちの表情が引き締まった。

いいや、引き締まったというよりは「何かを覚悟した」。

そう、犠牲者が出るかもしれないということを覚悟したのだ。

「街に入ったら伝令走れ。女、子供、戦えない者は地下室に。男たちは剣を取り避難を助けよ」

「了解しました！」

伝令役を務める風属性魔法の男が声を返す。

追い風では風に背中を押されて速く走れるように、風を使ってスピードを上げることができる。

「ギルドに行ったらカイに全力でアリス……リリアリスを守れと伝えてくれ。サラは光魔法が使える。必要なら手伝ってもらってくれ」

公爵夫人となったリリアリスの世話係に、マーサの娘のサラもついたというのを知っている伝令はすでに走り出しており、振り返って頷きを見せて走っていった。

　空を見上げる。

「まだ、壁を突破されてはいないようだが、いつ街に魔物が現れるか分からない。油断せずに街を走り抜けるぞ！　ワーウルフの群れが相手だが、雨だ。火魔法は使うな。弓隊は風魔法属性持ちと壁の上から弓を放て。北西側にいるワーウルフから狙え。ワーウルフロードを見つけたらそちらを優先しろ。他の者は矢が当たらないよう南西側からワーウルフを討伐していく。街への侵入を防ぐために第一から第三隊は出入り口を守れ」

てきぱきとソウが指示を飛ばしていく。

いつもなら強力な火魔法で次々と魔物を倒していく俺……。

役立たずだ。

冒険者の指揮はガルダのほうが上。騎士団の指揮はソウがいる。

俺は……。

ぐっと、こぶしを握り締める。

ザーッと雨が強くなってきた。

ピカリと稲光が光る。

ゴロゴロゴロと、耳が痛くなるほどの音が鳴り響いた。

街を走っていると、伝令に走っていった男の姿が見えた。

「アルフレッド様、リリアリス様とカイは、西に……ワーウルフの出た場所に行ったそうです」

その報告に、頭が白くなった。

「なんだって？　どうして！」

「ワーウルフの群れが二十と伝えられ、それほど危険がないからと手伝いに……」

なんてことだ。

きっと【火光】魔法で牽制する手伝いに行ったんだろう。光属性で火光が使える者……子供たちには行かせられないと手を挙げたに違いない。

アリスは、そういう優しい女性だ。

くそっ。

無事でいてくれ。

アリスに何かあったら、俺は……俺は……！

「大丈夫。きっと奥様はお助けいたします。彼女はアシュラーン領にとって必要な女性です」

一緒に報告を聞いていたソウが俺の肩を叩く。

西側の壁が見えてきた。

あと少し、あと少しだ。アリス！

無事でいてくれ！

その時、再び空が光った。

稲光……と、思った瞬間さらに光る。

「こんなことが？」

ぴかぴかと、連続で何度も光る空。

「ほら、奥様は大丈夫ですよ。これは奥様の魔法でしょう」

ソウが俺の顔を見て頷いた。

「まだお伝えしておりませんでしたが、奥様が光属性の騎士団に光魔法の一つを見せてくれたんです」

え？　アリスが？

火光のことか？

「閃光弾というもので」

閃光弾？

「リリアリス様から学んだ光属性のパルに、見事に負けましたよ。模擬試合でね」

「ソウ……が？　負けた？　嘘だろう？　ソウを倒せる実力のある騎士がいたというのか？」

驚きの声を上げると、ソウが笑った。

「次は負けませんよ。閃光弾は、強い光で視力を奪うものです。視界を突然奪われたすきに攻撃をされました」

「ああ、暗いところから明るいところへ出るとまぶしくて何も見えないが、あんな感じか？」

「いや、あれよりも……まともに太陽を見てしまった時の、目の前が真っ白になるような……っと、続きは後で。実際に経験されれば分かります」

会話をしながら走り続け、西の壁に近づいた。

【日光】を目の前に出すのか？　いや、まるで雷のように空を明るくするような【日光】など可能なのか？

……しかし、目つぶしに光魔法を使うのか。

魔物相手にも有効ならば……。

【火光】による魔物除け、【ＬＥＤ】による緊急連絡手段、それに続いて……【閃光弾】による魔物を倒す補助ができるのであれば……。

「……アリス……」

光属性が無能だなどと、誰が言い出したのか。

魔物を討伐するためにどれほど役に立つことか。

攻撃できないからなんだというんだ。攻撃以外に必要な力など腐るほどある。

敵をいち早く見つけることができる者が一人いれば、不意打ちを受けて負傷する者が減るかもしれない。

敵の興味をうまく引ける者が一人いれば、そちらに注意を向けている間に攻撃することで致命傷を与えられるかもしれない。

攻撃だけがすべてではない。

騎士は剣の腕を鍛え、攻撃魔法を訓練し、強いことが求められる。

しかし、冒険者を見て、腕っぷしの強さだけがすべてではないと、いやというほど学んだ。

長く冒険者を続けている者が、必ずしも強力な攻撃魔法が使えたり、剣術に秀でているわけではない。

アリスのおかげで、この先どれだけの命が救われるだろう。

アリス……。

空が点滅するように光っている。

アリスの魔法なのか？

アリスは、街を救うために魔法を使っているのか？

ワーウルフに閃光弾を？

しかし、こんなに魔法を使い続けられるものなのか？

「応援が到着した！」

「戻れ！　騎士が来たぞ」

西側の壁の扉の前にいた人々がほっとしたように声を上げる。

ギルドの受付嬢が弓を下ろして俺の顔を見た。

青い顔をしている。無理をしていたのだろう。

「アリスは？」

俺の問いに、受付嬢は階段の上を指さした。

そうか。壁の上ならば安全だろう。

ほっとした瞬間、先ほどまでの光の点滅が終わった。

アリスの、光魔法が終わった！

ソウが、扉の外で踏ん張っていた人たちに戻るように声をかけ、騎士たちと入れ替わるようにと指示している。

「任せる」

声をかけると振り向きもせずソウが片手を上げた。

もとより、騎士のことは騎士団長であるソウの領分だ。公爵が口を出すことではない。ギルドと合同で動く場合はギルド長の俺と話をする必要はあるだろうし、火魔法が必要であれば俺の出番もある。

激しい雨はやみそうにもなく降り続ける。

階段を駆け上る。

「アリスっ！」

いない。

いや、違う！

アリスの姿を捜して目に映らなかった。違う、視線を足元に移せば、アリスが倒れている。

「アリス！　アリス！」

壁の上の冷たい石の上にうつぶせで倒れていたアリスの体を起こす。

「アリス、大丈夫かっ！」

息を確かめる。

呼吸はしている。生きてることにほっとするが、すぐにぎゅっと心臓が縮む。

真っ白になった顔。冷え切った体。

激しい雨に打ち付けられ髪も乱れ顔に張り付き、ボロボロな姿。

「侯爵令嬢が……。今頃ドレスを着て暖かい部屋でゆったりとお茶を飲んでいられたはずなのに……！」

もしかしたら、アリスは公爵領にいてくれるかもなんて。

淡い期待を持っていた自分が恥ずかしい。

流刑地……そう呼ばれる土地なのだ。

優しいアリスだ。孤児たちを……いや、この領地の人々を見捨てることができないかもしれない。

だけれど、それは、優しさからくるものであり、……同情だろう。

彼女の希望でも喜びでもない。

王都に戻してあげなければ。

優しさから、留まると言い出せないくらい……。

公爵からないがしろにされればどうだろう。

屋敷ではどのように過ごしているのか。

使用人には、必要以上に手を貸さないように命じるべきだろうか。

いいや違う。ギルドに顔を出すなと言えばいい。街の中の人たちのことを知らなければ……。これ以上子供たちとの接触がなければ……。

閉じ込めるみたいだが……。いいや、閉じ込めるわけじゃない。

ギルドに向かうなと言うだけだ。街は危険だからとでも言おう。王都へ行くのは自由だ。近くにも華やかな領はある。行くのは自由だ。

閉じ込めるわけじゃない。アリスを……リリアリスに。侯爵令嬢として、公爵夫人として幸せに過ごしてほしいだけだ。

いつまでも冷たい雨に打たれさせるわけにはいかない。

アリスを抱き上げると、わーっと声が上がった。

何ごとだ？　と、壁の上から街の外に視線を向ける。

「なんだ、これは……」

千はいるだろうか。ものすごい量のワーウルフが、倒れている。

「ワーウルフロードを倒したぞ！」

騎士団長の言葉に、歓声が上がった。

「気絶している間に、息の根を止めろ！　急げ！」

気絶？

冒険者たちと騎士が入り乱れるように、倒れている大量のワーウルフのもとへと広がり、次々に首を落としていく。

いったい何が起きているんだ？

どうして大量のワーウルフが倒れている？

毒ガス？

「あ！　カイ、無事だったのか」

血まみれになってはいるが、歩いて扉の内側に移動するカイの姿が見えた。

アリスを抱えて階段を下りていく。

「カイ、何があった？」

「アルフレッド様、リリアリス様は？」

カイが心配そうに俺の腕の中のリリアリスの顔を覗き込んだ。

「生きている。だが、体が冷え切っている。ここはもう大丈夫だろう。屋敷に戻る。カイ、お前も戻って傷の手当を受けろ」

カイが首を横に振った。

「いいえ、一度ギルドに戻ります。リリアリス様は目を覚ました後に、きっとサラや子供たちがどうなったのかと心配されるでしょうから。状況を確認してきます」

カイの言葉に、ハッとする。

確かにアリスならば「みんなは？」と真っ先に尋ねそうだ。カイが、俺以上にアリスのことを理解して彼女の望むように行動しようとすることに複雑な感情が湧き上がる。

「分かった。アリスは無事だと、皆にも伝えてくれ。それから、この状況に至った経緯も報告してくれ。毒ガスの類《たぐ》いではないんだな？」

カイも他の冒険者も傷ついているが、ワーウルフのように意識を失って倒れているわけではない。もし、毒の類いなら無事というわけにはいかないだろう。そもそも、これだけ激しい雨が降っているのにガスが充満するとも思えない。

カイが頷くのを見る。ギルドの受付嬢が毛布をアリスにかぶせてくれた。

カイにはアリスは無事だと伝えるように言ったけれど……。

命はある。息はしている。……だけど……。

本当に大丈夫なのだろうかと、真っ白になったアリスの小さな体を抱えて不安が胸を締め付ける。

「アルフレッド様、それではだめです！」

「どうしてだ。顔を隠せば、俺だって分からないだろう？」

リリアアリスを屋敷に連れていくと、マーサが大騒ぎで他の使用人とともにアリスを濡れた服から着替えさせ、温まるように準備をしベッドに寝かせた。

医者の見立てで問題がないと診断された。あとは目が覚めるのを待つだけとなったのだが……。

目が覚めた時に、公爵としてリリアアリスの前に立とうと決めた。

レッドだとばれないように。

顔全体を覆う仮面があったので顔を隠した。

「声もそのまま、髪の色もそのままじゃ、すぐにばれます」

マーサがどこからかかつらを持ってきた。それから、口の中に布を詰めるようにと、小さな布を丸めて手渡される。

口の中に詰めると、しゃべりにくく、いつものように言葉が出てこない。

「これでいいか？」

もごもごとくぐもった声が出て驚いた。

「はい。これで、大丈夫でしょう」

マーサが頷くと、包帯をあちこちに巻いたカイが待ったをかけた。

……今回、希少な回復魔法使いは重傷者の治癒に当たっているため、命に別状がない者は医者に包帯を巻かれて終わりだ。

「ばれますよ、絶対」

カイがきっぱりと言う。

「いや、声も違うし髪の色も違う、さらに顔は全く見えないだろう？　ばれるわけが……」

カイの視線が俺の体に向く。

「体？　体付きでばれると？」

まさか、とはとても言えなかった。

アリスなら、筋肉の付き具合で人を見分けるくらいはできそうだ。
いや、できそうじゃない、絶対できる。
「よし、マントだ。マントで体を覆うことにしよう！」
準備万端、アリスの目が覚めるのを待っていると、サラが部屋に来た。
「リリアリス様が目を覚ましました！」
びくりと肩が揺れる。
初めて、アルフレッドとしてアリス……いや、妻となったリリアリスと対面するのだ。
そう。もうギルドに行くなと伝えるために。
どんな顔をするのだろう。
俺を……公爵を恨むだろうか。いや、恨まれたほうがいい。
公爵領に未練を残さず、令嬢として王都に戻っていったほうが幸せだろう。
あわやワーウルフの群れに襲われて命を落とすところだったのだ。

～リリアリスが嫁ぐ前～　サラ視点

これは少し前の話。

「サラ、急ぎの伝言をお願いしてもいいかい？」

母さんがエプロンで手をぬぐいながら私のところへとやってきた。

母さんは水属性魔法の使い手なので、主な仕事は水を使った仕事だ。

立場としては下働きではなく侍女ということになっている。

けれど、アシュラーン公爵であるアルフレッド様はギルド長という立場になってからお屋敷で過ごす時間がとても少なくなった。しかも身支度は自分でしてしまわれる。

六人いる侍女の仕事はほとんどないのだ。なので、母は下働きの仕事を手伝っている。

まぁ、光属性の私が他の使用人にいじめられてないか心配だからという理由もあるのだろう。

私は見下されることはあるし、雑用を押し付けられることもある。だけれど、寝る時間もないほどこき使われることはないし、食事を抜かれることもない。もしかしたら、母が目を光らせているおかげなのかもしれない。

母に頼まれて、侍女たちの控え室に足を運ぶと、いつものようにおしゃべりが聞こえてきた。

私たち下働きが忙しく仕事をしているというのに、母以外の侍女たちはお茶を飲み貴重なドライフルーツをつまみながらおしゃべりに興じているのだ。

「楽でいいわ～。これでお金がもらえるんだから、私たちラッキーよね！」

「水属性でよかったわ！　望まれた時に、すぐにお水をお出しできる、お茶出しや洗顔や体をぬぐうための水で濡らしたタオルを用意できる、それで侍女になれたんだもの！」

私の姿が見えると、毎回その話を始める。

「水属性でよかったぁ。役に立つ属性で本当よかったわ」

光属性の私を直接は馬鹿にしたりしない。でも、明らかにその言葉には棘が含まれている。

「っていうか、今言った仕事しかしてないよねぇ。下働きに比べたら天と地ほどの差があるわ」

「お着替えの手伝い、お食事を運んで給仕して、お部屋を整えて、必要なものの手配をして、招待状の返事の代筆に……侍女の仕事って本当はたくさんあるものよ」

茶色の髪を襟元でバッサリと切った、女性にしては珍しい短髪の侍女ルベナがふっと笑った。

「ルベナは王都で別の貴族の家の侍女をしてたんだったわね、なんでこんなところに来たの？」

他のやぼったい侍女と違い、立ち姿からお茶を飲むしぐさまで優雅だ。

そのため、ルベナは侍女たちの憧れの存在である。

「前にも言ったわよね？　疲れちゃったのよ」

「ああ、そうだったそうだった。お屋敷の貴族に襲われそうになるんだったわよね」

ルベナの口元にあるほくろは妙に色っぽく視線を集める。綺麗な顔をしている女性は他にもいても、この色っぽさを持つ女性は王都で働く侍女でもそんなに多くはないのかもしれない。

「そうよ。侍女として働いているだけなのに、どれだけ身の危険を感じたか。七十過ぎのじじぃから成人前の子供まで。雇ってやってるんだ、いやなら辞めさせるって脅されて、何度も仕事を替わる羽目になったわ。そればかりか奥様からは誘惑したと疑われ鞭打たれそうになったことも」

その言葉に、話を聞いていた侍女がうんうんと頷く。

「大変よねぇ、美人も。でも、私、アルフレッド様だったらいいかも！　ルベナはどうなの？」

「……ふふ、そうねぇ。アルフレッド様なら悪くはないわね」

そう言って、ドライフルーツをつまんで口に運ぶルベナはいつもよりも艶っぽく見えた。

「ちょっと、いつまでいるのよ！　仕事をさぼってるんじゃないわよ！」

つい、ルベナの口元に目を奪われていると、侍女の一人に叱咤された。

「あ、申し訳ありません。あの……母から伝言を受けています。アルフレッド様がお戻りに――」

「仕事をさぼっているのは、どちらのほうだ？」

背後から聞こえた声に、侍女たちが一斉に息をのむ。

「ア、アルフレッド様！」

侍女の一人が声を上げた。

「その、私たちはちょうど今、休憩時間だっただけですわ」

ルベナが立ち上がって私の後ろから姿を現したアルフレッド様に近づいた。

「さぼっていたわけではありません。おかえりなさいませ、アルフレッド様。お戻りは明日だとうかがっておりましたが、討伐が早く終わったのですわね。ご無事のお戻りうれしい限りです」

上目遣いでルベナがアルフレッド様に言い訳をしたあと、優雅に頭を下げた。

……別の貴族の屋敷でも同じようにお勤めしていたのだろうか。あんな目で見られたら、興味がなかった人もルベナに惹かれてしまうのでは？

アルフレッド様もドキドキしてるかな？　と思ったら。

「おかしいな？　マーサは仕事をしていたぞ？　それに、あと半刻もすれば昼食の時間だろう？今休憩をしていて、またすぐに昼休憩を取る気か？」

アルフレッド様が冷たい声を出した。

「わ、私たち侍女は、お仕えする主にいつ呼ばれてもいいように待機するのも仕事の一つなのですわ。王都でお仕えしていたお屋敷ではそう教えられました」

ルベナが顔を上げてにこりと妖艶に微笑んだ。

さっき休憩していると言ったことなどなかったことにするように。

「そうか。では、侍女はいらないいな」

アルフレッド様の言葉に、侍女たちが顔を青くする。

「遠征で屋敷を空けることも多い。侍女を呼ぶことが、どれほどあるかと考えれば、必要はない。執事に伝えておく。侍女は不要だと」

「お待ちください、アルフレッド様！　た、確かに待機している時間が長ければ私たちは仕事をしていないように見えるかもしれませんが、部屋を整えたりと目に見えないところで仕事はしております」

アルフレッド様が口を開いた侍女をにらんだ。

「そうだ。見ていないが、いない時も何か仕事をしていると信じていた。だが、実際はどうだ。騎士たちが命をかけて魔物と戦っている間、お前たちは座っておしゃべりだ。しかも、まるで貴族のようにお茶を飲み貴重なドライフルーツを好きなようにつまんでいる」

アルフレッド様の言葉に、侍女たちが何も言えずに下を向いた。

だけど、ルベナだけは上目遣いでアルフレッド様に話しかける。

「お茶の葉は古くなると香りが飛び風味が悪くなってしまいます。いつでもアルフレッド様においしいお茶を飲んでいただくために古いお茶の葉を処分していただけですわ。それに、貴族のように砂糖たっぷりのお菓子を食べていたわけではありません。庶民でも手に入るドライフルーツを食べていただけで……」

「そうか……すまなかった……」

アルフレッド様の声のトーンが落ちた。

「そうか、王都では、ドライフルーツは庶民でも買えて好きなだけ食べられるというのだな……」

辛そうな言葉がアルフレッド様から続く。

「それに比べここでは……。そのドライフルーツすら庶民が気軽に買って食べられるものではない。特別な時に少しだけ大事に食べるものだ。……病気の子供の食欲が落ちた時の貴重な栄養源になる。

パンに混ぜて焼いたものは遠征時の重要な食べ物だ。冬の蓄えが少なくなった時に分け合いながら少しずつ食べる、命をつなぐ保存食でもある……」

アルフレッド様の言葉に、そうだよと心の中で同意する。

小さなころ、病気をした時に特別だよとドライフルーツを食べさせてもらえた。それがとてもうれしかった。干したフルーツは甘くて、飲み込むのがもったいなくて口の中にずっと入れていた。

「も、申し訳ありませんっ！　あの、私、し、知らなくて……」

流石にまずいと思ったのか、ルベナは慌てて謝罪の言葉を口にした。

「私は、こちらで働かせていただいて、まだ日も浅く」

すでに一年ほど経っているのを日が浅いというのだろうか。

「そ、それに、その……、彼女たちが……」

ルベナは一向に許すと言わないアルフレッド様に恐怖を覚えたのか他の侍女たちに視線を向けた。

「昔に比べたら豊かになってきたから、大丈夫だと……これからどんどん食べるものも増えるだろうからと……」

罪を擦《なす》り付けられそうになった侍女たちも口を開いた。

「だって、ルベナが、他のお屋敷なら、貴族が食べ残したものが侍女に下げ渡されるって、だからおいしいものを食べられるのも侍女の特権だって」

「そうよ！　アルフレッド様にお出しして下げ渡されれば食べられるのだから、少しくらい食べても問題ないって」

その言葉にルベナが反論した。

「それは私の言葉ではないわ。罪を擦り付けないで。……王都での話をしただけで勝手に解釈したのはそちらです。それほど貴重な食料であると知っていたら私も食べたりしませんでした」

ルベナの言葉に侍女たちも叫ぶような音量で口を開く。

「お茶の葉が古くなって風味が変わるってことはドライフルーツも問題があるかもしれないから味見しようって言ったのあんたよ」

「何を言ってるの、あなたたちがこっそり持ち帰ってたの知ってるんだから」

だんだんとヒートアップしていく侍女たちの言葉に、アルフレッド様がショックを受けている。

「王都では庶民が普通に口にできるドライフルーツだというのに、ここでは大人が子供の口喧嘩のように争わなければならないのだな。アシュラーン公爵領は……それほどまだ貧しく頼りないのだろう……。なんと俺は力不足なのだろう……」

そんなつぶやきが耳に届く。

いいえ、違います。違うんです。

やっと、ドライフルーツをめぐって口喧嘩ができるようになったんです。

少し前までは、常に、街に魔物が現れるのに怯えていたんです。逃げ出した時に食べられるように目の前にドライフルーツがあれば包んでポケットに入れます。もし、抜け駆けして食べてしまう人がいたら口喧嘩ではすまなかったはずです。血が流れていたかもしれない。

アルフレッド様のおかげで、ここまで領地は良くなったんです。

「アルフレッド様、いかがいたしましょう」

執事のセバスさんが部屋に来た。人事の責任者だ。

「うん。すまない。まさかこんなことになっているとは知らなかった。侍女を減らしたいという言葉に、仕事を失っては困るだろうからと答えていたが……」

そうか。執事はすでに侍女を減らそうとアルフレッド様に言っていたのか。それを、アルフレッド様が侍女の生活を考えて辞めさせないでいいと言っていた。

「屋敷にいない俺が原因で仕事が少ない。俺のせいで辞めさせるのは申し訳ないと思っていたが……。領民のことを思えば、このようにお茶を飲みドライフルーツを食べるようなことはできないはずだ。領民のことを思いやれないような侍女はいらない」

アルフレッド様はそれまでの辛そうな表情を潜め、領主らしく堂々とした態度で執事に命じた。

「全員辞めさせてくれ」

アルフレッド様の言葉に、侍女たちが口を閉じた。

「かしこまりました。一人残らず侍女には辞めていただくということですね。では私から紹介状を書いて持たせればよろしいですか？」

「ああそうだな、頼んだ。退職金代わりに、俺のために買ったというお茶の葉でも渡してやれ」

アルフレッド様がルベナの顔を見た。

「王都ではどうだか知らないがここではお茶の葉は金貨が必要な値段だろう。退職金としては十分だよな？」

アルフレッド様の言葉に顔を青くしたのは侍女ばかりではない。

「まってくださいっ、あの、どうか侍女たち全員を辞めさせるなんて、考え直してください！」

私の言葉に、侍女たちが驚いた顔をする。そりゃそうだろう。今まで散々馬鹿にしてきた光属性の私がかばうようなことを言ったのだから。

だけど、何も彼女たちをかばったわけではない。

「母はここが大好きなんですっ」

アルフレッド様が、私を見てああと頷いた。

「お前の母はマーサだったな。……確かに、マーサまで辞めさせる必要はないか？」

執事が頷いた。

「はい。マーサは侍女としての仕事がない時は、使用人の仕事を手伝ってくださっております。むしろ、長年この屋敷で働いているため新人の使用人の指導役のようなことまでこなしてくださっております」

アルフレッド様が私の頭を撫でた。

「全員というのは撤回だ。マーサは辞めさせない。それから、マーサのように、俺が屋敷にいない間に使用人の仕事をするというのであれば侍女として残ってもいい」

アルフレッド様が侍女たちを見た。

「あ、ありがとうございます！」

侍女の一人が頭を下げた。

私がいても一度も光魔法を馬鹿にするようなことを言わなかった侍女だ。母の話では下に弟と妹が五人いて家計を助けるために働いていると言っていたので仕事を失うわけにはいかないのだろう。

「使用人の仕事はしたくないというのであれば辞めてくれ。紹介状とお茶の葉を持って三日以内に屋敷を出て行ってもらおう」

執事が頷いた。

「残るか辞めるか、今日中に執事に伝えるように」

それだけ言って、アルフレッド様が部屋を出ていった。

「どうする？」

「使用人の仕事なんていやよ。なんで侍女がそんなことしなくちゃならないのよ！」

「そうよねぇ、高位貴族の侍女って、下位貴族の令嬢が行儀見習いですることもある仕事でしょ？」

身の振り方を侍女たちが話し始めた。

「私は、紹介状をもらって辞めるわ。仕事を替わることなんてよくあることだもの。前のお屋敷は奥様に追い出されて紹介状がなかったからこんなところで働く羽目になったけど、紹介状があるならまた王都で働けるわ！」

ルベナがいち早く侍女を辞めると宣言して、ドライフルーツをつまんでから部屋を出ていった。

「そっか、紹介状があれば別の貴族のお屋敷……ほかの領地に行っても仕事を見つけて働けるってことよね！」

ルベナの話に、ルベナへの憧れが強かった若い侍女がつぶやきを漏らす。

「いくら流刑地って呼ばれてたって公爵家の侍女でしたって言えば雇ってもらえるんだ。そりゃそうだよね、うちは公爵家の侍女だった者を雇っているなんて自慢できそうだもん。決めた、私は辞める。紹介状をもらって辞めるわ！　あんたたちも辞めたらいいよ！　じゃあね！」

一番若い侍女がルベナの後を追うようにして部屋を出ていった後、残った二人が笑った。

「馬鹿だねぇ。流刑地って呼ばれるところでさえクビになった人間を誰が雇うってんだ……」

「そうだよねぇ。若いって怖いもの知らずっていうか無知だよね」

「本当だよ。アルフレッド様がいる時は今まで通りでいいんだろ？　いない時に使用人の仕事を手伝わないといけないのはいやだけどさ、具体的に何の仕事をしろとまでは言われてないんだ」

にやりと笑うベテランの侍女に、もう一人がにやりと笑って返す。

「まぁ、適当に窓でも拭いて時間をつぶせばいいさ」

「天気のいい日は庭掃除なんてのもありだねぇ」

「おしゃべりの場が替わるだけだよね」

二人は最後の一人に顔を向けた。

「で、マチルダ、あんたはどうすんの？」

「わ、私は……」

母が言っていた、兄弟のために働いているというのが本当なら、家族思いで家を離れるのをいやがって続けるんじゃないかな？　でも、使用人の仕事を手伝っているふりだけして、おしゃべりに興じられると、今よりも働きにくくなりそうだ。

今までは控え室にこもっていたからさぼっているのを視界に入れることがほとんどなかった。

それが、屋敷のあちこちで仕事をさぼっておしゃべりしている姿を見るとなると……。

使用人としてはいい気はしないというのが正直なところだ。辞めちゃえばいいのに。

そんな黒い気持ちで三人を眺める。

「ちょっとサラ、あんたいつまでここにいる気だい？」

侍女が私をにらんだ。

「えっと、母からの伝言の続きをお伝えしてもいいですか？　アルフレッド様が予定より一日早くお戻りになったので、お部屋を整えておいてほしいと……母が……」

グイッと、みつあみにした髪を引っ張られる。

「そうだよサラ、あんたがもっと早く伝言を伝えてればこんなことにはならなかったんだ」

「確かに。アルフレッド様がここに来る前に部屋を出ていれば見つかることもなかったんだから。サラ、あんたは本当に使えない子だね！」

「光属性ってだけで、なんで生まれてきたの？　って感じだけど、人に迷惑かけるなんて生きてる価値ないよね？」

今までの生活を奪われて苛立ったためか。これまでは直接ひどい言葉を浴びせられたことはなかったのに、侍女が罵声を浴びせる。

「謝りなよ。生きていてごめんなさいって。生まれてきてごめんなさいって。私たちに迷惑かけてごめんなさいって」

「そうそう、それから、私たちがする使用人の仕事もあんたがするんだよ。それくらい役に立てるだろう?」

何か言い返したいのに、言葉が出てこない。ガタガタと足が震える。

母と兄がいなければ……私はどうなっていたのか。私がいなければ、母と兄はどうしていたのか。

私が光属性だと知り、父親は私たちを捨てて家を出て行ったらしい。

私が生まれたから。私がいなければ……。

兄弟の多いマチルダさんが私たちの横をすり抜けていき、部屋を出たところで振り返った。

「アルフレッド様の部屋を整えなければ、さぼっているって思われるわよね? 私は辞めたくないから、仕事をしてくるわ」

マチルダさんの言葉に、慌てて二人もあとを追っていった。

足の震えが止まらない。

「サラ、ベッドの下に何か入り込んで見えないんだよ、ちょっと照らしてくれる?」

そんな私に、下働きの女性から声がかかった。

「あ、はいっ、今行きます!」

震える声で返事をして、小走りになる。

ベッドの下の暗闇を、光魔法【日光】で短時間照らす。

暗いところを照らす明かりが私は好きだ。

冬の暗い部屋から春の明るい外に出た時の、まぶしいくらいの日の光が好きだ。

皆は違うの？

光魔法は役立たずで、光属性の子はいらない子なの？

神様……教えてください。

✦

ルベナたちが辞めて、残った侍女たちが下働きの仕事の手伝いをし始めて三か月が経った。

「アルフレッド様がご結婚なさいます」

突然、アシュラーン公爵家の使用人が集められ、執事のセバスさんが宣言した。

「え？　アルフレッド様がご結婚？」

「今までも何度も婚約の話は持ち上がったけれど破談になっていたわよね？」

「というかアルフレッド様が結婚する気はないと断っていたんじゃないか？」

「王弟だとか公爵だとかに目がくらんだやつが、権力を使ってごり押ししてきたんじゃないのか？」

執事は、いろいろとおしゃべりを始めた使用人たちを制止しなかった。

「いや、でもここ流刑地って呼ばれてるんだろ？　そんなところにごり押ししてまでも嫁いで来たいって思うか？」

「確かになぁ。アルフレッド様がいらっしゃる前は、毎年魔物に何人も殺され、実りが少なく飢えて冬が越せなかった者が何人もいたから、半分死にに来るようなものだろ……流刑地だし」

「馬鹿言っちゃいけねぇ。流刑地って犯罪者が送られる場所だろ？　ワシらは犯罪者なんかじゃねぇぞ」

「そりゃそうだが……。王都にいる貴族たちにとっては犯罪者が送られるようなひどいところって思ってんだろう」

いろいろな憶測が飛び交う。会話に参加していない者も、私のように周りの言葉を拾っているようだ。どんな女性が、どうして突然、アルフレッド様と結婚することになったのか……。

「なぁ、ってことは……。犯罪者のような女がやってくるんじゃないか？」

「そういうことか！　何か問題を起こした貴族令嬢を罰するためにってことなんだな！」

誰かの言葉に、納得したように次々と言葉が上がる。

「私、聞いたことがあるわ！　王都には悪役令嬢というひどい女性がいるって！」

「それ本の話だろう？」

「ルベナが言っていたの。王都のお屋敷では浮気を疑われて奥様に鞭打ちされそうになったたって。きっとそういう鞭をふるうような女なのよ！」

「ああ、聞いたことがある。使用人が消える屋敷があるってやつだろう？　地下室につながれているか、殺されたか、どこかに売られたか……」

うそっ！　そんなことがあるの？

「それも作り話じゃないのか？　流石にいくら貴族っていったって……そんなひどいこと」

想像して怖くなり指先が冷たくなってきた。

「殺されなくたって、ちょっとしたことでクビになったり、四六時中当たり散らされたり、物を投げつけられたり扇子でぶたれたりくらいは当たり前だってこともあるんだろ？」

そういえば、ルベナは雇ってやってるから言うことを聞けと襲われそうになったって言っていた。

ごくりと小さく喉を鳴らす。怖い。いったいどんな人がアルフレッド様と結婚するのか。

「ひどい女だからアルフレッド様に押し付けてきたんじゃないのか？　流刑地送りにしてやろうと……」

その言葉に怒りが沸き上がる。

「アルフレッド様がおかわいそうだ！」

「冬が来て食べるものがなくて人が死んでいくのを見るのがどれほど恐ろしかったか……私の祖母は……私に食べるものを譲って雪の中に消えていった……。昨年もその前も、誰も雪の中に消える人がいなくなったのは……アルフレッド様のおかげなのに……」

泣き出してしまった女性の肩を隣の男が抱いて慰めている。

「そうだ！　街に侵入する魔物の数が減ったのもアルフレッド様のおかげだ！」

「そのアルフレッド様がどうして、そんなひどい女と結婚しなくちゃいけないんだ……」

「守るぞ、アルフレッド様をその女から！」

「そうだ！　なるべく近づけないようにしよう！　大丈夫だ、アルフレッド様はギルド長として働き、ほとんど屋敷には戻らないだろう？」

「魔物の討伐でいないと言っておけば、会わせろと我儘も言えないはずだ。ギルド長だとバレなければ、ギルドに押し掛けるようなこともないだろう」

「そうだな！　秘密にしておこう！」

使用人の間に、アルフレッド様が領主とギルド長を兼任していることは秘密にしようと、暗黙のルールが出来上がるのに時間はかからなかった。

使用人たちが一致団結して不穏な相談をしているというのに、執事は相変わらず黙ったままだ。

「だけどさ、逆にアルフレッド様の目がないと屋敷でしたい放題するんじゃないか？　鞭打たれたりしないかな？　公爵夫人に逆らうつもりなの！　とか言って……」

「アルフレッド様が、許さないだろ。好き勝手させるわけないよ」

少し皆のテンションが下がったところで、執事が声を上げる。

「アルフレッド様が結婚するお相手は、侯爵令嬢です。そして、王太子の婚約者の姉にあたります」

まさかの上位貴族だと思わなかった面々が息をのむ。

将来の王妃の姉がアルフレッド様と結婚する？

「どういうことだ？　将来の王妃の姉になる人間が、流刑地に嫁に出されるなんて……」

「相当問題があるんだろうよ……。世間から隠しておきたいのかもしれないな」

侯爵令嬢で王太子妃の姉となれば、アルフレッド様も強く出られない相手なのでは？

鞭を打たれたり、理不尽にクビを切られたりする、それればかりか逆鱗に触れて殺されてしまうかもしれない。

すっと、背中が寒くなる。ほかの人も同様にぞっとしているようだ。

「侯爵令嬢リリアリス様は近日中に到着する予定です。それまでに準備を進めなければなりません。まずは、リリアリス様のお世話をする侍女ですが」

母たち侍女に執事が視線を向けた。

「使用人の仕事の手伝いはこれ以降必要ありません。リリアリス様の侍女として侍女の仕事に専念していただきます」

母がぐっと口元を引き締めるのが見えた。

マチルダさんも覚悟を決めたように手を握っている。

それから他の二人は……。

「あ、あの、四人も必要ですか？　マーサとマチルダがリリアリス様のお世話を、私たち二人がアルフレッド様のお世話ということで、二人ずつに分かれればよいのでは？」

「そ、そうです。侯爵家のご令嬢であれば、ご自身の侍女も連れていらっしゃるでしょうし……」

二人の言葉に執事が分かりましたと頷いた。

「お二人はリリアリス様の侍女をするつもりはないということですね？」

はいと、二人が食い気味に頷く。

「そりゃそうだよなぁ。何されるか分からないんだから……死にたくないよ」

「毎日毎日鞭打たれ物を投げつけられ、靴を舐めろと尊厳を傷つけられたりしながら殺されたらたまったもんじゃないよな。ある意味魔物に殺されるより辛そうだ」

母さんっ。母さんもやらないって言って！　と、顔を見ると目があった。小さく首を振った。どうして？

「では、お二人には選んでもらいましょう。下働きとして働くか、屋敷を出ていくか」

二人がえっと小さく声を上げた。

「もちろん、今までのように仕事をしているふりをしてさぼっているようならば、どうなるかは私には分かりません。お屋敷の人事は奥様の仕事です。新しく采配を振るわれるリリアリス様がどのような対応をなさるのかは……」

ひいっと、二人が震え上がる。

そういえば、執事は侍女を減らしましょうとアルフレッド様に進言していたと言っていた。仕事ぶりはしっかりと把握していたのだろう。

仕事をするふりをしてさぼっていたのもお見通しだったようだ。

「あ、あの、辞めます」

「私も、辞めますっ」

執事が小さく頷いた。

「では、荷物をまとめてすぐに出て行ってください」

執事の言葉に、二人が食い下がる。

「あの、紹介状は……？」

「退職金には何をいただけるのですか？」

執事がじろりと二人をにらみつける。

「あなたたち二人は、下働きの仕事を手伝うという条件で侍女を続けていたわけですよね？　その仕事をさぼっていた。つまり、契約をたがえたということですよ？　違約金を払いますか？」

ひぃっと息をのんで二人は執事に背を向けて歩き出した。

「こんなことなら、ルベナたちと一緒に辞めればよかったよっ！　畜生っ！」

仕事をさぼっているのを憎々しく見ていた使用人がざまぁみろという目を向けている。

「でも、アルフレッド様の奥様が来る前に辞められてよかったよ！　せいぜい怒りを買って殺されないようにねっ！」

悔し紛れなのか、それとも本心なのか捨てゼリフに使用人たちが今度は顔色を悪くした。

「あーそうだった、そうだった！　鞭打たれるなんてごめんだよっ！　あたしら運がいいよね～」

私の前に来た時に、耳元で侍女……いえ、元侍女がささやく。

「あんたの母親、殺されないといいね～」

びくりと体が固まる。

「光属性の子供を持つと大変だね。辞めたくても辞められないんだろうね」

私の顔がゆがむのを見て、楽しそうに侍女は出て行った。

執事が、そのあと何を皆に言っていたのかさっぱり頭に入ってこなかった。

解散したあと、母のもとに駆け寄る。

「母さんっ！　侍女なんて辞めて！　殺されちゃうわっ！」

母さんが笑った。

「いくら貴族でも簡単に人を殺すことはできないんだから、大丈夫だよ。皆大げさなんだよ」

「でも、殺されなくても、ひどい目にあうかもしれない……。扇子でぶたれたり、土下座させられたり……腐ったものを食べさせられるかも……」

私の訴えに、母さんは今度は、そんなことないと否定することはなかった。

それくらいは覚悟しているという顔。

「やだよ、母さんが傷つくのなんて、執事に侍女はできませんってそう言ってよ」

母と一緒に侍女を続けるマチルダが、私の手を掴んだ。

「光属性のあなたのために、マーサは侍女を辞めないわよ。光属性のあなたが下働きとしてこの屋敷で働けるのは、マーサのおかげなのだから」

ズキンと針が心臓に突き刺さる。

「わ、私、別にお屋敷で働きたくなんてない、だから、母さん無理しないで。私のせいで母さんが辛い思いをすることなんて……」

バシッと頬をぶたれる。

「マチルダっ」

私の頬をぶったマチルダさんを母がにらんだ。

「甘いわ。光属性の人間は仕事を見つけるのがどれほど大変か分かってない。妹のマルティナは賢いけれど光属性というだけで雇ってくれる店がなくて、冒険者見習いとしてギルドで日銭を稼いでるのよっ！　それも、他の仕事よりもずっと少ない金額で。この先だって、どれだけ良い仕事が得られるか……。サラ、あなたがすべきことはマーサがいなくなっても、光属性でも、仕事を続けてほしいと言われるようになることなのよ！　マーサが侍女を辞めても、サラには残ってほしいと言われるように、グダグダ言ってないで、懸命に仕事をして役に立ちなさいっ！」

マチルダが私の目を強い視線で見る。

「マチルダ……あんたの妹に光属性の子がいたんだね……」

母さんがつぶやきをもらす。

「……だから、マチルダ、あんたも辞めない……んだね」

泣きそうだ。母さんが辞められないのは私のせいだと言われた。

そんなひどいことをなぜ言われなければいけないのか、光属性というだけで……と反発心を持った。

馬鹿だ。

マチルダの言う通りだ。母さんが辞められるように、光属性だけれど必要とされるだけの仕事をするべきなのに。すべてを光属性のせいにして、私は不幸を嘆くだけで不平不満を漏らしながら漫然と日々を過ごしていた。

「マチルダ、奥様の侍女は私一人で大丈夫だよ」

「母さんっ！」

突然の言葉に、マチルダさんも戸惑いを見せている。

「私が奥様の侍女。マチルダはアルフレッド様の侍女をしておくれ」

「そんな、マーサ一人じゃ……」

マチルダさんを納得させるように母さんは説得の言葉を続ける。

「あの子が言っていたように、侯爵家から侍女も連れてきているだろうし、アルフレッド様だって結婚したら屋敷にいる時間が長くなって侍女が必要になるかもしれないだろう？　執事には私から言っておくから」

マチルダさんがまだ納得できないというように声を上げた。

「だったら、交代で……マーサ一人が犠牲になることは……」

母さんが首を横に振った。

「もし、奥様の怒りを買うことがあって、私が仕事を続けられないことになったら……サラのことを頼んだね」

「マーサ……」

✦

というやり取りからどれくらい経ったか。

「あの時は、まるで母さんは遺言みたいな言い方で悲壮感をただよわせるし、マチルダさんも覚悟を決めた顔してるしっ」

「そういえば確かにそうだった。でも、本当にあの時は、どんな奥様が来るか分からなくて……」

お茶の時間、奥様が考案したチキンナゲットをつまみながらマチルダさんとおしゃべり。

ドライフルーツは貴重だけど、冬以外、鶏肉は問題ない量がある。

「ギルドのほうでは、妹がもう大騒ぎだよ！　アリス様がアリス様がって！　まるで女神を崇めるかのように奥様のことを」

と、興奮気味にマチルダさんが語る。

「しぃっ！　マチルダさん、アリスさんのことは、ここでは……」

私の言葉に、マチルダさんがハッと口を押さえる。

屋敷では、アルフレッド様とギルド長は別人扱いであるのと同じように、リリアリス様とアリス様も別人ということで通すことになっている。

隠そうとしているのだから、使用人は雇い主の意思を尊重するべきだということだ。

とはいえ、リリアリス様がアリスとしてギルド通いをしているのは、使用人の中では私とカイと母さんしか知らないことになっている。

でも、本当はもっといろんな人が気が付いている。

特に、ワーウルフが街を襲撃した事件の後は。

ボロボロになったリリアリス様をアルフレッド様が屋敷に抱きかかえて連れてきたのを見た使用

人も多い。

「アリス！　アリス！　大丈夫か！　アリスっ！」

と、リリアリス様のことを「アリス」と呼ぶ、「レッド」の格好のアルフレッド様の姿を何人も見ているのだ。

「すまない、俺のせいで。死ぬな！　死なないでくれ！」

それはもう、取り乱したアルフレッド様の姿を。

「まぁ、とにかく、光属性の妹……マルティナは本当に奥……アリス様に感謝しているんだ。もちろん他の子たちも」

マチルダさんの妹は、ギルドでアリス様が依頼を出した中にいた子だ。ＬＥＤを覚え、火光を覚え……私たち光属性の人間の世界が変わった。

薄暗く頼りない月光と、短時間しか持たない日光。

その二つが私たちのすべてだった。

それが、日光のように明るくて月光のように長持ちするＬＥＤ。

明るくするだけではなく狼煙のように情報を伝えるためにも使える。

それから火球の代わりに魔物をひるませることができる火光。

ギルドでは新しく皆が使えるようになった光魔法はその二つだけど、騎士団では閃光という光魔法で騎士団長が倒されたという話も聞いた。

それから、ワーウルフロードの咆哮を止めた雷に似た光。あれもリリアリス様が関わっていると言われている。

光魔法は役に立つと、光魔法があってよかったと……。

そんな声を私は何度も聞いた。

ああ、神様。

光属性の子はいらない子じゃないと教えるために、リリアリス様を使わしてくださったのですか。

ありがとうございます。

■元公爵家侍女ルベナ■

そのころ、ルベナは王都で途方に暮れていた。

「何よっ！　なんで誰も雇ってくれないのよ！　こうして公爵家の紹介状があるっていうのに！」

役に立たない紹介状を破り捨てたい衝動に駆られたけれど、ルベナはその手を止めた。

「仕方がない。伯爵家での仕事はあきらめて男爵家で仕事を探してみよう……」

ルベナは、今まで仕事を探して回っていた屋敷よりも規模の小さな屋敷が並ぶ区画へと足を運んだ。

「……アシュラーン公爵家で侍女をしていたと……」

嫌らしい目つきで私の体を眺める男爵が紹介状に目を通す。

「……うん、うーん……」

男爵は頭を抱える。実に魅力的な女ではある。

がしかし、この紹介状が問題なのだ。紹介状を見てしまったため知らなかったということはできない。

陛下が、存在が邪魔だと流刑地に送った王弟のもとで働いていた侍女を雇えばどう思われるか。王弟とつながっているなどとあらぬ疑いをかけられては社交界で生き残ることはできない。

「申し訳ないが、我が家では雇えぬ」

面接を終えて屋敷を出る。

「もうっ、なんでよ！　私は公爵家で侍女をしていたのよ？　男爵家なら頭を下げて働いてくれって言うべきでしょっ！」

ぐしゃりと怒りに握りしめた紹介状のしわを慌てて伸ばす。

「なぁ、あんた、今、侍女をしていたって言ったか？」

中年の疲れた顔をした男に声をかけられた。

「今仕事を探しているのか？　だったら、ふさわしい仕事があるんだ」

ルベナはとっさに身構える。女に紹介する「いい仕事」なんて、ろくなものじゃない。

「侯爵家で、使用人を探しているんだ。侍女になれるか下働きになるかは面接次第ってことだ」

「え？　侯爵家の侍女？　それは本当？」

疲れた顔の男が頷く。

「そうさ。しかも、王太子の婚約者であるユメリア様付きの侍女に採用される可能性もある」

「え？　それって……、数年後には王妃様の侍女になれるってこと？」

運が回ってきたとルベナは思った。

すぐに、教えてもらった侯爵家へと向かうルベナ。

厄介払いをしたリリアリスの嫁ぎ先から、紹介状を持ってきたルベナを、侯爵家の面々がどんな思いで迎えるかなど知る余地もなく。

あとがき

はじめまして。富士とまとと申します。

「流刑地公爵妻の魔法改革～ハズレ光属性だけど前世知識でお役立ち～」を手に取っていただきありがとうございます！

作品の内容のメインは「ハズレ光属性」になるのですが、タイトル的には「流刑地公爵妻」の部分が気に入っています。

流刑地と呼ばれるアシュラーン公爵領ですが、イメージ的には魔物が出る辺境伯領って感じでしょうか。なので、表紙の背景のお城も、ノイシュヴァンシュタイン城のような白い壁が美しいお城ではなく、ハビエル城のような堅牢そうなお城にしていただきました。ハビエル城って知っていますか？　なんと、フランシスコ・ザビエルの生家なんですって。フランシスコ・ザビエルは貴族で、宰相の息子だったんですよっ！　「宰相の息子でしたが国が滅んだので宣教師になって日本に行きます」みたいな感じの人生っ！　歴史がちょっと楽しくなりますね？

……ところで、歯医者は好きですか？

私は大っ嫌いなんです。理由はいくつもあるのですが、私の場合はたぶん他の人と違う理由があって、顎の関節が悪くて口を大きく開いていると顎がはずれそうになるんです。まぁ、言い訳にしかなりませんが。あとは普通に怖いです。嫌いです。無理です。（歯医者さん（人）は嫌いじゃないです。感謝してます！）

何年かぶりに、歯医者に行きました。

光魔法であふれていました。

まずはレントゲン。写真撮影に映し出すモニタ。歯を照らすライトに……そして、歯の詰め物は今は紫外線硬化素材を使っているんですね。紫外線当てればあっという間に固まる。固まったら即座に削る。

ああ、この紫外線硬化を使えば、魔物の足止めや防護壁などいろいろなことが光魔法でできてしまうのでは？　紫外線硬化素材って何があるんだろう？　異世界では手に入るだろうか？　……などと考えながら、治療を受けておりました。

はい、必死に「ウィーン、ガガガガガ、ゴゴゴゴゴ、キュイイイイイーン」の音から意識を逸らそうとしておりました。

無駄なあがきでした。手に汗握る苦しい時間が続きました。

そしてですね、無事に治療を終えた私は、すぐに紫外線硬化素材について調べました。

えーっと、なになに……うん、そうか。なるほど。

科学だ。

なんだか分からない科学だ。リリアリスさんにはコンポジットレジンの知識はなさそう。

というわけで、ＵＶレジンを魔物の足元に出して固めて足止めするとか、顔にぶっかけて固めて窒息させるとか、水漏れしないようにコーティングして湯船を作るとか、アクセサリーを作って特産品にするとか……諦めました。

魔物を倒すと、ハズレポーションとしてＵＶレジンがドロップするなんてそんな都合のいいことも起きません。

まだまだ物語は始まったばかりです。光の可能性はまだまだたくさんあります！

今後も光魔法をたくさん役立てていきたいと思っておりますので、アリスの活躍を応援してくださるとうれしいです！


各小説サイトに掲載時に応援してくださった皆様ありがとうございます！　いろいろな言葉に励まされ書き続けることができました。

そして書籍化にあたり、ご尽力くださった皆様。担当様、とても素敵にデザインしてくださったriritto様、丁寧に見てくださった校正様、それからデザイナー様、営業様、その他書店に並ぶまでにはたくさんの方に助けていただいております。本当にありがとうございます。


そんな宝物を手に取ってくださった方、ありがとうございます！

楽しんでいただけたら幸いです。
またお会いできるのを楽しみにしております！

ありがとうございました！
Riritto Mi

グランプリ
賞金200万円
+複数刊の刊行確約+コミカライズ確約
応募期間
2024年
7月1日～11月1日
授賞発表時期 2024年12月予定
「小説家になろう」に
投稿した作品に
「ESN大賞7」を
付ければ
応募できます！
金賞 賞金 50万円+複数刊の刊行確約
銀賞 賞金 30万円+書籍化確約
奨励賞 賞金 10万円+書籍化確約
コミカライズ賞 賞金 10万円+コミカライズ確約

転生しました、
サラナ・キンジェです。
ごきげんよう。
～婚約破棄されたので
田舎で気ままに
暮らしたいと思います～
辺境の貧乏伯爵に
嫁ぐことになったので
領地改革に励みます
～ドラゴンと公爵令嬢～
ライブラリアン
本が読めるだけの
スキルは無能ですか!?
婚約者様には
運命のヒロインが現れますが、
暫定婚約ライフを満喫します!
～あなたの呪い、
嫌われ悪女の私が解いちゃダメですか?～
「聖女様のオマケ」と
呼ばれたけど、
わたしはオマケでは
ないようです。
毎月1日刊行!!
最新情報は
こちら

無自覚聖女は
今日も無意識に
力を垂れ流す
～今代の聖女は姉ではなく、
妹の私だったみたいです～
異世界転移して
教師になったが、
魔女と恐れられている件
～王族も貴族も関係ないから
真面目に授業を聞け～
ボクは光の国の
転生皇子さま！
～ボクを溺愛すりゅ仲間たちと
精霊の加護でトラブル解決でしゅ～
転生したら
最愛の家族に
もう一度出会えました
前世のチートで
美味しいごはんをつくります
こんな異世界の
すみっこで
ちっちゃな使役魔獣とすごす、
ほのぼの魔法使いライフ
強くてかわいい！
EARTH STAR LUNA
アース・スタールナ

EARTH STAR
LUNA

流刑地公爵妻の魔法改革 ①
～ハズレ光属性だけど前世知識でお役立ち～

発行 ―――――――― 2024年10月1日　初版第1刷発行

著者 ―――――――― 富士とまと

イラストレーター ―――― riritto

装丁デザイン ――――― ナルティス：原口恵理

発行者 ―――――――― 幕内和博

編集 ―――――――― 児玉みなみ

発行所 ―――――――― 株式会社アース・スター エンターテイメント
〒141-0021　東京都品川区上大崎 3-1-1
目黒セントラルスクエア　7F
TEL：03-5561-7630
FAX：03-5561-7632

印刷・製本 ――――――― 中央精版印刷株式会社

ISBN 978-4-8030-2012-0

ギルドで茹で卵を売り出す計画が進んでいるらしい。

ふむふむ。いいことだ。

茹で卵は筋肉を作るのに必要なタンパク質を豊富に含んでいる。

そして、低糖質なので太りにくい。……さらには栄養が豊富なため雑な食事をしていてもそこそこ体にはいい。

そう。パンをかじるだけの朝食よりも、茹で卵を一つつけた朝食のほうがバランスが取れるのだ。

どれくらいとれるのかって言うと……。なんと、卵って食物繊維とビタミンC以外の栄養素すべて含んでるんだって。

本当かどうか知らないけど、すごくない？　しかもあんな小っちゃい一個の卵で五％～三〇％の一日必要摂取量とれちゃうんだってさ。

あんまりイメージないけど、鉄分だって、卵一個で一日に必要な量の一〇％は取れるらしい。二個食べれば二〇％。

まぁつまりよ。

見を聞かせてください！」ってレッドは頭を下げるべきじゃない？　ねぇねぇ。

まぁ、私としては、茹で卵を食べて筋肉鍛えてくれるなら、何の対価も要求せずに教えてあげるけど。っていうか、むしろ教えさせてくださいっ！　と、土下座して頼むけど。って、あれ？　私が土下座する立場なの？

「この会議にガルダは出ないぞ」

ちぇっ。

「お前、何しにここに来たんだ」

レッドが私の顔を見て、また聞いてきた。

「だから、筋肉神ガルダ様を見に……じゃない、茹で卵博士だからよっ」

言い間違えそうになった言葉を耳ざとくレッドが聞いて眉根を寄せる。

レッドがツカツカと私の元へと歩みより、腕を引っ張られる。

椅子から立ち上がらせられ、そのまま出口へと連れていかれる。

「ちょ、なんで？　私を追い出すつもり？　茹で卵の販売の案を出したのは私だし、茹で卵に詳しい私を、茹で卵販売会議から締め出すなんてっ！」

ぎゃんぎゃんわめいているのに、そのままずるずると廊下に引っ張り出された。

「お前は、俺の嫁としての自覚はないのか！」

「そうよ、茹で卵よ、茹で卵！」

「はぁ？」

「レッド、茹で卵の効果的な食べ方とトレーニング方法を教える。私、茹で卵博士だもの。そうしてより素晴らしい筋肉に成長してちょうだい！　ふ、ふふふ！」

足取り軽く、再び会議室に移動してちょんっと椅子に腰かける。

それから廊下に向かって声をかける。

「レッド、会議が始まるわよ！　みんな待ってるんだから早く！」

何故か疲れた顔で座るレッド。

「えーっと、茹で卵は遠征にも持っていく可能性も出てくると思うのですが、動き回った結果として殻が割れてつぶれてしまう問題が」

あれ？　黄身がトロトロ半熟卵じゃ、万が一つぶれちゃったら被害が拡大するってこと？

しかも、遠征って……茹で卵は2～3日もつけど、半熟卵はその日のうちに消費が鉄則……。

ギルド職員の上げた問題点に関して、茹で卵博士の私はすかさず答える。

「もみ殻か、おが屑をクッション材にして運べば割れにくくなると思う。遠征に持っていけばもみ殻やおが屑はたき火の火種に使ったりできるんじゃないかな？　半熟はダメで固茹でにしたものを二～三日中に消費するようにして」

八分、黄身がしっとり茹で卵は一〇分、固茹で卵は十二分！」

どや顔をして見せる。

レッドをはじめ、茹で卵販売会議に集まっているギルド職員四名が顔を見合わせた。

え？

ここですごいなぁ詳しいなぁとか、私は半熟卵が好きです、俺は固茹でだなとかいう話で盛り上がるはずなのに……。

「茹で卵は茹で卵だろ？」

レッドがあきれた顔をする。

「はぁ？　茹で卵にもいろいろあるでしょうが！　黄身がとろとろ半熟卵はパンに乗せて食べたらおいしいとか、固茹で卵は潰して卵サンドにするとおいしいよとか」

ばんっと、テーブルを叩いて主張する。

「あ、あの……すいません、料理に詳しくないので分からないのですが……」

と、受付のお姉さんが困った顔をする。

「あ、ごめんなさい。その……。まぁ、つまり、茹で卵のことはちょっと詳しいので、販売をするにあたっての会議に私も必要かな？　と思ったんですよね。参加してもいいでしょ？」

ってていうか、むしろ「さすが茹で卵博士と名乗るだけのことはある！　ぜひ会議に参加して貴重なご意茹で卵、どんどん食べたらいいよ。

とはいえ、注意点もある。

茹で卵のことなら私に任せんしゃい！

ふんすっ。

ってなわけで、ギルドの会議室の椅子の一つに座る。

遅れてやってきたレッドが私の姿に目を止めた。

「おい、アリス、何でお前がここにいるんだ？」

「だって、私、茹で卵博士ですから」

レッドが眉根を寄せて私を見た。

「は？　なんだそれ？」

あー、もう分かってないな！

「第一問、卵を茹でるときは、水から？　沸騰してから？」

指を一本立ててレッドに尋ねる。

「……どっちでも一緒じゃないのか？」

「不正解！　固茹でを作るときなら水からでもいいけど、時間を計って茹で具合を調整することができないので、沸騰してから入れるのが正解。黄身がトロトロ半熟卵は六分、黄身が少し固まっている半熟卵は

富士とまと
illust riritto
rukeichi kousyakuzuma no mahou kaikaku vol.1
流刑地公爵妻の魔法改革
ハズレ光属性だけど前世知識でお役立ち
1
初回版限定
封入
購入者特典
特別書き下ろし。
茹で卵販売会議
※『流刑地公爵妻の魔法改革 ①　～ハズレ光属性だけど前世知識でお役立ち～』をお読みになったあとにご覧ください。
EARTH STAR
LUNA